무직전생

이세계에 갔으면
최선을 다한다

24

글 리후진 나 마고노테
일러스트 시로타카

루이젤드

엘리나리제

크리프

노른

인물소개

도가

산도르

루데우스

"루데우스."

지금부터 분명 듣고 싶지 않은 말을 듣게 된다.
그런 예감은 있었다.
혹시나 하는 불안한 예감이 머릿속을 스쳤다.

무직전생

이세계에 갔으면 최선을 다한다

㉔

글 리후진 나 마고노테　　일러스트 시로타카

MUSHOKU TENSEI ~ISEKAI ITTARA HONKIDASU~ Vol.24

ⓒRifujin na Magonote 2020
First published in Japan in 2020 by KADOKAWA CORPORATION, Tokyo.
Korean translation rights arranged with KADOKAWA CORPORATION, Tokyo.

CONTENTS

제24장 청년기 결전편 상

제1화	작전 회의	12
제2화	찾던 물건	40
제3화	찾던 사람	69
제4화	스펠드족의 마을	92
제5화	명왕 비타	125
제6화	역병	177
제7화	천재	206
막간	누군가에게 누군가	233
막간	비타와 라크사스	246
제8화	수도	257
제9화	3박 4일 스펠드 마을 견학 투어	284
제10화	소실	309

"천재 따윈 없다."

There is man who accomplished a great achievement.

글 : 루데우스 그레이랫

옮김 : 진 RF 매곳

제24장

청년기
결전편 상

제1화 작전 회의

올스테드 코퍼레이션 사무소의 회의실.

그곳에서 나는 올스테드의 정면에 앉아 있었다. 양옆에는 각각 에리스와 록시, 실피, 자노바의 모습도 있었다.

의사록 작성 담당은 록시가 맡았다.

"이렇게 된 것입니다."

나는 이번에 발견된 일을 정리하여 올스테드에게 보고했다.

기스, 북신 칼맨 3세.

두 사람이 비헤이릴 왕국에서 발견되었다고 들었을 때, 올스테드는 기분이 좋은 눈치였다. 말로는 하지 않았지만, '잘했다!'라고 할 것 같은 분위기라서 나도 신나게 보고를 이어나갔다.

"……."

하지만 그것은 '루이젤드가 발견되었다'라고 보고한 순간 사라졌다.

눈에 띄게 분위기가 어두워졌다.

"…저기, 문제라도?"

화내는 것 같기도 하고 아닌 것 같기도 한 느낌. 어두운 오라가 넘쳐나는 분위기로 나를 노려보았다.

이제 와서 눈총 좀 받는다고 다리가 떨리는 일은 없지만, 이유를 모르면 조금 불안해진다.

"…비헤이릴 왕국에는 귀신도 있지."

귀신鬼神이 있다는 귀귀섬은 비헤이릴 왕국의 동쪽에 위치한다.

잊었던 것은 아니다. 확인이다.

"귀신은 적이 되기 쉽다는 이야기였죠?"

"이번 대의 귀신은 과거의 루프에서 한 번 사도가 된 적도 있다."

그런가. 그럼 기스의 위치가 덫일 가능성이 커지나….

어쩌면 기스의 목적은 귀신일 가능성도 있나. 그런 점은 회의실에서 이야기해도 알 수 없다. 직접 가보지 않으면.

하지만 지금 있는 곳은 회의실이다. 회의실에서 가능한 이야기는 회의실에서 해두자.

"그것도 포함해서 앞으로의 방침에 대해 이야기할까 합니다."

"음."

"일단 이만큼 근거가 모였으니까 비헤이릴 왕국에 가지 않는다, 나중으로 미룬다는 선택지는 없을 것 같습니다."

일단 작전 프레젠테이션을 시작했다.

"이것이 기스, 혹은 인신의 덫일 가능성도 있습니다. 하지만 도망 다니는 기스를 다음에 언제 찾을 수 있을지 모르니 절호의 기회라고 생각합니다. 전대의 검신 갈 파리온과 북신 2세를 찾아낼 수 없었던 것이 마음에 걸리지만, 나는 비헤이릴 왕국에 가볼까 합니다. 어떨까요?"

"반대는 하지 않는다."

어찌 되었든 기스를 발견했다는 보고를 듣고 이미 아토페가 독자적으로 움직였다.

어떤 루트로 갈지는 묻지 않았지만, 아무래도 도착은 꽤나 늦어지겠지.

한 달이나 두 달, 혹은 그 이상.

도착한 그녀와 합류하기 위해서라도, 현지 사람들에게 그녀에 대해 설명하기 위해서라도, 비헤이릴 왕국에는 가야만 한다.

"해야 할 일은 네 가지. 기스를 발견하고, 격파. 북신 칼맨 3세를 발견하고, 설득. 루이젤드를 발견하고, 설득. 귀신을 발견하고, 설득, 혹은 격파. 우선순위는 지금 말한 대로…면 되겠습니까, 올스테드 님?"

"…그래."

개인적으로는 루이젤드와 제일 먼저 만나고 싶지만, 역시 북신이 먼저겠지.

귀신의 경우 아예 바다 쪽에서 올 아토페를 붙이는 게 편할지도 모른다.

이대로 연락을 하지 않고 있으면 아마도 그렇게 되겠고.

아니, 아토페랑 어떻게 연락을 하면 좋을까.

연락수단은 네크로스 요새에 설치한 통신석판밖에 없을 텐데.

…뭐, 그런 점은 아토페가 도착한 뒤에 생각한다는 방향이 좋을지도 모르겠다. 아니, 그것밖에 없을지도 모른다. 긴급연락이 불가능한 점은 불편하지만.

"또한 기스를 발견했을 때, 기스 쪽의 전력이 큰 눈치라면 이쪽도 원군을 부르겠습니다."

적은 비헤이릴 왕국에 있다.

하지만 전력을 비헤이릴 왕국에 모았더니 그때는 이미 기스가 사라졌더라, 라는 이야기가 된다면 나는 거짓말쟁이 소년이 된다.

자주 일어날 수 있는 일이지만, 각국에서의 내 신용도 떨어지겠지.

"원군을 부르는 타이밍은 기스를 발견한 뒤라도 늦지 않으리라 생각합니다."

그러니 적이 있다, 결전이 벌어진다! 그렇게 확정된 뒤에 아군을 부르는 편이 좋다.

기스를 발견했다, 아군을 모았다, 놓쳤다, 해산!

그걸 거듭하다가 여차할 때에 아군이 모이지 않게 되면 전혀 의미가 없다.

"그렇기 때문에 각지에 원군을 부르기 위한 전이마법진을 설치할까 합니다."

비헤이릴 왕국은 소국이지만, 그런 주제에 대도시가 세 개나 있다.

수도 비헤이릴. 제2도시 이렐. 제3도시 헤이레룰.

"세 도시의 주변에 각각 전이마법진을 설치하겠습니다."

나는 록시 쪽을 흘낏 보았다.

"전이마법진을 정확히 그릴 수 있는 사람은 한정되지만, 이런 일도 있을까 싶어서 위대한 선생님께 전이마법진 스크롤을 몇 개 부탁드렸습니다. 박수."

우레와 같은 박수가 일었다.

종이꽃이 하늘을 날아서 스테이지 위의 록시에게 쏟아졌다.

마이크를 손에 든 록시가 홀에 모인 전 세계의 팬에게 손을 흔들자, 그 순간 실신하는 자가 속출했다. 내 머릿속에서.

"기스의 발견, 미발견을 가리지 않고 기스의 도주 경로는 막습니다. 비헤이릴 왕국의 이웃나라에 사람을 보내서 가도를 감시. 여기에는 샤리아에 있는 루드 용병단을 씁니다."

리니아와 프루세나다. 아이샤도 움직여 주겠지.

"도주로를 막고 기스를 수색, 발견과 동시에 원군을 투입. 단숨에 소탕합니다."

중요한 일은 적이 거기에 있다고 확정하는 것.

그 뒤에 전력이 모일 때까지 적을 놓치지 않는 것이다.

다행스럽게도 비헤이릴 왕국은 숲, 산, 바다로 둘러싸여 있기 때문에 인접한 나라는 많지 않다.

도망칠 길을 막는 일은 그리 어렵지 않을 것이다.

물론 키시리카는 마안으로 기스를 발견했을 때 인신의 존재를 탐지했다.

그럼 그 순간 반대로 인신이 알아차렸을 가능성은 크다.

이미 도망쳤을 가능성도 있다.

기스가 편지로 남긴 것처럼 누군가를 동료로 삼고 있다면, 숲을 통해서라도 탈출할 수 있겠지.

이웃나라에 사람을 보내는 것은 일종의 위안이다.

"그렇군. 그래서 각지의 마법진은 누가?"

"나눠서 하겠습니다. 셋으로 나눠서."

"…그건 문제 아닐까? 루디를 노리고 있잖아?"

"응."

나는 실피의 말을 듣고 수긍했다. 믿을지 말지는 둘째 치고, 기스의 편지에 따르면 나를 노리고 있다고 했다. 내가 단독으로 움직이면 그대로 덫에 뛰어드는 꼴이 될지도 모른다.

각개격파의 위험도 있다.

"하지만 나는 올스테드 님의 팔찌 덕분에 인신의 감시에서 벗어났습니다. 기스와 인신은 나와 올스테드 님, 또한 그 주변의 인물을 탐지할 수 없습니다. 그렇긴 해도 기스라면 낡은 방식으로 나를 찾으려 하겠지요. 즉, 평범한 정보 수집을 이용한 발견입니다. 그러니까 변장하고 침입해서 들키기 전에 마법진을 설치하는 형태로 하겠습니다."

덫이든 아니든 나는 모습을 보이지 않도록 해야 한다.

그러니까 변장한다.

그 상태라도 기스를 찾기 위해 정보를 모으고 있으면 언젠가 들키겠지.

하지만 입국하자마자 즉시 포위되어 격파당하는 시나리오는 회피할 수 있다.

운 좋게 잘 움직이면 기스가 덫을 깔았다고 해도 선수를 칠 수 있을 것이다.

덫이 아니었다면 키시리카의 마안으로 본 것은 기스와 인신의 예상 밖이었다는 소리가 된다.

그 경우 기스는 도망치겠지.

그렇다고 해도 기스도 일이 있어서 비헤이릴 왕국에 갔을 것이다.

내가 도착하기 전에 아슬아슬할 때까지 자기 일을 끝내려고 할지도 모른다.

나한테 들키지 않도록 변장을 해서 도망칠 시간을 벌 수 있을지도 모른다.

안 그럴 이유는 없다.

"루디의 모습을 숨기고 싶다면 양동이 있는 편이 좋을지도 모르겠군요."

거기서 록시가 제안했다.

양동. 즉 내가 '덫이라고 탐지하고 비헤이릴 왕국에 오지 않았다'라고 생각하게 하는 것이군.

떡밥으로 물고기를 모았더니 피라미만 낚이고 대어가 없으면 저쪽도 혼란스러울지 모른다.

"양동입니까? 구체적인 생각이라도?"

록시는 고개를 끄덕였다.

"예. 우리 중 누군가가 검의 성지에 가는 것은 어떨까요. 아리엘 폐하는 바로 원군을 보내겠다고 말씀하셨습니다. 그럼, 그중에 길레느와 이졸테가 있겠지요. 이 두 사람이면 검의 성지 사람들도 잘 알겠고, 적이 되더라도 실력이 뒤질 리는 없겠지요. 루디의 이야기를 들어보면 지금의 검신은 인신의 사도가 되지 않은 모양이고, 그 자리에서 전력이 될 만한 분을 데려오는 것도 괜찮을지도. 예를 들어서 검왕 니나라든가."

니나인가.

에리스가 어쩐 일로 나서서 한 편으로 끌어넣으려고 했던 인물.

검신 대신은 되지 않겠지만, 에리스와 호각이라면 분명히 전력이 되겠지.

다만 저번에 갔을 때는 꽤나 정신없는 눈치였다. 과연 와줄까….

"아, 그럼 그 일, 내가 갈게."

거기서 손을 든 사람은 실피였다.

분명히 그녀라면 교섭할 수 있겠지. 일단 니나, 이졸테, 길레느, 세 사람과도 면식이 있고.

더 말하자면 실피가 가는 일 자체가 양동도 된다.

이미 아이가 태어났기 때문에 아내를 죽일 가치는 약해지지만, 인신이라면 내가 누구를 지키고 싶은지 잘 알고 있을 것이다.

아내들이 분산되면 내가 있는 곳을 판단하기 어려워질지도 모른다.

다만 걱정거리가 하나 있다.

"…위험하지 않겠습니까?"

"물론 위험합니다. 하지만 기스가 어디 있는지 알았으니까 위험은 줄어들 거라 생각해요."

분명히 그렇지.

기스도 모처럼 동료로 끌어들인 인물이 각개격파당하는 것은 사양이겠지.

기스가 다른 곳에 있다면, 동료들도 그쪽으로 따라갔다고 봐야 한다.

그렇게 생각되지만, 그 생각도 읽고서 움직이는 걸지도.

"인신도 루디가 무엇을 가장 소중히 여기는지 안다고 생각합니다. 우리가 가면 양동이 될지도요."

록시가 아까 내가 생각하던 바를 확인하듯이 말했다.

하지만… 어라?

그럼, 내 작전은 위험하지 않아?

비헤이릴 왕국 안에 전이마법진을 설치하고 전력을 모은다. 그렇다고 해도 각각의 장소로 이동하면 한나절에서 하루는 걸리겠지.

오히려 각개격파당할 가능성도 있지 않나?

왠지 총력전 같은 느낌이 되었고, 이건 뿔뿔이 흩어진 동료가 차례로 죽는 플래그가 아닐까. 아니, 플래그에 아무런 의미도 없다는 건 이 세계에 온 뒤로 잘 이해하고 있지만….

"하지만 조금, 걱정이네…. 역시 그만두는 편이 좋을까, 이 작전…."

"루디…."

록시가 후욱 하고 한숨을 내쉬었다.

약해진 내 생각을 읽은 것처럼.

"알겠습니까, 루디. 미궁에 도전하는 모험가는 누구 하나 탈락하는 일 없이 모험을 마치는 것을 목표로 합니다. 각자 할 수 있는 일을 다 하여서 생환의 확률을 올립니다. 우리는 지금까지 집에서 아이를 돌보는 것이 '할 수 있는 일'이라고 생각하며 해 왔습니다. 저도 실피도 싸움에서는 루디나 에리스에게 아득히 못 미치니까요. 하지만 지금 제가 제안한 '할 수 있는 일'로 모두 생환할 확률을 올릴 수 있다고 생각합니다."

확률…이라.

하지만 그렇군. 확실한 것은 하나도 없다.

안전하게, 확실하게, 그렇게 생각해도 뜻하지 않은 일은 일어나고, 생각하지 못했던 무언가로 인해 실패할 수도 있다.

"루디가 우리를 집에만 두고 싶은 마음은 이해합니다. 하지만 지면 끝장. 전멸입니다. 어떤 행동에도 리스크는 있습니다. 모험에 임하여 마지막에는 다함께 웃죠."

누구 하나라도 죽으면 나는 웃을 수 있을까?

비헤이릴 왕국에 갔다가 돌아왔더니 록시가, 실피가, 에리스가 없다. 그런 상황에서 웃을 수 있을까?

웃을 수 없다.

"루디, 우리는 이미 부모입니다. 우리 일만이 아니라 장래도 생각해야죠."

그런 말에 문득 파울로의 얼굴이 머릿속을 스쳤다.

파울로가 살아 있었으면 지금 이 순간 어떻게 했을까. 전이 미궁에 들어갔을 때는 나를 데려갔다. 전이사건 때는… 절박한 상황이었으니까 넘어가자.

그 이전.

부에나 마을에 살던 무렵.

적어도 파울로는 나를 집에만 있게 하지 않았다.

지키려고 하지 않은 것은 아니겠지만, 조금만 멀리 나가면 위험한 일도 있을 마을을 혼자 돌아다니게 했다.

제니스도 임신하지 않았을 때는 마을의 치료원에서 일했다.

임신한 후로도 안정기에는 종종 나갔던 것 같다.

파울로가 전적으로 옳은 것은 아니다. 파울로에게는 명확한 적이 있었던 것도 아니고.

하지만 나는 지금 살아있다. 그렇게 생각하면 무조건 안 된다는 것은 다소 과보호일까. 하지만, 그래도 상황이 전혀 다르고….

"응, 록시의 말이 맞아."

실피가 동의했다.

"리스크는 지자. 적을 쓰러뜨린 후에 살아남은 누군가가 아이들을 돌보면 되잖아."

"…그래!"

실피의 말에 에리스가 끄덕였다.

그녀가 지금까지의 이야기를 이해했는지는 몰라도, 적어도 실피의 말에는 동의한 모양이다.

"……."

자노바나 올스테드는 대답하지 않았지만, 그래도 반대의 말을 하지 않았다.

"좋아, 그럼 그런 형태로 가자. 반대하는 사람은?"

반대는 없었다. 그럼 이 작전으로 가자.

내가 모습을 숨긴 채로 나뉘어서 기스를 찾고, 발견하면 도망치지 못하도록 퇴로를 막으면서 원군을 기다렸다가 격파하는 것이다.

"좋아, 그럼 다음은…."

그 뒤에 우리는 순조롭게 작전 내용을 착착 정해나갔다.

회의 결과, 다음과 같이 팀이 나뉘었다.

· 이웃나라에서 기스의 도주로를 막는 팀
　아이샤, 리니아, 프루세나, 기타 용병단원

· 검의 성지에서 니나를 데려오는 양동팀
　실피, (길레느, 이졸테)

· 수도로 가는 팀
　자노바, 줄리, 진저

· 제2도시로 가는 팀
　루데우스

· 제3도시로 가는 팀
　에리스, 록시

각각 전이마법진을 설치한 뒤에 개별로 기스나 북신을 찾는 형태가 된다.

실피는 앞서 제안한 대로 행동한다. 자노바는 주로 정보 수

집. 에리스와 록시는 귀신에 대한 대처를 맡는다.

도주경로를 막는 팀은 아이샤에게 지휘를 맡기면 잘 해내겠지.

내 일은 루이젤드와 관련된 일이다.

전부터 여러모로 문제가 될 거라고 했던 귀신. 타이밍 좋게도 비헤이릴 왕국으로 갔다는 북신 칼맨 3세.

나와 관련이 깊은 루이젤드.

기스의 행방을 좀처럼 예측할 수 없는 것도 있어서 전력을 흩어놓게 되었다.

꼼꼼하게 정보를 교환하면서 임기응변으로 움직이는 편이 좋겠지.

비헤이릴 왕국으로 가는 멤버는 바로 움직인다.

꾸물대다간 기스가 행방을 감춰 버릴지도 모른다.

또 기스를 찾기 위해 키시리카를 찾는 일을 계속할 생각은 없다.

실피가 움직이는 건 조금 더 나중이다.

아리엘은 바로 원군을 보낸다고 했지만, 저쪽도 저쪽대로 사정이 있다.

몇 분 뒤에 길레느와 이졸테가 도착하는 일은 없다.

줄리, 진저, 리니아와 프루세나, 용병단은 다른 일도 있는 와중에 무리해서 이쪽 일을 우선하는 형태가 된다.

하지만 지금이 중요하다.

억지를 부려서라도 해야만 한다.

기회일까, 덫일까. 너무 뻔뻔한 소리일지 모르지만, 나는 전자이기를 빈다.

그런 계획을 통신석판으로 아리엘과 크리프에게도 전해두었다.

아리엘에게서는 '서둘러 지원을 보내겠다'라는 대답이 바로 돌아왔지만, 크리프에게서는 아직 소식이 없었다.

자신의 방에 석판을 둔 아리엘과 달리 미리스에서는 용병단을 경유하여 크리프에게 전달하는 형태가 되니까 대답하기까지 시간이 걸리는 거겠지.

"무슨 질문 있습니까?"

주위를 둘러보았지만 거수하는 이는 없었다.

질문은 없는 모양이다.

조금 불안한 쪽은 자노바일까. 상황에서 보면 귀귀섬에 가까운 제3도시와, 루이젤드의 발견 보고에 가까운 제2도시를 중요시했지만, 수도는 가장 사람이 많이 모이는 장소고 제일 위험할지도 모른다. 진저의 정보 수집 능력은 상당하다고 생각하고, 자노바는 강력한 무인이지만 불 마술에는 약하다.

죽지 마라.

"자노바, 조심해."

"알고 있습니다. 하지만 저로서는 오히려 가게 쪽이 걱정이군요."

"아, 그렇군…."

일단 가게든 공장이든 우두머리가 없어져도 움직일 수 있게 되어 있다.

하지만 자노바와 줄리, 두 사람이 없어지면 큰 사고가 일어났을 때 어떻게 될까.

"줄리는 남겨두고 싶었어."

"하하핫, 두 번 다시 떨어지지 않겠다고 약속을 했기에."

자노바는 줄리에게 사랑받고 있군….

아니, 자노바 쪽은 어떨까. 두 사람은 서로 사랑하는 걸까.

그런 쪽으로 캐고 들 수는 없지. 뭐라고 할까, 자노바는 여자를 상대할 때 한두 걸음 물러나는 경향도 있다.

혹시 애라도 만들면 로리콤 녀석이라고 놀려줄 생각은 있지만, 너무 시끄럽게 굴고 싶지 않다.

"에리스도 괜찮아?"

"…괜찮아."

에리스는 불만인 눈치다.

그녀는 나와 행동을 함께 하고 싶어 하는 모양이다. 하지만 그러면 록시의 경호를 맡을 사람이 없어진다. 게다가 에리스와 있으면 굉장히 눈에 띈다. 그녀는 은밀 행동에 맞지 않는다.

그러니까 두 번째로 눈에 띌 록시에게 붙인다.

그녀들도 양동의 일종이다.

"루데우스가 혼자인 게 걱정이야."

분명히 나도 내 걱정은 한다.

기스의 눈을 잘 피하면서 정보를 모을 수 있을까.

기스는 정보상으로서의 실력이 일류다. 어지간히 잘 움직이지 않으면 북신 칼맨이나 루이젤드를 찾는 녀석이 있다고 안 시점에서 내가 기스의 눈에 걸린다.

날 너무 일찍 알아차리면 당연히 도망치겠지.

애초에 내가 혼자 움직이면 좋은 일이 일어나지 않는다.

"뭐, 나는 어떻게든 잘 해볼게."

반년 동안 첩보에 도움이 되는 녀석을 한둘 정도 확보했으면 좋았을지도 모른다.

하지만 후회해도 소용없다.

이런 형태는 상정하지 않았다.

"올스테드 님은 어떻습니까? 일단 여기에 남은 통신석판 관리와 가족 보호 등도 해주시면 좋겠습니다만."

"…좋다."

"감사합니다."

올스테드는 남는다.

그는 눈에 띄니까 정보 수집 등에 별로 맞지 않고.

어쩌면 필요한 장면도 있을지 모르지만, 가급적 이 자리에 남아서 결전 때 참전해 주는 편이 낫다. 물론 마력 문제도 있으니까 전투에 너무 참가해도 곤란하지만.

마지막 비장의 카드 같은 느낌이다.

아니, 그의 마력을 보존시키기 위해 나라는 부하가 있다.

그러니까 올스테드가 싸우면 지는 거라는 방향으로 생각한다.

"……."

올스테드는 계속 침묵했다.

뭔가 말할 게 있다는 느낌인데, 헬멧 때문에 표정을 엿볼 수가 없다. 걱정이라도 있는 걸까. 아니, 큰 작전을 앞두고 있으니까 그도 긴장하는 걸지도 모른다.

"루데우스. 만일을 위해 그 반지는 끼고 있어라."

"반지?"

"사신의 반지 말이다."

갑작스러운 말에 손을 보았다.

그 기분 나쁜 해골 반지가 끼어져 있었다.

사신에게 받은 것이다. 키시리카와 만난 뒤에도 왠지 모르게 끼고 있었다.

"이유를 물어봐도 되겠습니까?"

"만일을 위해서다. 끼고만 있어도 효과가 있다."

"…알겠습니다."

잘은 모르겠지만, 끼고 있기만 해도 효과가 있다면 좋아.

그때가 되면 알겠지.

"그리고 한 가지 문…."

"저기~"

그때 누군가의 목소리가 들려서 올스테드는 입을 다물었다.

누구냐, 사장님의 말씀을 가로막는 멍청이 사원은.

주위를 둘러봐도 아무도 입을 열지 않았다. 거수한 사람도 없었다.

하지만 여자 목소리였다. 그렇다면 범인은 셋 중 누군가.

"회장님~~"

나를 회장이라고 부르는 인물, 그건 즉… 아니, 없나.

"손님입니다~~~~!"

아니, 알고 있었어.

멀리서 들리는 목소리. 모두의 시선이 문을 향하고 있었다. 이건 접수원 엘프의 목소리다.

이름이 뭐라고 했더라.

"실례, 잠시 보고 오겠습니다."

회의 중에는 아무도 부르지 말라고 했을 텐데….

화급한 용건일지도 모른다.

"…우옷!"

로비에 들어간 순간, 눈에 들어온 것은 금색이었다.

황금이다. 머리끝부터 발끝까지 금. 반짝반짝 빛나는 황금갑옷을 입은 녀석이 서 있었다.

"아니…!"

"여어."

그 금색은 가볍게 한손을 들었다.

그 목소리, 그 동작에서 나는 어느 존재의 환영을 보았다.

게다가 황금색의 갑옷.

황금기사. 투신갑옷은 금색이었다고 한다. 그리고 바디가디
는 이전에 사도였고, 황금갑옷을 입고 라플라스와 싸웠다고
한다.

그래, 공격해 온 것이다.

기스는 미끼!

인신이 투신갑옷을 인양해서 여기로 첨병을 보낸 것이다!

"이분은 아리엘 폐하의 명령으로 전이마법진을 통과해 오셨
다고 합니다."

…라는 스토리는 아니다.

갑옷도 빛 때문에 그렇게 보였을 뿐이지, 잘 보니 어두운 황
토색이었다.

"아, 잘 오셨습니다."

남자는 투구를 벗었다.

그 밑에서 나타난 것은 이 세계에서는 꽤나 보기 드문 흑발
이었다.

나이는 쉰 살 정도일까. 깊은 주름이 있고, 베테랑 분위기를
띠고 있었다.

그와는 이전에 한 번 만난 적이 있었다.

그래, 아슬라 왕국의 왕성, 아리엘의 방 앞에서.

"오랜만입니다."

분명히 그때는 무슨 중2병 같은 소리를 하면서 이름을 가르쳐 주지 않았다. 옆에 있던 실베스톨이라는 사람이 가르쳐 주었기에 알고는 있지만.

"인사 고맙습니다. 이번에는 이름을 가르쳐 주시겠습니까?"

그렇게 묻자, 그는 픽 하고 웃었다.

지금은 그때가 아니지만 어쩔 수 없다는 거동이었다.

"아리엘 폐하의 기사 산도르 폰 그랑도르라고 합니다."

"아, 정중한 말씀 감사합니다. 루데우스 그레이랫이라고 합니다."

고개를 숙였기에 나도 고개를 숙였다.

그러고 보니 그랑도르 집안은 들어본 적 없군. 전에 들었을 때도 올스테드에게 자세히 묻는 것을 잊었다. 딱히 중요한 인물로는 보이지 않았고.

"방금 아리엘 폐하께 밀명을 받아서 찾아왔습니다."

그렇게 말하며 산도르는 옆구리에 끼고 있던 상자를 내밀었다.

방금…이라고 해도 진짜 곧바로군. 회의 중에 계획 내용을 전달했을 뿐인데 빨리도 움직였다.

"예. 이건?"

"안에는 얼굴을 바꾸는 마도구가 들어있습니다. 필요할 거라고 말씀하시더군요."

오오.

그러고 보니 아슬라 왕국에는 그런 마도구가 있었지.

아리엘이 변장에 썼던 것이다.

그렇긴 해도 준비성이 좋다. 처음부터 이걸 쓸 거라고 생각하고 준비시켰을지도 모른다.

"확인 부탁드립니다."

"예."

시키는 대로 안을 보니, 분명히 낯익은 녹색 반지와 적색 반지가 있었다.

녹색 반지를 낀 자는 적색 반지를 낀 자와 같은 얼굴과 머리색이 된다. 이걸 사용하면 아주 평범한 마을사람으로 변할 수도 있다.

"그리고 이쪽은 아슬라 왕국의 문장입니다. '무슨 일이 있으면 이것을 내밀고 아슬라 왕국의 이름을 대면 된다'고 폐하께서는 말씀하셨습니다."

또 하나의 상자가 내 눈앞에 나타났다.

받아서 안을 보니, 분명히 아슬라 왕가의 문장이 들어간 메달이 있었다. 새 것인 듯한 모습을 보면, 일일이 서류를 작성하는 것도 귀찮을 테니 아예 새로 만들게 한 것일까.

아리엘에게 또 빚이 생겼다.

"그리고 저희도 루데우스 님을 도우라는 명이 있었습니다."

도움이라…. 그건 본격적인 원군이 올 때까지의 징검다리겠지.

아무리 그래도 처음부터 검왕이나 수제를 보내는 것도 힘들 테니까, 한가한 기사를 보내준 거겠지.

아니, 징검다리란 말은 좀 그런가.

그도 훌륭한 원군이다. 다름 아닌 아리엘이니까 확실히 비밀을 지키는 녀석을 골랐을 것이다.

전이마법진에 대해 떠들지 않는 녀석이다.

"음? 저희?"

"예. 자, 인사해."

산도르가 턱짓을 하자 벽이 움직였다.

로비 가장자리, 마치 가구처럼 놓여 있던 커다란 갑옷이 움직였다.

아까까지 그런 갑옷이 없었는데 몰랐다…. 존재감이 흐리군.

하지만 한 번 의식하니 존재감이 있었다. 쇳빛의 거대한 갑옷. 옆으로 널찍하고, 등에는 엄청나게 큰 전투도끼를 메고 있다. 도끼 전사다.

"…도가입니다."

"아, 안녕하세요. 루데우스 그레이랫입니다."

도가. 그와도 전에 한 번 만난 적이 있다.

아리엘의 방을 지키는 문지기였다. 뭐랄까, 조금 둔한 느낌

의 문지기였지.

도끼 전사가 아니라 갑옷 기사였던 모양이다. 하지만 이름도 덩치도 억센데, 얼굴은 왠지 순박하다. 말수가 적지만 마음씨 착한 장사란 느낌이다. 나이는 20대… 아니, 어쩌면 십대일지도 모르겠다.

산도르 쪽은 황토색의 나이스 미들.

그도 덩치가 있는 편이지만, 도가와 비교하면 말라깽이처럼 보인다.

어느 성의 보스전에서 둘이 동시에 나올 만한 콤비다.

"자, 뭐든지 명해주십시오. 저는 뭐든지 할 수 있습니다."

"어어, 음…."

기껏 왔으니 뭘 시켜야 하나.

적당히 용병단 팀에 넣을까…?

아니, 자노바에게 붙이는 것도 좋겠지. 하지만 아마도 싸움이 될 테니까.

"…산도르 씨는 싸움에 익숙합니까?"

"예. 물론이죠. 아슬라 왕국의 기사단 중에서 제일 강합니다."

제일인가. 하지만 그 기사단에 길레느와 이졸테는 포함되지 않았겠지….

솔직히 전력으로 미덥지는 않을 눈치다.

행동거지도 부드럽고, 아슬라 왕성에서의 언동을 보면 재미있을 만한 사람이니까 친구로서는 좋은 부류라고 생각하지만.

"아마 열강급과의 싸움이 될 텐데 괜찮습니까?"

"괜찮습니다. 아리엘 폐하를 모시기로 결심했을 때부터 목숨을 버릴 각오는 했습니다."

으음…. 그럼 괜찮나. 아리엘도 여기서 버리는 말로 생각하고 보냈을지도 모른다.

자노바에게 붙여주도록 하자.

…아니, 잠깐만. 조금 이상하지 않아? 방금 전에 연락했잖아? 아무리 아리엘의 일처리가 빠르다고 해도 너무 빠르지 않아?

타이밍도 너무 좋다. 사실은 인신의….

"너인가."

그 말에 돌아보자, 거기에는 올스테드가 있었다.

그를 보고 산도르는 고개를 숙였다.

"안녕하십니까, 용신 올스테드 님. 처음 뵙겠습니다. 아리엘 폐하께 들은 것보다 저주를 잘 막고 계신 모양이라 다행입니다."

슬쩍 보니, 엘프가 감격한 것처럼 두 손을 모으고 올스테드를 올려다보고 있었다.

뭐지…. 설마 처음 보는 건 아니겠지. 헬멧을 장착하고 있는 탓도 있겠지만, 저주 쪽은 의외로 괜찮은 걸까.

아니, 그것보다도 산도르가 문제다.

"지금은 아리엘을 섬기고 있나?"

"예. 이쪽에 증명서도 있습니다."

그는 그렇게 말하면서 품에서 서류를 꺼내 보여주었다.

거기에는 분명히 '산도르 폰 그랑도르를 아슬라 왕국 황금기 사단장으로 임명한다'고 적혀 있었다.

아리엘의 친필 사인과 아슬라 왕국의 문장이 들어 있었다.

일부러 가져온 걸까. 오히려 더 수상쩍게 느껴지는 건 아까 의심했기 때문일까.

"너희는 루데우스와 함께 행동해라. 너희는 기스에게 얼굴이 알려지지 않았을 것이다."

"알겠습니다."

"루데우스, 괜찮나?"

"예? 아, 예."

갑작스럽게 나오고, 갑작스럽게 결정되었다.

뭐, 올스테드가 그러라고 하면 그러겠지만….

"아, 아니, 안 됩니다. 잠깐 기다려 주세요. 갑자기 결정하시면 곤란합니다. 애초에 이자는 누구입니까? 올스테드 님도 아시는 거지요?"

"그래, 이 녀석은…."

올스테드는 거기서 입을 다물었다.

슬쩍 보니 산도르가 입에 손가락을 대고 있었다.

"모르신다면 모르는 편이 좋지 않겠습니까. 지금의 저는 아리엘 님의 기사이며, 앞으로의 저는 루데우스 님의 심부름꾼입니다.”

　그렇게 말씀하시는 것을 보니 꽤나 유명인이로군.

　누구지? 열강이란 느낌은 아니다. 약해 보이고.

　올스테드가 알 만한 유명인… 예를 들어서 용족과 관련된 인물이고, 성룡제 시라드나 명룡왕 맥스웰 정도. 아, 하지만 은발이 아닌데. 머리 정도는 염색할 수 있으려나?

　“괜찮습니까?”

　“이 남자라면 문제없다. 나도 네가 혼자 행동하는 게 불안했다. 하지만 이 녀석이라면 적임이다. 사도일 가능성도 낮고, 정보 수집도 잘하겠지.”

　올스테드가 자신 있게 그렇게 말한다면 믿어도 되는 거겠지.

　아리엘이 인맥만으로 괴짜를 기사단장에 앉힐 거라고 생각되지 않으니까, 실제로 제법 능력 있을지도 모른다.

　“맡겨주십시오.”

　일단 정보 수집을 잘하는 녀석이라고 하니까, 그쪽 방면으로 유명인일까?

　올스테드가 그를 아는 건 당연하고, 올스테드가 알 것을 당연하게 받아들이는 느낌, 정보를 다루는 인간이란 분위기다.

　나도 혼자 행동하는 건 불안했다. 그렇다고 해도 모르는 사람과 함께 행동하는 것도 불안하다.

　하지만 올스테드가 신용하는 인물이라면 의심할 필요는 없나?

아리엘이 보낸 원군이기도 하고.

올스테드는 딱 적임이라고 말했다…. 그렇다면 이 남자의 능력은 뛰어나고 안전하다고 봐도 좋을까.

그렇게 판단했다는 소리다.

아리엘도 이 남자를 심부름꾼으로 보냈다.

그녀는 내 상황을 알고 있다. 그러면서 이 상황에서 원군으로 보냈다.

적어도 전이마법진을 쓰게 할 정도로 신용하고 있다.

그럼 지금은 올스테드와 아리엘의 판단을 믿어 볼까.

"알겠습니다. 그럼 회의에 참가해 주세요. 아니, 이미 다 끝났습니다만."

"알겠습니다."

일단 작전 설명이 끝나면, 아리엘에게라도 이 사람에 대해 물어보자.

그렇게 생각하면서 나는 정체불명의 두 사람을 회의실로 데려갔다.

제2화 찾던 물건

비헤이릴 왕국.

중앙대륙 북부의 동쪽 끝에 위치하는 그 나라는 산, 바다, 숲으로 둘러싸여 있다. 국력은 그리 대단하지 않지만, 세 개의 대도시를 가지고 있다.

도시는 각각,

중앙, 수도 비헤이릴.

남쪽, 숲 앞에 제2도시 이렐.

동쪽, 바다를 접하는 제3도시 헤이레룰.

이라고 불렸다.

특징이라고 할 만한 특징은 없다. 구태여 말하자면 국력에 비해 국토가 넓다는 정도일까.

국토는 이웃나라의 두 배 정도 되지만 이웃나라와 엇비슷한 정도의 국력밖에 없다.

가도를 통해 연결된 나라는 두 개 있지만, 비헤이릴 왕국이 공격받는 일은 없다.

이 북방대지의 동부에서는 군웅할거의 시대가 계속되고 있는데도 말이다.

국토에 비해 국력이 부족한 비헤이릴 왕국이 왜 공격받지 않는가.

그 이유의 뒤에는 귀족鬼族의 존재가 있다.

비헤이릴 왕국은 바다에 덩그러니 떠 있는 귀귀섬에 사는 귀족과 깊은 친교가 있다.

옛날…이라고 해도 라플라스 전쟁이 끝난 뒤, 또한 비헤이릴 왕국 건국 후니까 기껏해야 50년에서 100년 전일까.

당시 귀귀섬에 사는 귀족과 북방대지 구석에 사는 인간 사이에 교류는 없었다.

어쩌면 바닷가에 사는 이들이라면 약간의 교류가 있었을지도 모르지만, 적어도 인간의 도시를 귀족이 고개 빳빳하게 들고 활보할 정도는 아니었다고 한다.

그 무렵 귀족에게는 문젯거리가 있었다.

바다에 사는 해어족의 침략을 받았던 것이다.

전투민족인 귀족은 침략에 굴하지 않고 저항했지만, 전력의 차이가 너무 컸다. 귀족은 한 명, 또 한 명 줄어들어서, 이대로 가다가는 언젠가 전멸하든가 해어족의 노예가 될지도 모르는 상황까지 몰렸다.

그런 귀족에게 나타난 것이 어느 모험가 파티였다.

그들은 귀귀섬에 금은보화가 있다는 소문을 듣고 섬에 찾아왔다고 했다.

어떤 이들이었는지 자세히는 모르지만, 리더는 인간이고 4인 파티였다고 한다. 아마도 검사, 개, 원숭이, 꿩이었을 게 틀림없다.

싸움과 보물을 꿈꾸는 모험가들.

그들이 본 것은 궁핍해진 귀족이었다. 싸움으로 숫자가 줄어들고 부상이 끊이지 않는 귀족의 전사들. 겁먹고 사는 귀족의 여자들. 미소가 사라진 귀족의 아이들….

그걸 본 모험가들의 정의심에 불이 붙었다.

그 자리에서 귀족을 돕기로 맹세하고 당시의 귀신과 교섭. 귀족 전사들과 함께 해어족의 거점인 미궁에 잠입. 격렬한 사투 끝에 해어족의 족장을 쓰러뜨렸다.

하지만 그 대가는 컸다.

인간 모험가 파티는 리더인 검사를 제외하고 전멸한 것이다.

동료를 잃은 인간 검사는 한탄하며 슬퍼했다.

그 모습을 보고 은의를 느낀 귀신은 그의 평생의 벗이 되었고, 앞으로 귀족은 모두 검사를 돕기로 맹세했다.

그런데 여기서 충격적인 진실이 밝혀진다.

사실 그 검사는 바다 건너에 갓 생긴 신흥국의 왕자였던 것이다!

왕자는 나라로 돌아가서 국왕이 된 뒤에, 귀족과 서로를 지키겠다는 맹약을 나누었다.

그 이후로 인간과 귀족은 손을 맞잡고 평화롭게 살고 있다.

뭐, 이게 비헤이릴 왕국의 간략한 건국기다.

어디까지 사실인지는 모르겠지만, 아무튼 귀족의 비호를 받고 있는 비헤이릴 왕국은 전력에 비해 국토가 넓고, 척박한 토지임에도 불구하고 타국의 침략을 받는 일 없이 나라를 지키고 있다.

비헤이릴 왕국이란 그런 나라다.

나는 그 나라의 도시 중 하나인 제2도시 이렐로 향했다.

멤버는 세 명.

아리엘의 기사라고 하는 황토색 갑옷을 입은 남자 산도르.
그 부하인 듯한 쇳빛 갑옷을 입은 남자 도가. 그리고 나다.

나는 두 사람이 가져온 마도구를 써서 얼굴을 바꾼 후, 마도
갑옷 '2식 개량형'을 입고 그 위에 또 갑옷을 걸쳤다.

또한 2식 개량형의 등에는 록시가 개발한 마도구를 장착하
였다.

허리춤에 있는 버튼을 누르면서 마력을 보내면, 그 버튼에
대응하는 슬롯의 스크롤이 자동적으로 발동된다는 구조다.

오른손과 왼손에 각각 다섯 개, 합계 열 개의 스크롤.

일일이 스크롤을 꺼내지 않아도 되기 때문에 편의성이 뛰어
나지만, 두꺼운 스크롤을 접은 상태로 발동시킬 수 있도록 했
기 때문에 책가방처럼 덩치가 커졌다.

그 형태는 무슨 추진제를 뿜어내는 것 같기 때문에, 나는 그
것을 '스크롤 버니어'라고 부르기로 했다.

개틀링 건에 이은 록시 머신 2호다.

마도갑옷, 스크롤 버니어, 갑옷. 그것들을 장착한 위에 망토
를 걸친 내 모습은 2미터를 넘는 체격의 거한이 갑옷을 입고
걷는 것처럼 보이는 모양이다. 변장으로 적절하겠지.

설정상 호위 일을 하면서 각지를 도는 북신류의 수행자이며,
이 근처에서는 딱히 이유도 없이 누구 센 녀석이 없을까 싶어
서 흘러왔다는 느낌이다.

다른 이의 눈에는 리더인 산도르를 덩치 둘이 따라다니는 것으로 보일 것이다.

참고로 내 가명은 크레이라고 했다.

이동방법은 마차.

현재 나는 세 명의 갑옷기사 중 한 명으로, 짐차 같은 마차를 타고 이동 중이다.

든든하게 갑옷을 입은 기사가 세 명. 꽤 눈에 띌 것 같지만, 이 세계에서는 그리 드물지도 않은 광경이다.

마법도시 샤리아에서는 갑옷 차림의 모험가가 별로 없지만, 비헤이릴 왕국에서는 비슷한 이들과 종종 엇갈렸다.

자, 마차로 이동하는 가운데 두 사람과는 다시 간단하게 자기소개를 나누었다.

산도르 폰 그랑도르.

아슬라 왕국 황금기사단장.

그는 원래 각지를 전전하는 용병이었다고 한다. 오랫동안 분쟁지대에 있었지만, 아리엘의 대관식 때 아슬라 왕국으로 이동. 아리엘의 목소리와 용모가 마음에 들어서 어떻게 부하가 될 수 없을까 시행착오를 겪던 참에 아리엘의 눈에 들었기에 이때다 싶어서 자기 어필. 지금 지위까지 올랐다고 한다.

그렇게 들으면 아부를 잘할 뿐인 것 같지만, 아리엘도 아부만 잘하는 녀석을 기사단장에 앉히지 않는다.

뭔가 뛰어난 능력이 있는 거겠지.

바로 그 아리엘에게 그에 대해 물어본 결과, 문제되는 것은 없고 신뢰할 만한 인물이라는 대답을 얻었다. 정체에 대해서는 더 가르쳐 주지 않았다. "으음, 모르시는구나. 우후후, 그럼 비밀." 이라며 웃어넘기려는 느낌이 있었다.

하지만 일단 아리엘의 기사라는 게 거짓이 아니라면 좋은 걸로 치자.

황금기사단인 것치고 갑옷은 별로 빛나지 않았다.

빛이 어떻게 반사되느냐에 따라서 황금으로 보이지 않는 것도 아니고, 혹시 잘 닦으면 빛날지도 모르지만.

이래선 금색이 아니라 황색이다.

황색기사단이다. 어라, 그건 그거대로 센 것 같은데? 황색의 14번 같은 느낌으로.

"하지만 아슬라 왕국에 황금기사단이란 게 있었나요…."

백기사나 흑기사는 있었던 것 같은데, 금색은 없었던 것 같다.

"폐하가 대관하신 뒤에 신설된 기사단입니다. 표면적인 임무는 아리엘 폐하의 신변경호입니다만, 폐하의 명령만 있으면 어디든 가고, 어떤 일이든 합니다. 금기인 전이마법진을 써서 말이죠."

말하자면 아리엘의 사병인가.

"애초부터 '협력자를 돕기 위해' 창설되었다고 들었습니다."

"호오."

우리를 위해 신설했나.

실로 의리 있다. 그리고 무섭다. 앞으로 아리엘은 뭘 요구해 오는 걸까. 올스테드가 갚아준다면 좋겠는데….

"신설되었기에 아직 숫자는 적습니다만, 정예입니다. 저도 이렇게 보여도 북신류를 좀 했으니까요."

산도르는 그렇게 말하며 웃었지만, 검은 가지고 있지 않았다.

"그렇게 말씀해도 검이 없는 것 같은데요?"

"검보다 이쪽이 세다고 생각해서."

그는 쇠파이프 같은 금속 몽둥이를 부웅 하고 휘둘렀다. 봉술사인 모양이다.

애초에 이 세계에서는 검술이 이상하게 발달했고, 스펠드족의 영향으로 창과 비슷하게 생긴 무기는 사랑받지 못하기도 하지만, 봉술을 이 세계에서 보는 건 또 처음이다.

그렇긴 해도 북신류라면 어떤 무기를 써도 이상하지 않다.

이미 검사의 범주도 아닌 것 같지만, 북신류에는 닌자 같은 것도 있었고.

"사정거리가 긴 쪽이 유리할 테니까요."

"그렇죠. 바로 그겁니다. 검신류는 말도 안 되는 거리까지 참격을 날리죠. 수신류는 어떤 거리에서의 공격도 받아 흘립니다. 그러니까 강한 겁니다. 그럼 검에 얽매이지 말고 처음부터 긴 무기를 쓰면 됩니다."

단순한 이론이다.

내 전생에서는 그런 이론이 통해서 무기 사정거리가 점점 길어졌다.

하지만 이 세계에서는 다르다. 그 이론이 통하면 검사가 특별 대접받지 않는다.

검사가 강한 것은 치유 마술로 순식간에 상처를 치료하거나 이상하게 생명력이 센 생물이 있는 이 세계에서 적을 일격에 쓰러뜨리기 때문이다.

그러니까 아쉽게도 산도르의 봉술은 약한 자의 얕은 지혜다.

인간이 상대라면 유효할지도 모르지만, 뛰어난 치유능력을 가진 마물이라면 상대하기 어렵겠지.

"이쪽의 도가도 황금기사단의 일원입니다."

"……음."

도가. 성은 없다. 아슬라 왕국 도나티령 출신.

그는 원래 아슬라 왕국의 병사였다. 왕도의 문을 지키는 문지기였다는 모양이다.

하지만 황금기사단장으로 임명된 산도르가 그의 우수함을 간파하고 스카우트했다는 이야기였다.

"스카우트도 하는군요."

"이상적인 기사단을 만드는 것도 단장의 일이니까요. 앞으로도 계속 강하고 쓸 만한 인원을 들일 생각입니다!"

단장의 일인가.

생각해 보면 미리스의 무녀 밑의 호위부대도 단장인 테레즈가 제일 약했다.

조직에서 리더가 제일 강할 필요는 없다는 소리겠지. 중요한
건 지휘능력이다.

"하지만 황금기사단이라는 이름치고 도가 씨의 갑옷은 황금
색이 아닌 것 같은데요?"

"하하하, 그렇긴 하죠. 식전 때 말고는 눈에 띄는 갑옷을 입
는 바보가 어디에 있습니까."

"아슬라 왕성에서는 두 사람 다 눈에 띄었던 것 같은데요?"

"폐하의 방 근처에 가는 것은 식전과 같습니다. 기사단이란
폐하의 권위를 상징하는 것 중 하나니까요. 폐하의 방 앞에 빛
바란 갑옷을 입은 자가 있다면, 그걸 본 자가 '아슬라 왕국의
국왕은 겉으로는 으리으리하지만, 뒤로는 수상쩍은 놈들과 어
울리고 있다'는 소문을 낼지도 모릅니다. 왕이란 항상 휘황찬
란하게 높은 곳에 있어야만 하는 존재입니다."

지당한 말씀.

그리고 그런 분에게 매번 투박한 회색 로브 차림으로 찾아가
서 미안하다.

하지만 어쩔 수 없어. 폐하는 휘황찬란하게 높은 곳에 있는
존재로 보이지만, 뒤로는 올스테드 코퍼레이션이라는 수상쩍
은 놈들과 어울리고 있으니까.

"그럼 다음부터는 나도 수상쩍은 놈으로 여겨지지 않도록 정
장으로 가야겠군요."

"아뇨, 아뇨, 당신이 정장으로 오면 그것도 안 될 일이니까요. 식전 이외에는 꼭 후줄근한 차림으로 와 주세요."

"무슨 의미야, 그건?"

"하하하하하!"

쾌활하게 웃는 산도르.

역시 못된 인간으로는 보이지 않지만, 인신의 사도에 착하고 나쁜 건 없다.

올스테드도 아리엘도 괜찮다고 말했지만, 나라도 경계하도록 하자.

"그렇긴 해도 이 근처는 눈이 별로 없군요."

산도르의 말에 나는 주위를 둘러보았다. 평원에는 희미하게 눈이 남아 있지만, 마차로 여유 있게 이동할 수 있을 정도였다.

물론 아직 농사를 지을 정도는 아닌지 드러난 지면은 거칠어진 상태고, 밭인 듯한 장소에는 아무것도 없었다. 멀리서 봐도 이 주변의 땅에는 영양분이 없는 걸 알 수 있었다.

북방대지라면 이 시기는 눈으로 뒤덮여 있지만, 비헤이릴 왕국은 생각 이상으로 눈이 적은 모양이다.

바람은 차고, 기온은 낮다. 공기도 건조하다. 그저 눈이 적을 뿐이다.

"산의 영향일까요?"

"산이 관계있다고요?"

"서쪽의 산이 구름을 막아주고 있어서 이쪽까지 눈이 오지 않는 걸까 싶어서요."

"호오…. 역시나 루데우스 님은 박식하시군요."

"틀린 생각일지도 모르지만요."

이 세계의 날씨는 전생의 세계의 상식이 다 들어맞는 것도 아니다.

대삼림은 석 달 내내 비가 오기도 하고, 딱히 사막이 될 요소가 없는 대륙이 사막이 되기도 한다. 산하고 관계없이 서쪽 숲의 마력이 방해하는 탓에 눈이 안 오는 것일 가능성도 충분히 있다.

"제 숙부도 그런 쪽에 열성을 기울이는 분이라서요."

"헤에, 무슨 연구를 하고 계십니까?"

"구름은 어디서 와서 어디로 흘러가는가, 사람은 어디서 와서 죽으면 어디로 가는가, 그런 걸 생각하면서 하루 종일 하늘을 쳐다보며 지냈습니다."

철학자일까.

하지만 그도 그렇군. 나도 혹시 노후란 것이 온다면 그런 매일을 보내고 싶다.

환갑을 넘은 뒤에 실피나 록시와 나란히 앉아서 영감, 할멈 소리를 하면서 느긋하게 보내는 것이다.

아…. 아니, 실피는 엘프의 피가 섞였고, 록시도 미굴드족이니까 젊은 채로 있을까?

에리스는 할머니가 되어도 쌩쌩할 것 같은 이미지고….

늙는 건 나뿐인가.

"그건 또 철학적이군요."

"철학이라고요?"

"철학이란 건… 아, 마물이네요."

"맡겨주세요."

이동 도중에 몇 번이나 마물의 습격을 받았다.

숲이 많은 나라라는 말대로, 가도가 숲 바로 옆을 지나는 일도 있기 때문이다.

그때에 그들의 역량을 구경했는데, 아슬라 왕국에서 제일이라는 보증이 붙을 만큼 확실히 괜찮은 역량을 보였다.

민첩하고 기교에 뛰어난 산도르와 거대한 도끼로 상대를 일격에 쓰러뜨리는 도가.

외모에서 연상한 그대로이고, 반대로 말하자면 그 이상은 아니었다.

그렇긴 해도 최소한 검사로서 상급은 되겠지.

열강급과의 싸움에서는 방해가 되겠지만, 적어도 도중에 짐이 되는 일은 없다.

그걸 실감했을 무렵, 제2도시 이렐에 도착했다.

제2도시 이렐은 언뜻 봐선 별다를 것이 없는 도시였다.

주위에 주욱 벽을 둘렀고, 입구 부근에는 노점상들이 있는, 이 세계에서 가장 보편적인 구조.

마법도시 샤리아보다 목조 건축이 많은 게 특징이라면 특징일까. 경사가 큰 지붕을 가진 목조 건물이 이웃과 거리를 두면서 늘어서 있었다. 숲으로 둘러싸인 이 나라는 당연하게도 목재가 풍부한 모양이다.

마구간에 마차를 맡기고 숙소로 걸어가다가 안 건데, 노점상의 숫자가 적게 느껴졌다.

손님이 적으니까 상인도 모이지 않는다…라는 건 알겠지만, 손님이 될 만한 모험가의 숫자는 많다.

아까부터 갑옷 차림의 전사나 로브를 입은 마술사와 종종 엇갈렸다.

노점상의 숫자와 모험가의 숫자가 맞지 않았다.

어떤 이유가 있는 걸까, 아니면 이 정도는 오차 범위일까….

"아아…."

주위를 보면서 걷다가, 행인과 부딪칠 뻔했다.

"오오…."

그 녀석은 컸다.

키는 3미터 정도 될까. 갑옷으로 덩치를 불린 내가 올려다봐야만 할 정도였다.

혹시 하프 자이언트라는 종족이 있다면 이런 느낌일까.

피부 색깔은 적갈색이며 머리칼은 검붉었다. 전신이 근육으로 뒤덮였고, 팔다리도 목도 굵직했다.

특필해야 할 점은 그 머리.

커다란 머리. 아래턱이 이상하게 크고 튀어나왔다. 입에서는 두 개의 송곳니가, 아래턱에서 위를 향해 삐져나왔다. 또한 삐죽삐죽한 검붉은 머리에서도 두 개의 뿔이 있었다.

한눈에 알았다. 귀족이다.

"조심, 해."

부딪칠 뻔한 귀족은 그렇게 말하며 나를 째려보더니, 그대로 길을 걸어갔다.

등에 커다란 짐을 짊어졌지만, 그 덩치도 있어서 가볍게 보였다.

귀족을 가까이서 보는 건 처음인데, 위압감이 있군.

여기 비헤이릴 왕국에서는 귀족이 태연하게 활보한다.

국민도 그걸 받아들여서, 가까이 있는 게 당연하다는 듯이 행동했다.

특정 종족을 동포로 대하는 것은 다른 나라에서는 좀처럼 볼 수 없는 광경이다.

"크레이, 너무 두리번거리지 마. 촌놈도 아니고."

"어? 어, 어어…."

산도르에게서 날카로운 말.

여행 도중과 전혀 다른 어조로 말하는 이유는 변장 때문이다.

"어차피 이 근처에는 대단한 녀석이 없어. 찾아봤자 소용없어."

"그렇군."

그래, 우리는 북신류의 수행자. 더 강한 녀석이 아니면 흥미 없다는 얼굴을 해야 한다. 안 그러면 모처럼의 변장이 소용없어진다.

"먼저 숙소를 잡자. 크레이, 도가, 괜찮지?"

"그래."

"……음."

마부석의 도가는 평소와 같지만, 산도르는 미리 이야기한 대로 확실히 연기하고 있다.

산도르가 리더로 움직이는 것으로 내 존재를 감출 수 있다. 나는 산도르의 동생뻘인 크레이. 직업은 전사다. 좋아.

"산도르. 숙소가 정해지면 도착 기념으로 술집에서 한 잔 어때?"

"흥, 너는 평소에 이상한 소리만 하지만, 가끔은 그렇게 멋진 의견을 말하지. 도가도 보고 배워."

"……음."

그런 대화 후에 우리는 숙소로 향했다.

술집에 들어간 순간 위화감이 느껴졌다.

"…응?"

지금까지 가 본 술집과 다르다고 느꼈다.

그렇다고 해도 눈에 들어오는 건 평범한 술집이다. 모험가가 많다. 마을사람도 그럭저럭 있나.

손님의 2할 정도가 귀족이지만, 그게 위화감의 정체일 리는 없다. 많은 종족이 북적대는 술집은 드물지 않다.

그럼 뭐지?

딱히 시선이 모이는 것도 아니다. 이상한 녀석이 있는 것도 아니다. 이상한 점이 있는 것도 아니다. 하지만 위화감은 있었다.

"왜 그래, 크레이?"

"뭔가 이상하지 않아, 이 술집?"

그는 주위를 둘러보았지만, 내가 느낀 위화감은 느끼지 않은 모양이었다.

"…모르겠습니다. 그만둘까요?"

산도르는 작은 목소리로 그렇게 제안하였다.

"아니, 위화감의 정체를 알고 싶어."

"알겠습니다."

산도르는 그렇게 말하더니, 경계심이 부족한 느낌의 발걸음으로 술집에 들어가서 빈 자리에 앉았다.

도가에게 떠밀리듯이 나도 그 뒤를 따라갔다.

도가가 의자에 앉자, 의자가 끼익 소리를 내면서 삐걱댔다.

이 술집의 의자, 묘하게 크고 튼튼하군.

마도갑옷을 입고 의자에 앉을 때는 주의해야 하는데, 이거라면 평범하게 앉아도 괜찮겠다.

위화감의 정체는 이거일까? 아니, 설마.

"이걸로 적당히 부탁해. 요리랑 술, 그리고 이 동네 사정을 잘 아는 녀석을 소개해 줘. 얼른 해, 이쪽은 긴 여행으로 지쳤거든. 아, 저쪽 덩치한테는 술 말고 다른 걸로 줘. 과일즙 짠 거나 가축 젖… 없으면 물이라도 줘."

내가 의자를 신경 쓰고 있자, 산도르가 점원에게 동전을 네 닢 정도 던져 주었다.

"네, 알겠습니다."

음, 점원도 귀족이다. 귀족의 여성. 여성이니까 남자보다는 호리호리한 체격이군.

키는 크고 팔도 굵직하다. 하지만 전체적으로 인간에 가깝다. 어쩌면 하프일까. 이게 위화감… 아니, 이건 아냐.

"그~러~니~까, 두리번거리지 말라고 했잖아."

"…미안."

산도르가 머리를 쥐어박았다.

"그렇다고 때릴 것까진 없잖아."

"뭐야? 너 나한테 대드는 거냐?"

난폭하지만, 산도르의 눈은 나를 위압하는 게 아니었다.

단순히 지금 내 태도가 수상쩍으니까 주의하라는 것이다.

"아니, 그게 아냐…. 하지만 왠지 뭔가 마음 편치 않아."

"편치 않아? 안 좋은 예감이라도 들어?"

"안 좋은… 건 아냐."

이 위화감, 안 좋은 느낌은 아니다.

오히려 나는 이걸 계속 찾고 있었다는 느낌마저 있었다.

설마 싶지만, 이 자리에 기스나 루이젤드가 있는 것도 아닐 테고….

얼른 이 느낌의 정체를 확인하고 싶다. 그렇게 생각하니 무심코 두리번거리게 된다.

술집 안은 시끌벅적했다. 흔해빠진 술집이다. 웃는 사람들, 으르렁대는 사람들.

대부분이 술을 마시고 요리를 먹고 있다. 요리도 그리 대단한 게 아니다. 어디에나 있는 생선찜이다.

하지만 내 머리가 계속해서 위화감을 전하고 있었다.

다른 술집에는 없는 것이 여기에는 있다.

"너희냐, 정보를 듣고 싶어 한다는 게."

내가 주위를 보고 있자, 테이블 앞에 한 남자가 앉았다.

인간이다. 쥐새끼처럼 교활해 보이는 얼굴의 남자.

"네가 이 동네 정보통인가?"

"음, 여기 일이라면 뭐든지 알지. 모험가 파티의 숫자, 행상인이 물건을 들여오는 루트, 무기점 주인의 불륜 상대까지."

"그럼 좀 가르쳐 줘. 이 동네에 막 도착했거든. 트러블은 피하고 싶어."

산도르는 그렇게 말하면서 남자에게 동전 몇 닢을 쥐어 주었다.

"이 정도로는 변변찮은 것밖에 못 가르쳐 주겠는데."

"지금은 대단한 걸 알고 싶은 것도 아냐. 하지만 네가 진짜로 인맥 있는 정보통이란 걸 알게 되면, 일의 중개를 부탁할 수도…. 그렇지?"

산도르가 나를 향해 그렇게 말했기에 나도 자신만만하게 웃었다.

지금의 내 얼굴은 루드 용병단 소속의 거친 남자의 것이니까, 그렇게 하면 제법 박력 있어 보이겠지.

"흥, 사람 겁주긴."

정보통은 내 웃음에 어깨를 으쓱이더니 다시 산도르 쪽을 보았다.

일단 위화감에 대한 건 넘어가자.

"그래서 뭘 알고 싶어?"

"우리가 알고 싶은 건 이 동네의 상식, 영역, 지리, 적으로 돌리면 안 되는 상대일까…. 아, 그리고 이 근처에서 뭐 밥벌이가 될 만한 일이 일어났으면 가르쳐 줘."

"그래."

처음부터 기스에 대해 묻지는 않는다.

서둘러선 안 된다. 우리는 어디까지나 수행자. 용병 비슷한 불한당이다. 잔챙이 마족에게는 볼일 없다.

"상식이라고 해도 대단한 룰은 없어. 국법을 지키면 대충 살아갈 수 있는 도시지. 아… 하지만 귀족이 많으니까, 그런 쪽으로 조심해. 이 나라 사람은 귀족과 친밀해. 너희가 경건한 미리스 신도라면 귀족에 대한 험담은 마음속으로만 하도록 해."

"말하면 어떻게 되는데?"

"네가 필요한 것을 팔아 주지 않을 거고, 숙소도 못 잡겠지. 이 술집 주인도 귀족이야. 출입금지를 당하든가, 썩기 직전인 음식을 먹게 되지 않을까?"

귀족은 좋은 이웃.

고로 험담을 했다간 귀족보다도 인간이 화낸다는 소리겠지.

샤리아도 다른 종족에 대해 꽤나 관대한 느낌이지만, 구별은 하였다. 이 정도로 뒤섞여 사는 건 아니다.

"지리는… 간단히 말하자면 북쪽으로 가면 수도, 남쪽으로 가면 마을이 하나 있어. 이름도 없는 작은 마을이지만, 나무꾼이 몇 명 살고 있으니까 마물 쪽으로는 강해. 남동쪽으로는 미궁도 있지. 자세한 위치는… 별도 요금이야."

"가르쳐 줘."

산도르는 동전을 또 몇 닢 내밀었다.

미궁의 위치를 들었다. 갈 생각은 없지만, 알아서 손해 볼 일은 없겠지. 미궁 위치에 대해서 들은 뒤에 다시 본론으로 돌아왔다.

"적으로 돌리면 안 되는 녀석은 아까 말했던 것처럼 귀족이야. 이 나라에서는 귀족이 인간과 같은 대접을 받으니까. 또… 아, 그렇지. 적으로 돌리면 안 되는 상대는 아니지만, 가까이 가지 않는 편이 좋은 장소가 있어. 지룡의 계곡이야."

지룡의 계곡.

중요한 단어가 튀어나왔다. 루이젤드가 발견되었다는 것도 그 계곡 근처의 마을이었지.

"계곡은 울창한 숲 안쪽에 있는데… 그 숲은 '돌아오지 않는 숲'이라고 불려서 말이야, 예전부터 눈에 보이지 않는 악마가 출몰한다면서 출입금지가 되었어."

"눈에 보이지 않는 악마?"

"뭐…. 보이지 않는 악마라는 소리는 애들을 겁주기 위한 미신 같은 거야. 지룡의 계곡은 그 말처럼 지룡이 살고 있어. 함부로 모험가가 그 숲에 들어갔다가 둥지를 어지럽히기라도 해봐. 분노한 지룡의 무리에게 나라가 통째로 결딴날지도 모른다…고 해서 출입금지가 된 거겠지."

그때 남자가 문득 생각난 듯이 눈썹을 찌푸렸다.

"하지만. 최근…이라고 해도 1년 정도 전의 일인데, 돌아오지 않는 숲에서 악마가 나왔다는 소문이 퍼졌지."

"호오."

"이 도시의 영주가 조사단을 조직해서 숲속을 조사시켰어.

하지만 조사대는 예정일이 지나도 돌아오지 않았어. 보이지 않는 악마에게 당했다, 아니면 지룡의 둥지에 들어간 거다, 그냥 단순히 마물에게 당한 거다…. 뭐, 그런 식으로 온갖 소문이 돌았지. 하지만 전멸한 건 아니었어. 제1차 조사대의 생존을 포기하고 영주가 다음 조사대를 보내려고 했을 때였어. 한 명이 갑자기 돌아온 거야."

그때 남자는 살짝 상체를 앞으로 굽히고 진지한 얼굴로 내 쪽을 보았다.

왠지 분위기가 호러가 되는군. 내가 아니라 산도르를 보라고.

"하지만 그 남자는 정신이 나간 상태였어. 꽤나 무서운 걸 본 거겠지. 무슨 일이 있었냐고 묻는 영주에게 퀭한 눈으로 '악마가 있었다, 악마가…'라는 소리만 할 뿐. 그 모습을 보고 영주도 무서워졌는지, 그 이후로 조사단을 보내는 걸 포기했어. 조사단은 지룡에게 잡아먹힌 것으로 처리되고 함구령을 내려서 이 사건에 대해 더 이상 말하지 않도록 했다…. 진실은 어둠 속, 미해결 사건으로 처리되었다. 이게… 반년 전의 일이야."

"……."

"그리고 그걸로 끝이면 다행인데, 최근 그 이야기가 국왕님께 닿은 거야. 국왕님은 말씀하셨지. '근처에 마을도 있는데 왜 모르는 채로 방치하는 것이냐!'라고. 국왕님은 토벌대를 조직하기로 결정하셨지. 그리고 현재 수도 쪽에 실력 있는 놈들이 모이고 있어."

그리고 남자는 고개를 들었다.

"그렇게 된 거야. 악마의 정체를 캐내고 해치우는 자에게는 특별보수로 비헤이릴 금화 열 닢이 나온다고 해. 당신들의 밥줄거리가 될 만한 이야기지?"

과연, 눈에 보이지 않는 악마라.

내가 들은 루이젤드의 목격정보와는 조금 다르지만….

이런 걸까?

일단 루이젤드가 어떤 목적으로 마을에 갔을 때, 악마로 지목되었다.

'돌아오지 않는 숲 근처에 악마가 나왔다' 그게 '돌아오지 않는 숲에는 보이지 않는 악마가 있다'는 정보와 섞여서 '보이지 않는 악마가 숲에서 나왔다'는 정보가 되었다.

소문은 점점 더 살이 붙고, 정보가 꼬였다.

용병단의 정보망은 꼬이기 전의 정보를 운 좋게 손에 넣었다. 애초부터 핀포인트로 그런 상대를 찾으려고 했던 탓도 있겠지.

물론 반대의 경우도 있을 수 있다.

'정말로 보이지 않는 악마가 나왔다' → '악마라고 하면 스펠드족' → '그러고 보면 나온 녀석은 녹색 머리였던 것도 같다'라는 흐름으로….

아니, 잠깐만. 하지만 그런 흐름이면 약을 샀다는 정보는 나오지 않지.

뭐, 소문에 어떤 꼬리가 붙어도 이상하지 않지만. 약 운운은 소문과 관련이 없다.

하지만 루이젤드라면 상대에게 들키지 않고 조사대를 전멸시킬 수도 있겠지.

왜 그런 짓을 하지?

들키면 곤란한 것, 알려지면 곤란한 것이 숲속에 있다는 소린가?

"그래…. 그거 재미있는 이야기로군. 어때, 크레이? 너도 그렇게 생각하지?"

"그래, 악마라… 분명히 재미있겠어. 포상금으로 금화 열 닢이란 것도 좋아."

적당히 대답했지만, 내 머릿속은 다른 생각으로 가득했다.

어찌 되었든 숲에는 가 봐야만 한다.

이만큼 정보가 나왔는데, 루이젤드와 관계없다고는 생각되지 않았다.

"하지만 상금은 선착순이잖아? 아마도 파티별로 참가하게 될 거야. 우리는 모험가가 아니니까, 혹시 참가하려면 서포트가 필요한데."

산도르가 눈짓을 했다. 알고 있다고요.

"그래. 찾아달라고 할까."

"좋아. 정보상, 추가 요금이다."

산도르는 동전을 또 몇 닢 남자 앞에 쌓았다.

"시프를 하나 찾아줘. 조건은 모험가, 할 수 있는 게 많은 녀석이고, 정보 수집이 특기라면 더 좋아. 전투 능력은 별로라도 좋아. 우리가 싸울 거니까. 보수는… 어쩔까. 귀찮은데. 찾아오면 우리가 나서서 교섭하지."

"기한은?"

"토벌대 결성이 마감되기 전이면 좋겠지만… 아직 시간은 있지?"

"한 달은 걸릴걸."

"그럼 일단 열흘 뒤, 또 이 술집에서 보자. 어때?"

"좋아, 맡겨줘."

남자는 동전을 챙기더니 잽싸게 품에 넣고 일어났다. 그리고 술집의 사람들 사이에 섞여서 순식간에 사라졌다.

대단하다, 산도르. 숲의 정보를 얻고 기스 수색의 손길을 뻗었다. 북신의 정보는 들을 수 없었지만, 이야기의 흐름상 어쩔 수 없는 일이겠지. 나도 이런 수완을 좀 배우고 싶다.

"대단하군요."

"아내가 이런 교섭을 잘해서 말이죠. 가까이에서 보고 있으면서 자연스럽게 익히게 되었습니다."

기혼인가. 그럼 더욱 집에 돌아가야만 하겠군.

아니, 이런, 말투가.

"어흠. 그래서 이다음에는 어떻게 해?"

"정보를 기다려야겠지만 열흘 동안 아무것도 안 하는 건 심심한데…. 어디서 좀 다리나 쭉 펴고 쉴까. 도가, 너 어디 가고 싶은 데 없냐?"

"……나무꾼, 보고 싶어."

"그럼 정찰 삼아서 남쪽 마을에라도 가볼까."

그렇게 이야기 나누며 결정하는 척하지만, 사실 남쪽 마을에 가는 건 처음부터 정해진 일이다.

열흘… 아까 들어본 바로는 마을까지 잘해야 하루 정도 걸리나.

내일은 오전 중에 마법진이나 통신석판을 설치하고 마을로 이동.

내일이나 모레에 숲에 들어가서 5~6일 정도 들여서 숲속을 수색. 그 뒤에 돌아와서 정보상에게 기스의 정보를 듣고 조사 내용을 석판을 통해 연락하는 형태로 갈까.

"자, 오래 기다리셨습니다!"

그렇게 생각하고 있자니 요리가 나왔다.

생선찜에 술이 나왔다.

도가 앞에는 무슨 검은색 액체가 놓였다. 무슨 주스일까. 별로 맛있어 보이진 않지만 흥미가 생겼다. 나중에 좀 마시게 해 달라고 할까.

자, 이런 긴박한 상황에서 술이 잘 들어갈 것 같지 않지만, 술집에 왔는데 안 마시는 것도 눈에 띄는 행동이다.

한 잔만.

"그럼 우리의 성공을 위하여."

"건배!"

"…건배."

잔을 부딪치고 단숨에 쭈욱. 쓸쓸한 액체가 입 안에 퍼지고 목이 뜨거워졌다.

하지만 뒷맛은 부드….

"…푸웁!"

도가가 검은 액체를 내뿜었다.

"쿨럭… 쿨럭…."

"어?!"

주위에서 무슨 일인가 싶어서 우리를 쳐다보는 가운데, 도가가 쿨럭대면서 몸을 숙였다.

나는 다급히 그의 등에 손을 대고 해독 주문을 걸었다. 하지만 도가는 지면을 향해 입을 벌리고 질질 침을 흘리고 있었다.

"어이, 정신 차려!"

제길, 뭐지? 뭘 마신 거지?!

독인가?! 역시 아까 위화감! 뭔가 이상하다 싶었어! 아직 뭐가 이상한 건지는 모르겠지만…!

해독이 먹힐까? 진정해, 이럴 때일수록 진정해.

일단 이 음료에 무슨 독이 있었는지 알면….

"이 자식, 뭘 내놓은 거야!"

"아, 죄송합니다!"

산도르가 점원을 을러대는 가운데, 나는 필사적으로 냉정해지려고 도가가 마시던 잔으로 손을 뻗었다.

그리고 일단 그걸 손에 들고 코로 가져가서 냄새를 맡았다.

……어라? 이 냄새, 혹시나.

"인간이셨군요…. 체격이 크니까 분명히 귀족인 줄로만 알고 실수했습니다."

"그러니까 뭘 준 거냐고!"

나는 손가락에 액체를 묻혀서 핥아보았다.

이 맛, 역시나.

"어어, 콩으로 만든 음료로 귀족이 좋아하는 것인데, 인간 분에게는 자극이 너무 세서 평소에는 묽혀서 내놓습니다…. 정말 죄송합니다!"

"독은 아니라고?!"

"예, 인간 분은 너무 많이 마시면 독도 되겠지만… 하지만 한 모금 정도라면."

"제길! 어이, 도가, 괜찮냐? 어이!"

산도르가 허둥대는 가운데, 나는 평정을 되찾고 있었다.

생각해보면 나는 이 주점에 들어왔을 때부터 계속 이 냄새를 맡고 있었다.

아마 생선찜에도 쓴 거겠지. 위화감의 정체는 이거다. 동시에 이 음료의 정체도 알았다. 분명히 너무 많이 마시면 독이지만, 한 모금밖에 안 마신데다가 도가는 거의 다 토해냈다.

뭐, 조금 속이 이상하겠지만, 큰일은 안 나겠지.

"⋯⋯."

나는 다시 검은 액체를 손가락에 묻혀서 핥았다.

응.

그래, 이거다. 틀림없다. 내가 틀릴 리가 없다.

이건 간장이다.

제3화 찾던 자

지난 화까지의 이야기!

나, 루데우스는 그 자리에서 즉시 돈을 꺼낸 후 간장을 병으로 구입하고 서둘러 움직였다!

다음 날. 제2도시 이렐의 교외로 가서 전이마법진과 통신석판을 설치한 후에, 루이젤드가 목격되었다는 마을로 향했다.

비헤이릴 왕국, 지룡의 계곡 근처에 있다는 마을은 제2도시 이렐에서 한나절 거리에 있었다.

'지룡 계곡의 마을'이나 '돌아오지 않는 숲의 마을'이라고 불리지만, 나라가 정한 정식 명칭은 마손 마을이다.

그렇다고 해도 마손 마을이라는 말로는 통하지 않는 일이 많으니까 그냥 '지룡 계곡의 마을'이면 되겠지.

아무것도 없는 마을이었다.

특산품이 있는 것도 아니고, 관광지가 있는 것도 아니다.

숲의 나무를 베고 숲 근처의 영양가 있는 땅을 일구어 채소를 키우지만, 피트아령의 부에나 마을처럼 뭔가를 만들기 위해 사람들이 모여서 만들어진 마을이 아니었다.

애초에 여기에 살던 사람들이 있고, 그게 비헤이릴 왕국의 산하에 들어갔다.

그런 느낌이겠지. 나라가 아니라 사람이 먼저다.

집과 집 간격도 떨어져 있고, 썰렁하고, 인적도 없고, 한산하지…는 않았다.

우리가 도착했을 땐 촌구석 마을이라고 할 수 없을 만큼 사람들이 있었다.

마을사람은 아니다. 분명히 이 마을의 사람이 아닌 듯한 분위기인 자들이 마을 입구에 모여 있었다.

갑옷 차림에 허리에는 검. 모험가일까. 아니, 모험가치고 험악한 분위기다. 용병이나 현상금 사냥꾼일까.

"산도르, 이건 먼저 선수 치려는 녀석이 많다는 소릴까?"

어제 술집에서의 행동도 그렇고, 이동 중의 수완. 산도르는 능력 있는 남자다.

지금까지 그의 유용성에 대해서는 반신반의했는데, 이거라면 올스테드가 내게 붙여준 것도 납득이 간다. 이런 상황에서는 항상 의견을 들어두고 싶다.

반대로 도가 쪽은 별로 도움이 되지 않는다. 짐이랄 정도는 아니지만… 지금으로서는 따라오고 있을 뿐이란 느낌이다.

뭐, 나도 남을 품평할 수 있을 정도로 대단하지 않다. 어디서 누군가의 도움이 되겠지.

"아니, 밑조사하러 왔을 뿐이겠지. 지금부터 정보를 모아두면 개시 직후에 유리하니까."

"하지만 먼저 나서서 대상을 사냥하려는 녀석도 있겠지?"

"있다고 해도 그리 많지 않아. 이건 나라가 앞장서는 토벌 의뢰야. 그보다 먼저 악마를 사냥했다고 해도 포상금이 안 나올 가능성도 있어."

토벌대에 참가하여 나라의 기사단과 함께 숲에 들어가서 악마의 정체를 확인하고 쓰러뜨려서 안전을 확보한다. 거기까지 해야 비로소 포상금이 들어온다.

그렇다고 해도 동시에 시작했다간 특별 포상을 손에 넣을 수 있을지는 운에 달렸다. 운에 맡기지 않고, 적절한 타이밍에 남들보다 한 걸음 앞서 나가 1위를 차지하려면 밑조사가 필요하다.

"우리랑은 관계없는 소리군."

"바로 그렇지."

산도르와 함께 웃으면서 마을 안쪽으로 들어갔다.

숙소인 듯한 건물에 광장. 한산한 마을이라고 생각되지 않을 만큼 많은 사람들이 모여 있었다.

다들 필사적이군.

하지만 사람이 많다면 잘 되었다.

이 집단에 섞여서 정보를 모으는 것도 좋겠지.

"썩 꺼져!"

그렇게 생각하는데 갑자기 퇴출 권고로군요.

아니, 물론 나한테 그런 게 아니다. 목소리는 광장 가장자리에서 들려왔다. 밑조사하던 이들 몇 명이 얼굴을 찌푸리면서 광장을 떠나갔다. 그쪽을 보니 지팡이를 짚은 노파가 고함을 지르고 있었다.

"돌아가! 이 숲에서는 악마 같은 건 안 나와! 숲사람이 지켜주신다! 숲사람을 해칠 생각이라면 돌아가!"

노파는 지팡이를 짚으면서, 다부진 남자들에게 다가가서 그 몸을 때리고 들었다.

따악, 하고 여기서도 들릴 만큼 큰 소리가 울렸다.

"이 할망구가….."

"어이, 그러지 마. 문제를 일으키면 귀족이….."

"쳇."

얻어맞은 남자는 분노를 드러내며 칼을 뽑으려고 했지만, 동료인 듯한 남자가 그를 가로막더니 얼른 데리고 도망쳤다.

노파는 그걸 억지로 쫓지 않았다. 소리 지르면서 광장에 있는 다른 이들을 쫓아냈다.

남자들은 노파에게서 멀어지듯이 흩어졌다.

저건 뭐야?

노파는 광장에 사람이 없어진 것을 보고… 아, 이쪽을 봤다.

이쪽으로 다가왔다.

"돌아가!"

노파의 지팡이가 내 갑옷에 맞아서 때앵 소리를 내었다.

대미지는 없다. 갑작스런 노파의 공격에도 안심. 아슬라 특제 풀아머.

"숲을 어지럽히면 안 돼!"

노파는 소리치면서 내 갑옷을 계속 때렸다.

"할머니, 진정해요."

"뭐가 악마냐! 숲사람에게 그렇게 신세를 져놓고! 도움을 청하러 오면 죽이는 거냐! 사람 같지도 않은 놈들!"

노파는 아주 흥분한 기색이라서 내 말을 들어줄 기미가 없었다.

그렇긴 해도 마음에 걸리는 한 단어.

숲사람. 새로운 단어다. 그 점에 대해 자세히 듣고 싶다.

"숲사람이란 게 뭐죠…?"

"숲사람이 없어져 봐라. 악마가 나온다!"

숲사람이 없어지면 악마가 나온다.

그렇다면 숲사람이 악마를 가두고 있다는 소릴까.

"숲사람과 악마는 다른 존재인가요?"

"당연하지! 악마랑 숲사람을 똑같이 보지 마!"

"크레이, 그만둬. 노망 든 할머니일지도 몰라."

산도르가 제지하고 들었다. 분명히 제정신인 사람은 모르는 상대를 지팡이로 때리지 않지.

하지만 나는 노파의 이야기를 들어보고 싶었다.

"내 정신은 멀쩡해! 숲사람은 있다! 나는 젊었을 때! 숲속에서 길을 잃었다가 도움을 받았어! 그보다 훨씬 전, 내 증조할아버지도 도움을 받았다!"

젊었을 때라면 적어도 20년, 혹은 30년 이상 전이겠지.

적어도 이 노파는 환갑을 가볍게 넘었을 것 같고.

그리고 그 할머니의 증조할아버지라면 가볍게 백년은 넘었다.

하지만 루이젤드와 내가 헤어진 것은 기껏해야 10년 전.

그럼 혹시 루이젤드와는 관계없나?

하지만… 아.

"숲사람은 악마가 아냐! 왜 그걸 모르고 죽이려 하는 거냐! 멍청이가! 바보들은 돌아가! 바보가! 헉헉… 바보… 헉… 헉…."

노파는 한동안 내 갑옷을 때렸지만, 이윽고 숨이 차서 풀썩 주저앉았다.

"할머니, 자세한 말씀을 들을 수 있을까요?"

좀 진정된 것을 보고서 나는 노파를 향해 웃었다.

루이젤드는 없을지도 모른다.

하지만 어쩌면….

"나는 숲사람과 친구일지도 몰라요."

숲에는 루이젤드가 찾던, 스펠드족의 생존자가 있는 걸지도 모른다.

분기탱천.

노파의 태도는 바로 그것이었지만, 방금 전보다는 진정하고 이야기를 해주었다.

결론부터 말하자면, 루이젤드인지 다른 스펠드족인지는 알 수 없었다.

하지만 현재 비헤이릴 왕국에서 일어나는 사건의 흐름 같은 것은 대충 파악했다.

숲사람. 노파가 태어나기 전부터 돌아오지 않는 숲에는 그렇게 불리는 종족이 살고 있었던 모양이다.

그들은 좀처럼 숲 밖으로 나오지 않는다. 하지만 어쩌다가, 정말로 어쩌다가, 마을사람들이 숲에서 미아가 되거나 마물의 습격으로 죽을 위기에 처하면 나와서 도와준다.

노파를 포함해서 마을사람들은 숲사람이 뭔지는 자세히 모르지만, 마을에는 이런 이야기가 전해져 왔다.

옛날, 옛날, 마신과의 전쟁이 끝난 직후.

돌아오지 않는 숲에는 눈에 보이지 않는 악마가 살고 있었다.

악마는 해가 지면 마을에 내려와서 가축이나 아이를 잡아 먹었다.

마을사람들은 악마를 처리하고 싶었지만, 모습이 보이지 않는 상대를 어떻게 할 수도 없어서 떨면서 살았다고 한다.

그때 나타난 것이 숲사람이다.

숲사람은 마을사람들에게 이렇게 제안했다.

'악마를 어떻게 처리해 주는 대신 숲에 사는 것을 허락해 달라. 하지만 결코 우리의 존재를 외부에 알리지 않도록.'

마을사람들은 그걸 승낙했고, 숲사람은 숲 안쪽으로 들어갔다.

숲사람이 어떻게 악마를 퇴치했는지는 모른다.

그 이후로 악마가 숲에서 나오는 일은 없어졌다. 지금도 숲을 지켜주고 있는 것이다.

그런 이유로 마을의 아이들은 어릴 때부터 숲사람에게 감사해라, 하지만 아무에게도 말하지 마라, 라는 가르침을 받으며 자라는 모양이다.

"그런 숲사람의 숲을 어지럽히다니, 대체 무슨 짓이냐."

노파는 그런 말로 이야기를 끝맺었다.

"그렇군요, 고맙습니다."

그녀의 말이 사실인지는 모른다. 옛날이야기라는 것은 태반이 지어낸 것이다.

하지만 여기서 숲사람을 스펠드족이라고 가정해 보자.

스펠드족의 이마에는 제3의 눈이 있다. 모든 생물을 감지하는 일종의 마안이다. 그걸 이용하면 눈에 보이지 않는 정도의 마물 따윈 별것도 아니다.

교묘하게 존재를 숨기면서 마을과 공존해 온 스펠드족.

하지만 반년에서 1년 정도 전에 비극이 일어났다. 병, 혹은 부상일까. 보이지 않는 악마라는 게 대량 발생하여 어떻게 다 막을 수 없어진 결과일지도 모른다.

지금까지 모습을 보이지 않았던 스펠드족이 마을에 약을 사러 찾아온 것이다.

거기에 대응한 상인이 누구였는지는 아마 아무도 기억 못 하겠지만, 그래도 정보는 퍼졌다.

숲에서 노골적으로 수상한 녀석이 나왔다고.

마을사람은 그들에게 편의를 봐주었을 것이다. 도움을 청하러 왔다는 말이 사실이라면 말이다.

하지만 그게 꼬여버렸다.

어제 술집에서 들은 이야기와 이어진다.

'악마가 숲에서 나왔다. 퇴치해야만 한다.'

어디서 뭐가 어떻게 움직여서 지금 상황이 된 걸까. 1년 전의 일이니까 기스를 의심하는 건 너무 성급한 것 같지만… 관계가 있어도 이상하지 않다.

아무튼 숲속에는 스펠드족이 있다.

그런 확신이 내 안에서 생겼다.

하지만 말이지.

동시에 의문도 생겼다.

왜 나는 그걸 몰랐을까.

나는 계속 루이젤드를 찾았다. 그것은 다들 알고 있을 것이다.

다들 말이다.

이를테면 올스테드도.

…혹시 여기에 그렇게 옛날부터 스펠드족이 있었다면, 나는 왜 그걸 몰랐을까.

돌아오지 않는 숲은 조용한 숲이었다.

보통 이 세계의 숲에는 대량의 마물이 산다.

숲의 마력농도에도 달렸지만, 하루 있으면 한 번은 마물과 만난다.

특히나 트렌트. 트렌트는 이 세계의 어디에도 있지만, 특히나 숲에 많이 산다.

모든 숲은 트렌트의 둥지라고 해도 좋을 만큼 빈번하게 조우

한다.

하지만 이 숲에는 그런 느낌이 없었다.

정말로 조용했다.

생물의 기척은 있지만, 마물의 기척은 없다. 정말로 조용한 숲.

새나 동물은 좀 있을지도 모르지만, 그것뿐이다.

마치 악몽 속에라도 있는 느낌이었다.

"기분 나쁘군요."

"예."

산도르 또한 이 숲에 위화감을 느끼는 모양이었다.

"……."

도가는 말이 없었다. 별로 기분 나쁘게 여기지 않는 건지, 주위를 둘러보지도 않았다.

"……."

한동안 말없이 숲속을 걸어갔다. 안으로 들어갈수록 차츰 동물의 기척도 사라졌다.

벌레나 새는 있지만, 다른 동물은 없었다. 물론 마물도 없었다.

더 들어가자, 나무들이 차츰 커지고 우거진 나뭇잎이 하늘을 가렸다.

어둑어둑한 가운데, 살아있는 것이라고는 우리밖에 없는 게 아닐까 하는 착각이 싹트고, 때때로 들려오는 새의 노랫소리에 정신을 차렸다.

지금도 보이지 않는 악마라는 것이 뒤에서 따라오는 게 아닐까… 그런 생각이 떠올라서 뒤를 돌아보았다.

그때마다 도가의 순박한 눈과 시선이 마주쳐서, 기분 탓인가 싶어서 다시 앞을 보았다.

"어라?"

문득 옆을 보니 낯익은 석비가 있었다.

칠대열강의 석비다. 예전에는 이 석비의 마크를 하나도 몰랐지만… 최근에는 대충 알게 되었다.

여전히 순위에는 변동이 없는 모양이다. 검신은 교체되었지만, 마크에는 변동이 없었다.

"이런 곳에도 있군요."

"신기한 일도 아닙니다. 칠대열강의 석비는 어느 정도 마력이 진한 장소에만 존재하니까요."

"아하… 마도구니까요."

하지만 잘 아는군. 이런 마도구를 마력이 진한 장소에만 설치할 수 있다는 것은 별로 알려지지 않았는데.

하지만 아는 사람만 아는 정보인 것도 아닌가.

"슬슬 해가 집니다. 이쯤에서 야숙을 할까요."

"그러지요. 그럼 도가, 장작을."

"……옙."

그날은 석비 근처에서 야영하기로 했다.

혹시나 싶어서 어스 포트리스로 텐트를 만들고 거기서 쉬었다.

다음 날.

조용한 숲의 안쪽으로 계속 들어갔다.

거기서 산도르가 문득 떠오른 것처럼 말했다.

"이 감각, 적룡산맥과 비슷하군요."

"그 말씀은?"

"용이 무서워서 다른 동물이 다가오지 않는 겁니다."

사람이 상대라면 아무 생각도 없이 공격해 오는 것으로 보이는 마물도 의외로 지능이 있어서 강한 동물의 영역에는 다가가지 않는 일도 많다.

이 숲 안쪽에는 지룡의 계곡이 있다.

지룡은 말할 것도 없이 강력한 생물이다.

야생동물이 그런 위험한 곳에 다가가지 않는 것은 자연의 섭리다.

"산도르 씨는 적룡산맥에 들어간 적이 있군요."

"산기슭까지만이지만요. 거기도 이런 느낌이라서 다가갈수록 동물의 기척이 사라졌습니다."

지룡은 계곡의 바위벽에 둥지를 튼다.

기본적으로 계곡에서 나오지 않는다. 하늘을 나는 일도 없지만, 흙 마술을 써서 구멍을 판다.

성격도 드래곤치고 온후해서, 영역을 어지럽히지 않는 한 인간을 공격해 오는 일도 없다.

또 신기한 성질을 가져서, 위에서 내려오는 상대에게는 무관심하지만, 밑에서 오는 상대에게는 과도하게 대응한다.

참고로 올스테드는 지룡이 적룡의 천적이라고 말했다. 물론 사는 영역이 다른 이 두 용이 마주칠 일은 거의 없지만.

그런 상대에게 더욱 다가갈 예정이지만 걱정은 없다.

일단 계곡 밑으로 떨어지지만 않으면 된다.

"오."

그런 이야기를 했기 때문일까, 갑자기 눈앞이 트였다.

숲속에 갑자기 깎아지른 절벽이 나타났다.

밑바닥이 보이지 않을 만큼 깊은 절벽. 반대편까지는 4~500미터 정도 될까.

산 정상에라도 선 듯한 감각에 사로잡혔다.

나도 계곡이란 것을 잘 아는 건 아니지만, 이 크기는 그랜드 캐니언을 방불케 했다.

"이게 지룡의 계곡인가?"

"그렇겠죠. 어쩌겠습니까? 아무 일도 없이 여기까지 왔습니다만⋯."

"으음."

나는 고민하면서 왼눈에 마력을 담았다.

시야가 트였다면 천리안을 쓸 수 있다.

일단 계곡 밑바닥을 보았다. 아직 마안의 사용에 익숙해진 건 아니라서, 바닥까지 몇 미터인지는 모르지만 바로 바닥이 보였다. 바닥에는 푸르스름하게 빛나는 이끼나 버섯이 나 있고, 그 근처를 바위 같은 껍질을 두른 도마뱀 같은 생물이 느릿느릿 움직이고 있었다.

저게 지룡인가.

드래곤보다는 그레이트 토터스와 비슷한 것 같다.

저 껍질이 있으니까 적룡에게 이길 수 있든가, 위에서 온 존재에게 무관심한 걸지도 모른다.

아니, 잘 보니 지룡은 계곡 바닥보다도 바위벽에 많이 붙어 있나. 좀 기분 나쁜데.

마안을 되돌리고, 다음에는 계곡 주위를 둘러보았다.

오른쪽, 보이는 범위에는 아무것도 없다.

이윽고 계곡과 숲으로 시야가 가로막혔다. 지도에 따르면 지룡의 계곡은 직선이라고 했는데, 구부러진 모양이다. 지도와 차이가 있군.

왼쪽.

이쪽도 보이는 범위에는 아무것도… 아, 잠깐만.

"현수교다."

계곡의 폭이 좁아진 곳에 다리가 걸려 있었다.

"과연, **건너편**입니까."

"가보죠."

정보상이 정보를 가지고 돌아올 때까지 앞으로 7일 남았다.

돌아가는 날짜도 계산하면 앞으로 하루 이틀은 안쪽으로 이동해도 괜찮겠지.

그렇게 결정하고 계곡을 따라 걸어갔다.

현수교는 매우 낡았다.

계곡의 폭이 좁아진 곳에 굵직한 덩굴을 두 개 걸고, 그 위에 나무판자를 얹은 느낌이었다.

사람이 수작업으로 만들었다는 느낌의 다리로, 강도가 다소 불안했다.

불안하다고 해도 어른 한 명이 짐을 지고 건너는 정도라면 어떻게든 될 것 같았다.

"건너갈까요?"

하지만 마도갑옷을 입은 내가 올라가면 아마도 무너지겠지.

계곡 바닥으로 떨어지지만 않으면 괜찮다는 장소에서 떨어진다는 바보짓을 할 수는 없다.

"아뇨, 이 다리를 건너는 건 포기하죠."

"그럼 돌아갈까요?"

"아뇨, 다른 다리를 건너겠습니다."

나는 그렇게 말하면서 절벽 가장자리에 섰다. 다리가 약해서 건널 수 없다면 내가 만들면 된다.

손에서 지면으로. 마술로 흙을 일으켰다.

사용하는 마술은 어스 랜서를 응용.

강도는 내가 올라가도 문제없을 정도. 그걸 토대로 해서 건너편까지 닿는 거대한 창.

"…휴우."

마력을 방출하자 어스 랜서가 출현.

어스 랜서는 소리도 없이 뻗어서 계곡 건너편에 꽂혔다. 소리는 들리지 않았다.

그것을 세 번 정도 반복했다. 혹시나 몰라서 사람이 엇갈려 지나갈 수 있을 정도의 폭으로 하였다.

그 위에 판자를 깔았다.

이것도 흙으로 만든다. 튼튼한 놈으로 건너편까지.

마지막에 다리의 기반이나 뒤쪽을 흙 마술로 보강해서 다리를 완성했다.

느낌은… 응, 괜찮을까.

"훌륭하군요. 이야기로는 들었습니다만, 이 정도라니…."

산도르는 칭찬하였지만, 그래도 방심할 수 없다.

나는 다리 건축의 지식이 없으니까. 두들겨 보고 건너야 할 정도는 아니겠지만, 마도갑옷을 착용한 채로 건너다가 무너질 정도라면 다시 만들어야만 한다.

"일단 로프를."

나는 근처 나무에 로프를 묶고서 조심조심 건너기 시작했다.

몇 걸음 가다가 다리를 똑똑 두들겼다. 돌다리는 확실히 내

중량을 떠받쳐 주었다.

이러다가 뚝 떨어지면 아주 웃기는 꼴이겠지만, 이 정도면 괜찮겠지.

일단 강도가 불안해 보이는 곳을 보강하면서 천천히 건넜다.

도중에 로프가 부족해졌기 때문에 산도르가 가지고 있던 것과 묶어가면서 끝까지 건넜다.

50미터짜리 로프 두 개로 아슬아슬했던 것을 보면, 길이는 100미터가 조금 안 되나. 이만큼 계곡 폭이 좁아졌는데도 이 정도 넓이인가.

"좋았어."

나는 나무에 로프를 묶고 계곡 반대쪽으로 신호를 보냈다.

두 사람은 로프를 붙잡고 유유히 건너왔다.

두 사람 동시에. 무너질 거란 생각은 하지 않는 걸까. 아니면 나를 신용하는 걸까. 떨어지면 바로 구하러 가야….

"자, 갈까요."

불안했지만, 두 사람은 어렵지 않게 넘어왔다.

"하지만 여기서부터는 경계해야겠군요."

산도르는 숲 안쪽을 보며 그렇게 말했다.

어두운 숲속. 여기부터는 지금까지 걸어온 숲과 차이점 같은 게 느껴졌다.

마물의 기척이다.

100미터도 들어가기 전에 습격을 받았다.

처음에는 소리였다. 바삭바삭 하고 이파리를 스치는 듯한 소리. 하지만 동시에 바람도 불었기 때문에 근처에 마물이 있다고는 생각하지 않았다. 어딘가 먼 곳에 있는 녀석이 다가오고 있다.

그런 느낌이다.

아직 멀다. 아직 괜찮다. 그렇게 생각한 다음 순간, 귓가에 소리가 들렸다.

"워우…. 워우…."

그 소리가 들렸을 때, 내 코끝에 미적지근한 비린내가 화악 밀려들었다.

바로 옆에 있던 나무줄기에 뭔가가 달라붙어 있었다.

그렇게 생각한 순간 나무가 구부러지고, 나뭇잎이 바스락 소리를 내었다.

한 발 늦게, 뭔가 질량 있는 것이 내 뒤로 뛰어내렸다.

"……!"

재빨리 돌아보니, 거기에는 벌렁 쓰러진 도가가 보였다.

도가만 보였다.

하지만 도가의 머리는 그의 의사와 관계없는 느낌으로 바르르 떨렸고, 도가의 손은 자기 머리를 조종하는 뭔가를 막듯이 허공을 움켜쥐고 있었다.

그곳에 뭔가가 있다.

그렇게 생각한 순간 나는 마술을 쓰지 않고, 도가의 위에 있는 상대를 힘껏 후려갈겼다.

마력으로 강화된 마도갑옷의 주먹이 도가의 위에 있는 상대를 날려버렸다.

손에는 뼈와 살이 으깨지는 감촉이 남았다.

도가의 위에 올라탔던 뭔가는 나무줄기에 부딪쳐서 붉은 피를 튀겼다.

그 피로 뭔가의 모습이 드러났다.

다리가 네 개 달린 동물이었다.

자세히는 모르지만, 분명히 다리가 네 개 있었다.

나는 반사적으로 거기에 스톤 캐논을 날려서 숨통을 끊었다.

동시에 쿵 하고 뭔가가 부딪쳤다. 얼른 돌아보면서 그 뭔가에게 마술을 날리려고 했지만….

"도가! 일어서!"

산도르였다.

그가 내 등을 지키듯이 서 있었다.

"…음!"

도가가 일어서서 등에 짊어진 도끼를 뽑으며 내 정면에 섰다. 어이, 앞이 안 보이잖아.

"보이지 않는 상대다! 숫자 불명! 도가, 눈을 믿지 마라, 소리를 들어! 눈앞의 상대에만 대처해라! 루데우스 님은 마술을! 범위 마술로 태워버려요!"

산도르에게서 날카로운 지시가 날아왔다.

역시나 기사단장이라고 해야 할까? 판단이 빠르다. 무늬만 단장은 아닌 모양이다.

시키는 대로 나는 두 손에 마력을 담았다.

사용하는 마술은 불이 좋을까. 아니, 숲에서 불은 안 되겠지. 불을 끄느라 또 고생한다.

물 마술로 가자, 프로스트 노바.

"……음!"

내가 마술을 발동하기 직전. 정말로 한순간이었다.

도가가 눈앞에서 움직였다.

거대한 도끼를 휘둘렀다.

깊은 숲속에서 휘두른 거대한 전투도끼는 나무줄기를 박살내면서 움직였다.

하지만 뭔가에 맞은 느낌은 없었다. 나무파편이 튀는 가운데, 도가의 옆을 빠져나가서 뭔가가 내게 접근하는 것을 느꼈다.

마도갑옷은 무겁고 단단하다.

아마도 마물의 돌진이나 발톱, 이빨에도 생채기 하나 나는 일 없다.

순간적으로 그렇게 판단하고 그대로 마술을 발동하려다가….

"루데우스 님!"

산도르가 나를 밀쳤다.

무슨 일인지 생각할 틈도 없었다.

어느 틈에 내 옆에 창이 꽂혀 있었다. 창은 허공을 찌른 것처럼 보였지만… 아니다, 투명한 뭔가를 지면에 꿰어놓고 있었다.

하얀 창이다.

정말로 새하얀 창. 무슨 생물의 뼈처럼 하얀 창.

아아, 정말로 그리운 창이다.

그리고 창을 회수하듯이 한 남자가 지면에 내려왔다.

녹색 머리. 병적으로 하얀 피부. 판초 같은 민족의상.

그래, 틀림없다.

뒷모습을 보면 안다. 내가 그를 잘못 볼 리가 없어!

"루이젤드!"

나는 몸을 일으키고 두 팔을 크게 벌리면서 그렇게 불렀다.

그는 창을 손에 들고 나를 돌아보았다.

"응?"

"…어라?"

모르는 얼굴이었다.

미형이고 루이젤드와 비슷한 데가 있긴 하지만, 아니었다. 나의 루이젤드는 더… 턱 근처가 이렇게….

"죄송합니다, 사람을 잘못 봤습니다."

뭐야.

엄청 실망. 다른 스펠드족이 있으리라는 건 어느 정도 예상

하고 있었지만… 이게 아니잖아, 스펠드족.

이런, 루이젤드의 이름을 크게 외친 탓인지 얼굴에 열이 올랐다.

"…루이젤드를 알고 있나?"

내가 모르는 스펠드족 남자는 의아하다는 얼굴로 그렇게 말했다.

아, 하지만. 그도 스펠드족이라면 루이젤드에 대해 알고 있을까. 그리고 가령 루이젤드가 아니었다고 해도 문제는 없다.

그래. 지금 비헤이릴 왕궁에서 일어나는 문제 쪽으로는 전혀. 응.

"어? 어, 아예. 동료… 아니, 친구…. 은인일까?"

"그의 손님인가. 그럼 따라와라. 만나게 해주지."

남자는 그렇게 말하고 발길을 돌렸다.

"어…. 잠깐만요. **그가 있습니까?**"

"그래."

망연해진 내게 그 스펠드족은 당연하다는 듯이 고개를 끄덕였다.

제4화 스펠드족의 마을

그 마을은 미굴드족의 마을과 비슷했다.

마을 전체에 2미터 정도 높이의 울타리를 둘렀고, 그 안에는 조악한 통나무집이 여러 개 있었다.

통나무집 근처에는 그리 크지 않은 밭이 있었다.

작물은 미굴드족의 것과 달리 여러 채소가 자라고 있었다. 흙이 좋은 걸지도 모른다.

또한 통나무집 뒤에서는 동물을 해체하고 있었다.

하얀 모피, 그리고 네 다리를 가진 동물이었다. 그게 보이지 않는 마물의 정체인가.

놈들은 죽은 후 시간이 지나면 투명화가 해제되는지, 방금 전에 우리를 공격했던 개체도 얼마 뒤에는 모습이 드러났다.

이름은 '인비지블 울프'라고 한다나 보다.

이름 그대로군.

마을 중앙에는 샘이 있고, 그 근처에는 커다란 냄비를 걸고서 식사 준비를 하는 집단도 있었다.

역시 미굴드족과 문화가 비슷하다.

하지만 한 가지 차이가 있었다.

미굴드족의 마을은 모두 중학생 정도의 외모에 파랑머리였는데… 이곳 사람들은 이마에 붉은 보석을 가졌고 에메랄드그린색 머리였다.

그래, 스펠드족이다.

모두가.

그리고 나는 여기서 경이로운 사실을 발견했다. 스펠드족은 에메랄드그린색 머리와 이마에 붉은 보석이 있는 걸로 끝이 아니라… 미형이다.

모두가, 예외 없이, 미형이다.

아니, 이 세계에는 이보다 훨씬 더 또렷한 이목구비의 얼굴을 미형으로 여긴다는 건 알지만.

그래도 미형이다.

물론 모두 섬세한 미남 타입인 것만은 아니지만, 그래도 전원의 얼굴이 미형이었다.

저쪽에 있는 쇼트커트의 어린 여자애는 아주 귀엽네.

마른 체격에 키도 별로 크지 않지만, 어깨 근처에 확실히 근육이 있고, 기가 세 보이는 눈가에, 가슴도 그럭저럭 크고, 에리스와 실피의 장점을 합친 느낌일까….

아니, 아니야. 바람피우는 게 아니라 객관적으로 봐서.

미남미녀의 마을. 이건 악마적이다.

숲사람은 악마다. 증명 종료!

"무시무시한 마을이다."

"……음."

내 혼잣말에 도가가 동의하듯이 말했다.

아까부터 도가는 내 뒤에 숨듯이 몸을 웅크리고 있었다. 아무래도 스펠드족이 무서운 모양이다. 아슬라 왕국 출신인 것도 있어서, 그도 스펠드족이 악마라는 말을 듣고 자랐겠지.

그건 부정하고 싶지만….

스펠드족이라는 종족이 악당이 아니라고 해도, 이 마을이 우리를 환영해 주는지는 다른 문제다.

지금은 아직 위안의 말을 하지 않도록 하자.

"그래서 어디로 데려가는 걸까요."

산도르는 별로 겁먹지 않았다.

그는 분쟁지대 출신이니까, 스펠드족의 이야기를 잘 모르는 걸지도 모른다. 오히려 많은 스펠드족을 보고서 두근거리는 것처럼도 보였다.

"루이젤드가 있는 곳이겠죠?"

"처음부터 바로 거기로 데려가 준다고만 할 순 없습니다."

"…그럼 패턴상으로는 촌장에게 가는 걸까요?"

"패턴을 말하자면 감옥이란 흐름도 있습니다만… 험악한 분위기는 아니니까요."

스펠드족 전사는 우리에게 '따라와라'라는 한 마디만 하고 걸어갔다.

우리는 시키는 대로 어슬렁어슬렁 따라가서 이 마을에 도착했다.

그동안 대화 같은 대화는 없었다.

"그렇긴 해도 마을사람들은 기운이 없는 눈치로군요."

듣고 보니 분명히 스펠드족들은 기운이 없어보였다.

전원이 왠지 모르게 안색이 안 좋고, 식사 준비를 하면서 기침을 하는 자도 있었다.

물론 아이들은 쌩쌩했다. 꼬리를 가진 아이들이 떠들면서 술래잡기를 하고 있었다.

그리고 보니 스펠드족 아이는 꼬리가 있다고 했지….

"마을 규모에 비해서 인구는 적은 모양이고요."

"사냥을 가서 그런 게 아닐까요?"

"사냥감을 해체하고 있는데 사냥에 나갔을 리는 없겠죠?"

"아, 그도 그런가."

지금 네 다리 동물을 해체하고 있는 걸 보면 사냥에서 돌아왔다는 소리다.

마을이 총출동한 게 아니라 개별로 나갔을지도 모르고, 저것도 보존했던 것일지도 모르지만….

"역시 병일까요."

왠지 모르게 감기 같은 게 만연한 느낌이었다.

약을 사러왔다는 정보에서 온 선입관도 있지만… 병 같은 뭔가는 있는 모양이다.

마스크를 하는 편이 좋을까? 별로 도움이 안 될 것 같지만.

"이쪽이다, 얼른 와라."

앞장선 스펠드족의 재촉을 받아가면서 우리는 어느 집으로 안내받았다.

마을 안에서 가장 오래된 느낌의 집이었다. 하지만 이 마을 안에서 제일 크다. 역시 촌장 패턴일까.

"족장, 들어간다. 루이젤드 씨의 손님을 데려왔다."

스펠드족 남자는 그렇게만 말하고 문을 열었다.

집 안은 널찍했다. 족장의 집이라기보다도 강당이나 회의장 같은 느낌일까.

아무튼 거기에는 다섯 명의 스펠드족이 있었다.

아마도 다섯 명 다 노인이겠지. 나를 여기로 데려온 스펠드족보다도 차분한 분위기가 느껴졌다.

물론 전원이 다 녹색 머리에 하얀 피부에 미형이다. 나이는 알기 어려웠다.

"음."

그리고 그 다섯 명 중 한 명.

그는 내가 실내에 들어간 순간 바로 일어섰다.

낯익은 민족의상. 얼굴의 상처. 하얀 창. 낯익은 머리보호대. 머리는 자라서 더 이상 스킨헤드가 아니었다.

이번에야말로 틀림없다.

"루이젤드 씨!"

자연스럽게 웃음이 나왔다.

그리움에 무심코 달려가고 싶어졌지만, 꾹 참고 몇 걸음 앞으로 나가기만 하였다. 하지만 내 얼굴을 본 그는 의아한 표정을 하였다.

"루데우스…인가?"

혹시 날 잊어버렸던 걸까. 그건 아주 슬픈 일인데.

"…잊으셨습니까?"

"아니, 내 기억에 있는 얼굴과 달라서."

"아하! 그렇군요. 조금 변장을 했습니다."

내가 반지를 빼고 원래 얼굴을 드러내자, 스펠드족이 술렁거렸다.

하지만 그 얼굴인데 용케 알았네…라고 말하고 싶지만, 스펠드족의 제3의 눈 때문일까.

"그래, 오랜만이군."

"예, 정말로."

아아, 그립다.

하고 싶은 말은 많이 있다. 전하고 싶은 것이 많이 있다. 에리스 이야기라든가, 파울로 이야기라든가.

듣고 싶은 말도 많이 있다. 이 마을 이야기라든지, 지금까지 어떻게 지냈는지 등.

…아니, 이 마을을 보면 안다.

루이젤드는 발견한 것이다.

계속 찾아 헤매던 것을 드디어 찾은 것이다.

"루이젤드 씨…."

무심코 눈물이 흘러나오려고 했다.

그와의 추억이 되살아났다. 루이젤드와 처음 만났을 때의 일. 그때 그는 혼자였다. 미굴드족의 마을에 있고 우리와 여행을 하기도 해서 언뜻 봐선 혼자 같지 않았지만, 혼자였다.

하지만 이제 루이젤드는 혼자가 아니다.

"저기, 축하드립니다. 스펠드족을 찾아서."

"그래."

루이젤드는 고개를 끄덕이면서 눈을 가늘게 뜨고 미소를 지었다.

많은 동료에 둘러싸인 루이젤드.

…주위에 있는 네 명은 꽤나 엄한 분위기지만, 그 사이의 루이젤드는 행복해 보였다.

"하지만 루데우스…. 왜 여기에?"

오오, 그렇지. 감상에 젖어 있을 때가 아니다. 지금 해야 할 이야기는 추억담이 아니다.

"이야기하자면 길어집니다. 묻고 싶은 것도 많이 있습니다. 잠시 시간 괜찮으실까요?"

나는 회의장에 앉으면서 진지한 얼굴로 그렇게 말했다.

"…족장, 괜찮나?"

제일 안쪽에 앉은 인물은 다른 넷보다 옷의 무늬가 더 화려하게 보였다.

그가 족장이겠지. 그는 루이젤드의 질문에 복잡한 표정을 하였다.

"그 인간은 신용할 수 있나?"

"그렇다."

"그럼 들어보도록 하지."

족장의 허락을 받아서 정보 교환이 시작되었다.

내 이야기를 하기 전에 루이젤드는 이곳에 도달한 경위에 대해 말해주었다.

노른과 아이샤를 내게 데려다준 뒤의 이야기다. 루이젤드는 그 뒤로 살아남은 스펠드족을 찾는 여행에 나섰다. 그는 여러 나라를 전전하면서 중앙대륙 북부를 수색할 생각이었다.

하지만 도시를 나섰다가 바로 바디가디에게 따라잡혔다고 했다.

"녀석은 말했다. 그는 스펠드족의 생존자가 어디에 있는지 안다고."

루이젤드는 그 말에 반신반의했다고 한다.

하지만 가보지 않을 수도 없었기 때문에 일단 그 말에 따라서… 바디가디와 둘이서 여행을 한 끝에 반년 만에 비헤이릴 왕국에 도달했다.

그리고 여기, 돌아오지 않는 숲, 지룡의 계곡 안에 살고 있는 스펠드족에게 안내받았다는 이야기였다.

루이젤드는 스펠드족들에게 환영을 받았다. 과거의 전쟁에 대해 이런저런 이야기와 사죄를 했던 모양이지만, 그것을 포함해서도 환영을 받았다.

루이젤드는 이 마을에서 생활을 시작하여 안녕을 손에 넣었다.

"하지만 역병이 마을을 덮쳤다."

원인 불명의 역병.

초기 증상은 감기와 비슷하지만, 몸에서 힘이 빠지고 원인 불명의 오한이 오고, 이마의 눈은 흐려지다가 죽음에 이른다. 당연히 치유 마술은 통하지 않는다.

루이젤드는 차례로 쓰러지는 마을사람을 보고 치료법을 찾기 위해 뛰어다녔다.

루이젤드도 병에 걸렸지만, 마을을 돕기 위해 떨리는 몸에 채찍질을 하여 제2도시 이렐까지 갔다고 했다.

그리고 운 좋게 행상인에게 약을 구입하는 데에 성공.

현재 마을은 간신히 회복세로 접어들고 있다고 한다.

"하지만 숲 밖에서는 이 숲의 악마가 조사하러 온 자를 다 죽였다는 소문이 퍼지고 있는데요?"

"역병이 만연했을 때 마물이 숲 밖으로 나갔겠지."

애초에.

왜 스펠드족이 이런 곳에 마을을 세웠는가…. 그것은 지룡 계곡의 마을에 있던 노파가 말해준 것과 거의 같은 이유였다.

수백 년 전. 마대륙에서 쫓겨난 스펠드족은 세계 각지를 전전하고 있었다. 어디를 가도 박해를 받고, 때로는 기사단이나 군대에게 쫓기는 나날. 스펠드족 난민은 평지를 피하여 숲이나 산기슭으로 다니며 낙원을 찾았다.

인간이 아직 발을 디디지 않은 땅, 스펠드족이 살아갈 수 있는 곳. 그런 곳을 찾아서 계속해서, 계속해서.

그리고 발견한 것이 여기, 지룡의 계곡을 넘은 곳에 있는 '돌아오지 않는 숲'이었다.

지룡의 존재로 대형 마물은 다가오지 않고, '보이지 않는 마물'만 사는 숲.

물론 '인비지블 울프'는 일반적인 마물과 비슷할 정도로 강한 마물이다. 투명화라는 최대 이점도 있어서, 세 마리만 있으면 웬만한 모험가 파티는 가볍게 전멸할 정도다.

하지만 보이지 않는 마물은 스펠드족의 '눈'이라면 간단히 볼 수 있다. 그리고 강하다고 해도 그 강함은 마대륙에서 살던 스펠드족에게 아득히 못 미친다. 가축이나 마찬가지였다.

그렇게 스펠드족은 돌아오지 않는 숲에 정착했다.

물론 트러블은 있었다.

아무리 사람이 들어오지 않는 숲이라고 해도, 근처에 마을이 있는 이상 전혀 안 들어오는 것은 아니다.

스펠드족이 살기 시작하고 얼마 후 숲 근처에 마을이 생겼다. 마을사람들은 빈번하게 숲에 드나들게 되고, 때로는 스펠드족의 마을 근처까지 오게 되었다. 그때 스펠드족의 족장은 숲의 마물을 줄여서 마을 쪽으로 가게 하지 않는 동시에 숲에서 길을 잃은 마을사람이 있으면 보호한다는 약속을 나누었다고 한다.

마을에 전해지는 이야기로는 먼저 인간들이 살기 시작했다고 그랬지만….

이게 2~300년 전의 이야기라면, 인간들의 이야기가 잘못된 거겠지.

애초에 이쪽은 약속을 맺은 이가 살아있으니까.

아무튼 스펠드족은 인간의 마을과 적당한 거리를 지키면서 잘 지냈다고 한다.

하지만 이 역병 소동으로 균형이 무너졌다.

"나라는 이 마을을 없애버릴 생각입니다."

그 이야기를 듣고 나는 비헤이릴 왕국에서 도는 소문과 나라가 어떻게 움직이는지를 전했다.

"그런가…."

그 말을 들은 스펠드족들의 얼굴에 떠오른 것은 낙담의 빛이었다. 그렇다면 싸울 수밖에 없다는 투지의 표정이 아니라 낙담. 완전히 지쳐서 고개 숙인, 체념한 얼굴.

"이곳에서도 살 수 없어지는가…."

"우리는 어디서 살면 되지…."

"그런 전쟁이 없었으면…."

침통한 표정의 그들에게 루이젤드는 미안하다는 얼굴을 하였다.

"미안…."

루이젤드의 사죄에 그들은 다급하게 고개를 내저었다.

"너를 탓하는 게 아니야, 루이젤드. 우리도 당시에 라플라스에게 붙는 것에 찬성했다."

"원망한 적도 있지만, 그때는 다들 너희 전사단을 자랑스럽게 여기며 싸움에 내보냈다. 우리도 잘못이 있지."

"…하지만 왜 우리만 이런 꼴을 당해야 하지."

"라플라스는 왜 스펠드족에게 이러한 짓을 했지…."

답답함이 담긴 목소리는 누구를 탓하는 것도, 뭔가를 후회하는 것도 아니었다.

그저 자신들의 현황에 체념을 품은 남자의 목소리였다.

어떻게 할 수 없다. 도망칠 수밖에 없다. 그런 마음이 목소리에서, 태도에서 전해져왔다.

400년 전의 전쟁.

그것은 인간에게 아주 오래 전의 일이다. 하지만 전이사건이 내게 아직도 영향을 미치고 있는 것과 마찬가지로, 스펠드족에게 라플라스 전쟁은 아직 끝나지 않고 계속되는 악몽일지도 모른다.

"혹시 괜찮다면 내가 비헤이릴 왕국과 교섭해 볼까요?"

무심코 그런 말을 흘렸다.

"응?"

"나는 인간이고, 나름 권위도 가지고 있습니다. 스펠드족은 지금까지 숲에 있는 위험한 마물을 사냥하며 인간들의 마을을 지켜왔습니다. 그것은 비헤이릴 왕국에게 득이 되는 일입니다. 제대로 설명하면 숲 구석에 사는 허가 정도는 받을 수 있을지도 모릅니다."

지금 뭘 해야 하는지는 안다.

기스를 타도하는 게 나의 일이다. 루이젤드를 동료로 삼는 것은 계획대로 되고 있지만, 모처럼 기스에게 들키지 않게 행동하고 있는데 들킬 만한 짓을 해도 될까?

그런 생각도 든다.

하지만 그럼 스펠드족이 죽게 내버려둘까?

나는 지금까지 루이젤드 인형이나 그림책을 팔아왔다. 그건 뭘 위해서인가?

루이젤드를 돕기 위해서, 스펠드족의 명예 회복에 도움이 되려는 마음이었다.

물론 우선순위를 그르치는 걸지도 모른다. 지금은 그걸 해야 할 때가 아닐지도 모른다.

하지만 나 말고 누가 지금 상황에서 스펠드족을 구할 수 있단 말인가.

"인간은 우리를 싫어한다. 받아들여줄 리가."

"인간들 사이에서 스펠드족을 향한 혐오감은 줄어들고 있습니다. 비헤이릴 왕국에서는 인간과 명백히 외모가 다른 귀족도 받아들여졌으니까, 저항은 적으리라고 생각됩니다. 이 동네는 미리스교도 그리 영향력이 없겠고, 내 아랫사람들에게 나라 안에 스펠드족의 좋은 소문을 퍼뜨리면서, 실제로 스펠드족 분들도 협력해 주신다면 받아들여줄 거라고 생각합니다."

빠르게 말했다.

적어도 비헤이릴 왕국에는 스펠드족을 멸할 이유가 없다.

스펠드족이 없어지면 인비지블 울프가 숲 밖으로 나가서 마을이 하나 사라진다. 인비지블 울프의 이동범위는 모르지만, 경우에 따라서는 제2도시 이렐 주변에도 피해가 생기겠지.

뭣 하면 스펠드족을 그냥 못 본 척해달라는 형태라도 좋다.

멸하는 것보다는 메리트가 있을 것이다.

"혹시 비헤이릴 왕국이 안 된다면, 내가 아는 나라로 이주하게 하는 것도 좋겠죠."

아슬라 왕국은… 힘들겠지. 그 나라는 이러니저러니 해도 미리스교가 왕성하다.

하지만 예를 들어서 아슬라 왕국 북부 국경 밖에는 널찍한 숲이 펼쳐져 있다.

거기는 어느 나라의 영지도 아니다.

국내에 사는 것도 아니고, 실질적인 피해가 나오는 것도 아니라면, 미리스 교단도 세게 나오기 어렵다.

더 말하자면 북쪽 숲에는 아리엘과 관련이 있는 도적 집단도 있다. 사이좋게 숲을 공유하며 살아도 되겠지.

아리엘이라면 스펠드족을 교묘하게 이용하려고 할지도 모르지만….

"괜찮을까?"

"애초에 이 남자를 신용할 수 있나?"

"루이젤드의 지인이라면…."

"하지만 그 말을 믿을 수 없어."

족장 주위에 있는 자들은 저마다 말하기 시작했다. 루이젤드와 같은 종족이라고 생각되지 않을 정도로 말이 많다. 종족 특성상 젊게 보이니까 청년단 회의 같아 보였다.

이런 풍경을 비디오로 찍어서 인간 사회에 유포시키면 적어도 악마는 아니라고 알아줄 것 같은데….

"지금 당장 정할 수 있는 일은 아니로군."

대화 끝에 족장은 그렇게 말했다.

분명히 느닷없이 나타난 남자가 느닷없이 그런 소리를 꺼내기 시작하면 혼란스럽기도 하겠고, 결정도 내릴 수 없겠지.

"알겠습니다. 인간들은 앞으로 16~17일 뒤에 공격해 올 겁니다. 지금이라면 아직 교섭할 시간이 있으니, 최대한 빨리 부탁드립니다."

혹시 여기서 교섭이 결렬되더라도, 내가 스펠드족의 마을을 지키면 된다.

"…알았다. 며칠 내로 결론을 내지."

그들은 그렇게 말하더니 복잡한 표정으로 일어섰다.

"어라? 아직 내가 온 이유는 말하지 않았습니다만."

"우리도 지금 이야기를 듣고 좀 혼란스럽군. 곧 해도 진다. 일단 회의를 마치고 정리하고 싶군."

정시였나. 우량기업이다.

"손님에게 침상과 식사를 준비해라."

"내가 하지."

뭐, 내가 온 이유를 말하는 건 내일이라도 문제없나.

아무튼 마을의 문제를 해결하지 않으면 기스나 인신과 싸울 수도 없겠지.

순서다. 내일이 되면 왜 내가 그런 제안을 하는가, 하는 이야기를 하면서 다시 설명해도 된다.

그렇게 생각하면서 나는 스펠드족과의 회합을 마쳤다.

그날 밤, 우리는 마을의 빈집을 하나 빌려 쓰게 되었다.

도가는 그 집에 틀어박혔고, 산도르는 신기하다는 듯이 해질 녘의 마을을 구경하기 시작했다.

나는 루이젤드의 집을 찾아갔다.

그는 이 마을에서 고문 같은 역할을 맡고 있는지, 마을 안쪽에 있는 집에 살고 있었다.

집. 루이젤드의 집.

보고 있기만 해도 왠지 가슴이 뜨거워졌다. 이제 정처 없는 여행을 하면서 계속 박해받는 나날을 보내지 않아도 된다.

루이젤드가 있을 곳은 여기다. 설령 잠시 동안 비우더라도 여기에 돌아오면 따뜻한 침상과 웃어주는 가족이 있다.

집이란 건 좋군…. 아, 이런, 눈물이 나올 것 같다.

"거기 앉아라."

"예!"

집 안은 간소했다.

구조는 역시 미굴드족의 집과 비슷한가. 네모난 화덕 같은 것을 중심에 두고 모피를 깔았고, 벽에는 옷 같은 게 걸려 있었다. 집은 세 구역으로 나뉘어 있어서, 루이젤드는 창고인 듯한 곳으로 들어갔다.

첨벙하고 물소리가 들리는 걸 보니 물병이나 식료품 등이 놓여 있겠지.

다른 쪽은 침실일까?

하지만 집에 장식이 없네. 바닥에는 모피를 깔았지만, 벽에는 나뭇결이 그대로 드러났다.

벽에 그 인비지블 울프의 트로피라도 장식하면 좋을 텐데…. 아, 저 벽에 걸려 있는 건 내가 준 록시 펜던트다. 그립구나, 아직도 갖고 있었나.

하지만… 넓네.

"저기, 루이젤드 씨."

"왜 그러지?"

"이 집에 혼자 살고 있습니까?"

"그래."

이렇게 커다란 집에 혼자.

문득 나는 지금 집에 혼자 산다는 생각을 해보았다.

침실은 지금과 같다. 지하실에는 지금처럼 쓸데없는 것을 채워둔다. 부엌과 식당, 욕실은 쓰겠지만… 거실은 안 쓰겠지.

그 이외의 방도 안 쓴다. 지금은 각 방의 주인이 자기 마음대로 레이아웃한 우리 집의 방들. 그게 모두 다 텅 비어서 쓸쓸한 방으로 변모한다.

이전의 나라면 그래도 좋다고 생각하겠지만, 지금의 나라면 견딜 수 없다.

"…결혼 같은 건 안 하나요?"

"할 수 있을 것 같나?"

아, 이런. 그러고 보니 루이젤드는 아내와 아들을 자기 손으로….

아무래도 안 하겠지.

"죄송합니다."

"사과하지 마라. 단순히 상대가 없을 뿐이다. 옛날 일을 아직도 마음에 품고 있는 건 아니다."

루이젤드는 미소 지으면서 내 앞에 앉았다.

"너는 어떻게 지냈지?"

루이젤드는 편안한 분위기였다. 이 거리감. 이렇게 있으면, 에리스를 데려오면….

아니, 다 끝난 뒤라도 된다. 살아있다면 언제든 만날 수 있다. 그리고 모두 살아남기 위해 행동 중이다.

"이야기가 길어지는데 괜찮을까요?"

내일 해도 된다고 생각했지만, 루이젤드에게만 미리 말해둘까.

나도 계속 말하고 싶었다.

"들려다오."

"예."

나는 루이젤드와 헤어진 후의 일을 말했다. 여동생들 이야기, 파울로가 죽은 것, 록시와도 결혼한 것. 에리스와 재회하여 그녀와 화해한 것. 거기까지 루이젤드는 온화한 표정으로 들었다. 파울로의 죽음을 말할 때는 표정이 어두워졌지만, 내가 딱히 슬픈 표정을 짓지 않았던 탓인지 뭐라고 묻지는 않았다.

오히려 에리스에 대한 질문이 있었다.

"역시 에리스는 전사의 병이었나?"

"…으음~ 글쎄요. 아직 거기에 걸려 있는 듯한 느낌도 드네요."

"그렇다고 해도 아내를 셋이나 두다니 너답군. 이미 자식도 얻었나?"

"예. 넷이요."

"그런가."

보고 싶다는 말은 하지 않았다.

하지만 다음에는 데려오자. 특히나 아르스. 루이젤드에게는 나와 에리스 사이에 태어난 아이를 보여주고 싶다.

뭐, 모두 기스를 쓰러뜨린 뒤의 이야기지만.

"루이젤드 씨."

거기서 나는 자세를 바로 했다. 순서는 좀 바뀌었지만, 여기부터가 본론이다.

"나는 지금 용신 올스테드의 부하가 되었습니다."

나는 현황에 대해 말하였다.

용신 올스테드는 옛날부터 인신과 적대했다는 것. 나는 처음에 인신 쪽에 붙었지만, 인신은 처음부터 나를 속일 생각이었다는 것.

인신은 내 자손이 거슬리는지 내 가족을 죽이려고 했다는 것.

하지만 미래에서 내가 와서 아슬아슬하게 그걸 저지한 것.

화난 인신은 올스테드와 싸우라고 제안했고, 거기에 응한 것.

올스테드에게는 패배했지만, 그는 의외로 좋은 사람이라서 인신의 손에서 벗어날 수 있었던 것.

그 이후로 올스테드의 부하가 되어서 인신에게 대항하기 위한 싸움을 계속하는 것.

현재는 80년 후에 부활하는 마신 라플라스를 쓰러뜨리기 위해 인재를 모으는 중이라는 것.

싸움 자체는 순조로웠지만, 기스가 인신 쪽에 붙은 것.

기스의 편지. 기스가 비헤이릴 왕국에 있는 모양이라는 것.

기스를 막기 위해 비헤이릴 왕국 전체에 신뢰할 만한 동료를 보낸 것.

그런 것들을 숨김없이 전하고 마지막에 말했다.

"루이젤드 씨. 장래에 라플라스와 싸우기로 결심한 뒤로 계속 찾았습니다. 내게 힘을… 아니, 나와 함께 싸워주세요."

고개를 숙이고 부탁했다. 루이젤드도 라플라스에게 원한을 품은 인물이다.

"……."

고로 나는 당연히 승낙의 말이 돌아올 것을 기대하고 있었다.

"……."

하지만 루이젤드는 대답하지 않았다. 그저 씁쓸한 표정으로 시선을 돌렸다.

"어?"

거절당할 가능성은 생각하지 않았다.

라플라스의 이름을 꺼내면 루이젤드는 평소처럼 무표정하면서도 때가 왔다는 듯이 '알았다'며 승낙해 줄 거라고 생각하였다.

하지만 아니었다. 그는 눈을 돌렸다. 그건 거절을 뜻하고 있었다.

그 태도가 NO라고 말하고 있었다.

거짓말이지? 라는 마음이 들었지만, 그도 그런가 싶은 마음도 있었다.

아니, 그렇잖아?

그는, 스펠드족을, 동포를 발견했다.

라플라스에 대한 원한은 있겠지. 분노도 남아있겠지. 하지만 그의 싸움은 끝났다.

라플라스 전쟁의 최종결전에 참가하고, 원한의 일격을 날렸을 때 끝난 것이다.

다시 말하지만, 지금 스펠드족은 곤경에 처해 있다.

그걸 해결하기 전에 쉽게 승낙해줄 리도 없다.

"스펠드족의 마을 문제 때문인가요? 그거라면 내게 맡겨주세요. 루이젤드 씨와 헤어진 후로 몇 년 동안 제법 인맥도 쌓여서 좀 무리한 요구도 할 수 있게 되었습니다."

"아니다."

아닌 모양이다.

하지만 나는 포기할 수 없었다. 지금 당장 대답해 주기를 바라며, 그를 설득하기 위한 말을 찾았다.

라플라스가 없어진 뒤의 그의 인생은 무엇이었나. 루이젤드가 목표로 삼은 건 무엇이었나.

살아남은 스펠드족을 지킨다? 간신히 발견한 동포를 지킨다?

그것도 있다.

하지만 또 하나, 커다란 것이 있다.

"그럼 스펠드족의 명예 회복 문제입니까? 라플라스와의 싸움에는 아슬라 국왕이나 미리스의 무녀도 참가하고 있습니다. 그들과 함께 싸웠다는 증거가 있으면 스펠드족의 명예 회복도…."

"아니다."

그건가 싶었던 내 말은 간단히 부정당했다.

"그럼 뭐가….."

루이젤드는 말없이 일어섰다. 살기마저 느껴지는 표정에는 곤혹스러움과 망설임이 보였다.

혹시 내가 모르는 다른 이유라도 있는 걸까.

"루데우스, 따라와라."

루이젤드는 벽 쪽에 세워두었던 창을 손에 들고 입구 쪽으로 걸어갔다.

나는 다급히 일어서서 따라갔다.

길게 이야기했던 탓인지 밖은 완전히 어두워져 있었다.

나무들 틈새로 달이 비치지만, 발밑도 안 보였다.

루이젤드는 마을 밖으로 나갔다.

나는 손에 든 스크롤에서 등불의 정령을 불러내어 주위를 비추었다.

루이젤드는 불빛이 필요 없다는 듯이 몇 걸음 걸어가더니 숲속에 덩그러니 트인 광장에서 멈춰 섰다.

"루데우스."

"예."

지금부터 분명 듣고 싶지 않은 말을 듣게 된다.

그런 예감은 있었다. 혹시나 하는 불안한 예감이 머릿속을 스쳤다.

"아까 회의에서는 거짓말을 하나 했다."

"……."

"족장도, 전사장도, 거짓을 진실로 믿고 있다."

거짓말.

"병은 낫지 않았다. 약은 듣지 않았다. 회복세로 접어들지 않았다."

마을 안에서 기침을 하던 여성의 모습이 떠올랐다.

마을 전체에서 느껴지는 병의 기운. 산도르가 이상하게 적다고 말했던 사람의 숫자도.

"지금은 진행을 막고 있을 뿐이다."

"…어떻게요?"

그렇게 묻자, 루이젤드는 이마를 뒤덮은 머리보호대에 손을 댔다.

"이거다."

그 밑에서 나타난 것.

그것은 붉은 보석…이 아니었다.

파란색이었다. 적색이었을 보석이 새파랗게 변해 있었다.

또한 그 주위는 검은 무늬로 뒤덮여 있었다. 열네 살 정도의 애가 왼손으로 그렸을 만한 그런 무늬였다.

"그건?"

농담할 생각이 들지 않았던 것은 루이젤드의 분위기와 그 무늬에서 나오는 흉흉한 분위기를 알아차렸기 때문일까.

나도 예전에 비해서 강해진 탓일까, 남의 강함이나 위험성에 민감해진 것 같네….

"지금 내 몸에는 '명왕' 비타가 빙의해 있다."

명왕 비타.

천대륙의 미궁 '지옥'에 산다는, 인신의 사도 후보 중 하나.

"명왕 비타는 자기 분신을 마을의 감염자에게 나누어주었다. 비타의 분신의 힘으로 역병의 진행을 막고 있다.

"비, 빙의라니… 괜찮은 겁니까?"

"이상은 없다. 다만 병의 진행과 증상을 막을 수 있을 뿐이다."

"뭔가 말을 걸어온다든가?"

"없다."

내가 올스테드에게 들은 건 이름뿐이다. 어떤 모습을 하고 있는지, 어떤 사상을 가졌는지, 듣지 못했다. 빙의 같은 걸 하는 타입이었나. 분신이라는 말을 들어보면, 나뉠 수 있는 생명체인 걸까. 어쩌면 세균 타입일까?

"하지만 '명왕' 비타는 천대륙의 미궁 '지옥'에 살고 있을 텐데요…?"

"마을이 궁지에 빠졌을 때 한 남자가 비타가 든 병을 가지고 내 앞에 나타났다."

"한 남자라니… 설마."

"기스다."

바로 그 설마였다.

"기스는 앞으로 이 나라에서 큰 싸움이 있을 테니 그때 힘을 빌려달라고 말했다."

"……."

"나는 승낙했다. 명왕 비타 같은 정체 모르는 것의 힘을 빌리는 것에 반신반의했지만, 달리 수가 없었다. 그리고 실제로 병의 진행은 멎어서 다들 살았다."

그리고 루이젤드는 자포한 듯이 웃었다.

"설마 그 싸움에서 기스의 적이 너일 줄은 생각도 않았군…"

심장이 벌렁벌렁 뛰었다.

루이젤드가 적이 될 가능성, 조금은 생각했지만, 실제로 그렇게 되다니 고동이 멎지 않았다.

"병은 완치된 게 아니다. 명왕 비타가 죽으면 분신도 죽는다고 들었다. 그렇게 되면 마을은 또 병에 사로잡히겠지."

"……."

"나는 너와 싸워야만 한다."

루이젤드는 평소처럼 진지한 무표정으로 말했다.

"물론 나도 너와 싸우고 싶지 않다. 네가 없었으면 나는 여기까지 올 수 없었다. 어리석은 생각을 품은 채로 마대륙을 떠돌고 있었겠지."

"…나도 루이젤드 씨에게 은혜를 느끼고 있습니다. 싸우고 싶지 않아요."

"싸워야 한다. 이런 일은 전부터 있었다."

"…그렇겠죠."

은의를 느끼는 이들이 서로 적이 된다.

답답한 심정인 채로 싸워서 한쪽이 죽고, 살아남은 쪽은 마음에 큰 상처를 입는다.

그런 일은 전쟁 때마다 있었겠지.

하지만 이 케이스는 다르다. 무슨 수가 없지는 않을 것이다.

예외. 그래, 예외다. 싸움을 피할 방법이 있을 것이다. 싸움을 피하려면, 싸울 원인을 없애면 된다. 그래, 원인을 제거하면….

원인은 뭐지…? 올스테드와 인신?

분명히 그렇지만, 나는 이미 올스테드를 배신할 수 없는 선까지 왔다.

지금 루이젤드와 나 사이의 문제다. 루이젤드가 나와 싸워야만 하는 이유. 그것은 동료, 동포 스펠드족이다. 그 스펠드족이 없어지면… 아니, 그게 아냐.

병이다.

스펠드족을 좀먹는 역병. 그걸 치료할 방법을 알면 스펠드족이 통째로 동료가 될 터.

"혹시 역병을 완치하는 방법을 알면 배신해서 나에게 붙어주겠습니까?"

배신해서.

그 말에 루이젤드는 무서운 표정으로 강한 시선을 보냈다.

하지만 나는 루이젤드의 시선으로부터 도망치지 않았다.

기스가 먼저 루이젤드에게 선수를 쳤다. 하지만 루이젤드는 그걸 내게 가르쳐 주었다.

정말로 기스 편에 붙었다면 아무 말도 없이 나를 죽이면 되는데.

루이젤드도 흔들리고 있으니까, 나를 이런 곳에 데려와서 말한 것이다.

"……."

루이젤드는 입가를 일그러뜨리고 미간을 찌푸리며 생각했다.

나는 그와 동료라고 생각한다. 그도 그렇게 생각하고 있을 것이다.

하지만 루이젤드의 성격을 생각하면 동포를 구해준 기스, 또 그걸 지시했을 인신에 대한 은의도 느끼고 있겠지.

"아까도 말했습니다만, 나는 인신에게 배신당했습니다. 스펠드족도 그렇게 되지 않는다고 장담할 수 없습니다. 기스도 한 번 배신당해서 자신의 일족을 다 잃었다고 말했습니다. 그러면서도 따르고 있다고. 싸움이 끝나면 명왕 비타가 갑자기 떨어져나가서 스펠드족이 멸망한다, 같은 케이스도 있을 수 있습니다."

이쪽이 은의를 느끼더라도 최종적으로 인신이 배신할 가능성은 크다.

인신은 그런 녀석이다. 물론 악의 있는 억측에 불과하다. 하지만 전례가 있는 것은 말해두어야만 한다.

"……."

루이젤드는 침묵했다. 묵묵히 나를 계속 바라보았다. 나도 그를 바라보았다.

잠시 동안 그렇게 서로 시선을 주고받은 뒤, 루이젤드는 천천히 입을 열었다.

"혹시 진짜로 그런 방법이 있다면. 그래, 좋겠지. 나도 너와 함께 싸우고 싶은 마음은 있다."

"루이젤드 씨….."

안도의 한숨이 새어나왔다.

다행이다. 이대로 싸움이 벌어지는 게 아니라서 다행이다.

"하지만 그런 방법이 있나?"

"올스테드는 이 세계에 대해 잘 압니다. 그에게 물어보면 혹시나."

하지만 올스테드는 과연 가르쳐 줄까.

지금까지 가르쳐 주지 않았다. 이곳에 스펠드족이 있는 것조차도 가르쳐 주지 않았다.

아니, 그런 것도 포함해서 제대로 물어보자.

루이젤드와 싸울지는 그 후에 정해도 좋다.

"아무튼 대책은 있을 겁니다. 그때까지 적이 되겠다는 말은 하지 말고 기다려 주세요."

문제를 뒤로 미룬다. 별로 좋은 일은 아니다.

하지만 적이 되는 것은 대책이 없는 걸 안 뒤라도 늦지 않다.

"올스테드는 기스가 오기 전에 한 번 온 적이 있다."

"예?"

갑작스러운 말에 나는 고개를 갸웃거렸다.

올스테드가 왔다?

"언제?"

"2년 정도 전, 첫 환자가 나왔을 무렵이다."

"……."

"하지만 녀석은 아무것도 하지 않았다. 물론 우리는 녀석이 너와 관련 있다는 것을 모른 채 쫓아냈지만…. 네 말이 사실이라면 그때 이미 올스테드는 네 편이었을 거다."

어떻게 된 거지? 어떻게 된 거야?

"올스테드는 정말로 신용할 수 있나?"

올스테드는 스펠드족에 대해서 내게 말하지 않았다.

몰랐다는 가능성도 살짝 있었지만, 지금 이야기가 사실이라면 그런 가능성은 사라진다.

신용. 치료법. 불가능하다, 모른다.

"할 수 있습니다."

하지만 나는 그렇게 말했다.

올스테드는 지금까지 내게 잘해 주었다. 어쩌면 이번 일도 이유가 있을지 모른다. 예를 들어서 장래에 스펠드족이 올스테드에게 방해가 된다든가.

하지만 그것도 대화로 해결할 수 있을 것이다. 적어도 올스테드는 마을에 왔는데 스펠드족을 다 죽이지 않았다. 어쩌면 그럴 생각으로 왔지만, 그러지 않았다.

거기에는 뭔가 생각하는 바가 있다.

"올스테드는 신용할 수 있습니다."

지금까지 올스테드와 함께 지내오면서 그건 틀림없었다.

분명히 말이 조금 부족하든가 연락이 없을 때도 있지만, 인신을 타도한다는 목표를 향해 움직이는 동안은 신용할 수 있다.

"이런 식의 말은 별로 좋아하지 않지만, 올스테드가 아니라 나를 믿어주세요. 결코 스펠드족에게 안 좋은 일은 없습니다."

"……."

루이젤드는 뒤를 돌아보았다.

생각하듯이 팔짱을 끼고 몇 초. 문득 뭔가 깨달은 것처럼 하늘을 향해 고개를 들었다.

거기에는 커다란 달이 보였다.

"…큭!"

다음 순간 그는 갑자기 가슴 근처를 누르며 무릎을 꿇었다.

"루이젤드 씨?!"

대체 무슨 일이? 그렇게 생각하며 달려간 다음 순간.

갑자기 루이젤드가 고개를 들고 내 어깨를 붙잡았다.

"······!"

이상했다.

루이젤드의 얼굴이 이상하게 변했다.

눈이 새파랗게 물들어 있었다. 흰자위도, 검은자위도, 짙은
청색으로 변해 있었다.

입은 반쯤 벌리고 있는 모습이, 도저히 이성 있는 얼굴로 보
이지 않았다. 이마의 보석은 붉은색으로 돌아왔지만, 주위의
무늬가 기분 나쁜 광채를 띠고 있었다.

그걸 보고 이해했다.

"조종당하고 있나?!"

이런.

아무리 지금까지 아무 일도 없었다고 들었지만, 그런 이야기
를 바로 하는 게 아니었다.

빙의라는 말을 분명히 들었는데.

그렇게 생각했을 때는 이미 늦어서, 루이젤드는 내게 얼굴을
들이대더니.

키스를 했다.

동시에 무슨 액체 같은 것이 내 입 안으로 침입해서, 생물처
럼 움직이며 목 너머로 넘어갔다.

제5화   명왕 비타

"우와아…!"

벌떡 일어났다.

"헉… 헉…."

가쁜 숨을 쉬면서 주위를 돌아보았다.

시야에 들어온 것은 모닥불과 그 불빛을 받아 드러난 낯선 숲. 하늘에는 달과 별이 빛나고, 멀리서 벌레 소리가 들려왔다.

심장이 요란스러운 소리를 내고 있었다.

손에 힘이 들어갔는지, 아니면 자는 동안 잘못 눌리기라도 했는지, 팔이 왠지 나른하고 저렸다.

입이 바짝바짝 타고, 혓바닥이 아래턱에 달라붙어서 불쾌했다.

"왜 그래?"

그런 목소리에 고개를 돌려보니, 한 여성이 있었다.

한쪽 무릎을 꿇고 내 옆에 앉아서 걱정스러운 얼굴을 하고 있었다.

금발 생머리에 굳센 눈매. 글래머러스한 몸매는 아니지만, 그래도 날씬해서 멋지고 매력적이다.

"…사라."

"갑자기 벌떡 일어나던데, 악몽이라도 꿨어?"

"악몽…. 그래, 응. 그런 거 같아."

분명히 이상한 꿈을 꾼 것 같다. 하지만 어떤 꿈이었는지는 떠오르지 않았다. 악몽이란 건 틀림없을 텐데… 하지만 꿈이란 건 그런 걸까.

"정신 차려. 내일이면 미궁에 들어갈 거니까, 이런 데서 수면 부족이 되었다가 미궁 안에서 실수라도 하면 큰일이야."

"알고 있어."

"뭐, 네가 파티 멤버를 죽이는 실수를 하는 건 상상도 할 수 없지만."

사라는 가볍게 웃으며 내 옆에 앉았다.

그리고 어깨를 밀착시켰다. 내가 그녀의 어깨에 손을 두르자 머리를 내 어깨 위에 얹었다.

좋은 향기가 났다.

"이게 끝나면 우리도 은퇴네."

"그래."

나와 사라는 모험가 파티의 멤버이며, 연인이며, 약혼한 사이다.

그리고 이 미궁 탐색을 마지막으로 모험가를 은퇴하고 부부가 될 예정이다.

어떻게 그녀와 이렇게 되었는가.

짧게 설명 가능하다.

그건 내가 아직 열세 살 정도였나…. 나는 많은 일이 있어서 꽤 자포자기한 상태였다. 어떻게든 앞으로 나아갈 수는 있었지만, 마음은 완전히 의기소침해져서 빈 껍질 같은 상태로 제니스를 찾고 있었다.

그런 나는 '카운터 애로'라는 파티에 들어가게 되었다.

당초에 누구랑 파티를 짜는 것도 귀찮다고 생각했던 나는 그들에게 차갑게 대했다. 하지만 그들, 특히나 리더인 티모시나 스잔느는 내게 친절하게 대해 주었고, 한동안 같은 곳에서 활동했다.

사라만큼은 내게 쌀쌀맞게 굴었지만, 어떤 사건을 계기로 급변했다.

단적으로 말하자면 내가 목숨을 구해줘서 반한 것이다.

사라는 적극적인 여성이었다고 생각한다. 겉으로는 쌀쌀맞았지만, 호의를 딱히 숨기지 않았고 행동도 빨랐다. 그러니까 맺어지는 것도 빨랐다.

사라와 하룻밤을 보냈을 때 나는 아직 사라를 그렇게 좋아하지 않았다.

관심까지는 있었지만, 전생에 동정이었던 탓도 있어서 한 발 물러나 있었다.

그렇기 때문일까. 그녀와는 정말로 자연스럽게 연애가 가능했던 게 아닐까 싶다.

한 발 물러나는 나와 세게 밀어붙이는 그녀….

그야 처음 선을 넘는 건 빨랐다고 생각하지만, 그 후로 나도 차츰 그녀에 대해 알아가며 무리 없는 속도로 그녀를 좋아하게 되었다.

그러니까 오래 갔다.

그런 우리는 풋풋한 연인인 채로 모험가 생활을 계속했다.

계기는 엘리나리제의 등장일까.

그녀는 내게 제니스 생존의 소식을 전해주었다. 파울로나 탈핸드, 기스 같은 이들도 제니스 구출을 위해 움직이고 있다고.

그걸 듣고 나는 곧바로 파울로를 지원하러 가기로 결의했다.

나와 사라는 '카운터 애로'를 탈퇴하고, 베가리트 대륙으로 가서 멋지게 제니스를 구출해서 돌아왔다.

그리고 우리는 그 뒤에 제니스에게 '당신은 당신의 인생을 사세요'라는 말을 듣고, 그대로 사라와 함께 모험가 생활을 계속했다.

지금은 고난이도 미궁을 다섯 개 답파하여 S급 모험가 파티로 세상에 이름을 드날리고 있다.

"있잖아, 루데우스."

"응?"

"후후, 그냥 불러봤어."

미소 짓는 사라가 사랑스러워서 무심코 손이 엉덩이 쪽으로 향했다.

사라는 저항하지 않고 내 손길을 받아들여 주었다. 예전이라면 노려보았겠지만, 지금은 흔히 있는 스킨십에 불과하다.

나는 사라와 시선을 주고받으면서 몸을 밀착했지만, 갑자기

사라가 불안한 표정을 보였다.

"…모험가를 그만두고 잘 살아갈 수 있을까?"

"왜 그래, 갑자기 불안해?"

"결혼하고 사는 건 내가 어머니가 된다는 소리잖아? 요리, 청소, 빨래… 또 육아 같은 걸 잘할 수 있을 자신이 없어."

"그건 내가 해도 되잖아? 사라는 사라가 잘하는 걸 하면 돼."

"그런가?"

"그래."

사라는 아직 가정을 갖는 것이 불안한 모양이다.

계속 모험가로 살아왔으니까, 그 이외의 삶을 모른다. 그런데 갑자기 아내가 되고 어머니가 되고 집안일을 할 자신이 없다고 곧잘 불안을 내비쳤다.

마음은 모를 것도 아니지만, 나는 전생의 기억을 가진 전생자.

내가 죽었을 무렵의 일본에서도 남녀 모두가 육아에 적극적이 되어야 한다는 풍조가 나오기 시작하였다. 그러니까 딱히 사라만 집안일을 하는 것에 얽매일 필요는 없다고 생각할 수 있다.

사라가 일하고, 내가 주부가 되어도 좋다.

그렇게 말해도 사라는 납득하지 않은 모양이었지만.

"미래의 일을 생각해봤자 소용없어. 그때는 그때 열심히 해나갈 수밖에 없으니까."

"그런 말을 하면서 너는 결혼한 뒤의 밤생활 밖에 흥미가 없지?"

"아니, 그렇지 않거든?"

"거짓말만 하고. 얼굴 풀어졌어."

사라는 그렇게 말하고 가볍게 웃었다. 말의 내용은 그렇지만 어조는 부드러웠다.

뭐, 솔직히 결혼해서 아무도 방해하지 않는 집에서 사라와 단둘이 있는 상황을 기대하지 않는 건 아니다. 부부가 되어 아이를 만들어도 문제없는 환경이 되면 모든 것이 해금인 거고. 내 거기도 파울로의 손자를 만들기 위해 애쓰겠지.

"하지만."

내가 뭐라고 대답할지 망설이자, 사라가 내 귓가로 입을 가져와서 속삭이듯이 말했다.

"아이는 셋 정도가 좋아."

사라는 그렇게 말하더니 새빨간 얼굴로 고개를 돌렸다. 자기가 말해놓고서 부끄러워진 걸지도 모르겠다. 사라치고 노골적인 유혹의 말이고.

"그, 그럼! 나는 잘 거니까. 불침번 교대!"

"알았어. 잘 자."

"잘 자!"

사라는 그렇게 말하더니 내 어깨를 툭 때리고 자기 침낭으로 돌아갔다.

나는 입가가 풀어진 것을 자각하면서, 약해지는 모닥불에 장작을 넣고….

그때 문득 자고 있을 터인 파티 멤버 하나가 누운 채로 이쪽을 보는 것을 깨달았다.

"여어."

밝은 색의 장발을 목 뒤쪽에서 묶은 남자는 천천히 몸을 일으켰다.

그리고 나른한 모습으로 나를 향해 손을 들었다.

파울로다.

어라? 왜 파울로가 이런 곳에 있지? 죽은 게….

아니, 죽지 않았다. 멋대로 죽이지 마. 파울로는 전이미궁에서 제니스를 구출한 뒤, 아슬라 왕국에 정착해서 제니스와 함께 피트아령의 복구에 힘을 기울이고 있다.

모험가가 된다는 나를 흔쾌히 보내주었지만, 이번 미궁 탐색에 우리만 보내는 건 걱정된다고 떠들면서 나섰다. 응, 분명히 그런 느낌이었다.

"아버지, 훔쳐든다니 안 좋은 취미네요."

"훔쳐들어? 무슨 말도 안 되는 소리야?"

"하지만…."

"분위기 좋던데. 그 애랑 결혼하는 거냐?"

"그럴 생각이죠. 그녀를 소개했을 때 아버지도 그 자리에 있었잖아요."

"아니, 없었어."

없었을 리가 없는데. 이상하네, 잠이 덜 깼나?

"그보다도 너 뭔가 잊지 않았냐?"

"뭔가라니, 뭐 말인가요?"

"너 사라와 만나기 전에 왜 자포자기가 되었지?"

"왜냐니…. 그건….

어라? 왜였지?

분명히 루이젤드가 나를 피트아령까지 데려다주고, 그리고 아침에 일어났더니 아무도 없어서…. 어라? 하지만 루이젤드는.

"흥, 그런 간단한 것도 기억이 안 나? 그러면서 용케도 결혼하겠다는 말을 하는군."

비웃는 듯한 그 말에 왠지 모르게 열이 오른 나는 일어서서 파울로에게 다가갔다.

"아까부터 뭐예요. 그런 말을 하려고 따라왔냐고요!"

"딱히 그런 말을 하고 싶었던 건 아냐."

"그럼 뭘….

드러눕는 파울로의 멱살을 잡고… 그러다가 깨달았다.

"보고도 모르겠냐?"

파울로는 하반신이 없었다.

★　　★　　★

"우와아…!"

벌떡 일어났다.

눈을 뜬 순간 낯익은 방이 시야에 들어왔다.

부드러운 모포에 감싸인 내 다리. 침실 출구인 문. 반쯤 열려 있어서 산들바람이 들어오는 창문.

돌아보니 트렌트 씨앗으로 만든 베개. 사이드테이블에는 내가 만든 인형이 놓여 있었다.

여기는 낯익은 침대.

마법도시 샤리아에 있는 내 집이다.

"헉… 헉…."

뭔가 이상한 꿈을 꾼 것 같다.

"어라…?"

하지만 어떤 꿈인지 떠오르지 않았다.

하지만 악몽이었다. 그렇지 않으면 이런 식으로 깨어날 리가 없다.

뭐, 꿈이란 건 그런 거겠지만.

"으…음!"

침대에서 내려와서 기지개를 켰다.

오늘도 날씨가 좋다. 조금만 더 지나면 여름이 끝나고 가을이 온다. 기대가 된다.

그렇게 생각하면서 계단을 내려가자, 두 아이가 계단을 뛰어 올라왔다.

진갈색의 머리에 동물의 귀를 가진 아이들이다.

"넘어지지 마라."

"예~"

나는 방으로 달려가는 아이들을 보면서 1층으로 내려갔다.

복도를 지나 식당으로.

식당에는 한 여성이 식사 준비를 하고 있었다.

풍만한 육체를 수수한 옷으로 감싸고, 하지만 완전히 가릴 수 없어서 엉덩이 쪽에서 살집과 꼬리가 나와 있었다.

그녀는 내가 방에 들어오자, 솟은 귀를 꿈틀꿈틀 움직이며 돌아보았다.

"안녕, 리니아."

"안녕이다냐."

다소 쌀쌀맞은 목소리의 인사를 들으며,

나는 문득 악몽을 꾸었을 때의 그 막연한 불안감에 사로잡혀서 그녀를 껴안았다.

"리니아!"

"우냐?!"

리니아는 내 아내다.

어떻게 그녀와 결혼하게 되었는가.

그래. 떠올려보면 학생 시절. ED로 고민하던 나는 이런 수

저런 수로 그걸 고치려 했다.

그곳에 나타난 사람이 리니아와 프루세나였다. 젊고 풋풋하며 약동감과 야성미가 넘쳐나는 몸을 가진 두 사람.

그녀들과 싸우고 구속하고 알몸으로 만들었을 때는, 아직 내 ED가 낫지 않았다.

하지만 그로부터 1년, 2년, 학교나 식당에서 얼굴을 마주칠 때마다 차츰 서로를 의식하게 되었다.

그러던 도중에 두 사람은 노골적인 유혹을 하고, 나도 차츰 거기에 반응을 보이게 되었다.

그녀들이 7학년이었던 가을, 내 병은 완치되었다.

발정기로 흥분한 두 사람이 못 참겠다는 듯이 나를 방으로 끌고 갔을 때다.

그립다. 그날 밤은 최고였다.

그 후 졸업식 때 리니아와 프루세나가 결투해서 프루세나가 승리. 프루세나는 대삼림으로 돌아가고, 리니아는 내게 왔다.

그로부터 매년 가을이 올 때마다 아이를 만들었다.

"으랴아!"

"아파!"

껴안아서 가슴을 주무를 때 손을 얻어맞았다.

"발정기가 아닐 때는 금지! 그렇게 정했다냐!"

"껴안는 정도는, 괜찮잖아….."

"어차피 달링은 껴안는 걸로 끝나지 않는다냐! 아내는 남편의 성노예가 아니다냐!"

"그럴 생각은 없는데…."

나는 한숨을 내쉬면서 테이블 앞에 앉았다.

리니아는 시종일관 이런 식이다. 수족의 규칙이란 것 때문에 발정기 때 말고는 해선 안 된다.

물론 발정기가 되면 리니아가 유혹해 온다.

아이는 귀엽고, 발정기 때 리니아와의 아이 만들기는 성적 욕구를 만족시켜준다.

하지만 그게 아니다.

조금 더 뭐라고 할까, 사랑이라고 할까, 그런 걸 확인하려면 보디 터치 정도는 있어도 좋지 않을까.

"자! 밥 다 됐으니까 다들 먹으러 와라냐!"

"예~!"

리니아가 빈 냄비를 깡깡 두들기자, 2층에서 아이들이 뛰어 내려왔다.

아까 올라간 아이들만이 아니라 열두 명이나 된다.

수족은 한 번에 둘셋씩 낳는 일이 있어서 아이가 많다. 고로 우리 집의 방은 아이들이 거의 점령했다.

"얼른 먹고 일하러 가라냐! 학생들이 기다린다냐!"

"그래, 그래."

리니아의 재촉에 나는 아침을 먹기 시작했다.

그녀는 제법 요리를 잘한다. 결혼한 직후에는 고기는 굽고 생선은 찌고 채소는 데치는 것밖에 못했지만, 몇 년 동안 샤리아의 가정요리를 착착 습득하였다.

양념은 조금 약하지만, 그건 나와 종족이 다르기 때문에 어쩔 수 없는 일이다.

"잘 먹었습니다."

"예. 고맙습니다."

식사가 끝나면 평소처럼 로브를 입고 출근이다.

나는 졸업과 동시에 마술 길드에 들어가서, 지금은 마법대학의 교사 일을 하고 있다.

가르치는 건 무영창 마술 수업이다. 실용성이 지극히 높은 술식이라서 꽤나 인기가 있는 강의다. 이대로 무영창 마술의 수업 방법이 확립되고 내 학생들이 성과를 내면, 앞으로는 수석교사, 교장도 꿈이 아니겠지.

"그럼 다녀올게."

"다녀와라냥."

그렇게 말하고 현관으로 향했다. 아내와 아이들을 위해 오늘도 열심히 일할까.

"응?"

문득 거실의 문이 반쯤 열려 있는 것이 보였다.

안에서는 인기척이 있었다.

매우 그리운 기척이었다.

"……."

나는 이끌리듯이 문을 열었다.

한 남자가 있었다.

내게 등을 돌리고 한손을 소파 뒤로 돌린 채 앉아 있었다.

그 뒷머리는 밝은 갈색 머리칼을 목 뒤에서 묶어놓은 모습이었다.

"…어?"

남자가 돌아보았다.

"여어."

파울로다.

왜 이런 곳에 있는 거지. 죽은 게….

어어, 아니, 죽지 않았다.

전이미궁을 포기하고 내게 돌아왔다. 그래서 마법도시 샤리아에 와서, 근처에 살고 있다. 응, 분명히 그랬다.

리랴도 아이샤도 노른도, 지금은 파울로의 집에 살고 있다.

파울로는 도우러 가지 않았던 나를 책망하기도 했지만, 지금은 사이좋게 지내고 있다.

그래, 분명히 그런 느낌이었다.

"좋은 아내로군."

"좋은 아내라니…. 처음 본 것도 아니잖아?"

"아니, 처음 봤어."

파울로는 피식 웃더니 손을 가볍게 흔들었다.

"너, 지금 이대로도 좋냐?"

"뭐야. 무슨 말을 하고 싶은 거야?"

"아니, 별로? 아무것도 아냐. 다만 불만이 없냐고 묻는 거다."

"……불만 같은 건 없어."

리니아는 좋은 아내다. 그야 분명히 1년 중 정해진 기간 이외에는 건드리지도 못하게 하는 게 불만이라면 불만이지만… 그것도 딱히 말로 할 정도는 아니다.

이제 곧 발정기고, 그때가 되면 필요 이상으로 달라붙어서 내 몸이 못 버틸 레벨로 사랑해 준다. 그리고 아이가 생긴다. 한 번에 두세 명이나. 남자로서 본능이 충족된다. 부족한 시기는 있지만, 1년 몫을 응축한다고 생각하면 대단한 것도 아니다.

일도 잘 되어 간다.

나는 마법대학에서 인기 있는 교사다. 내 강의법은 학교에서도 손꼽힐 만큼 좋다는 평판이다.

따르는 학생도 많고, 교사진에게서도 신뢰가 두텁다. 출세 가도를 가고 있어서 장래는 밝다.

"그래, 불만은 없나. 그럼 다행이군."

"…그렇지?"

"하지만 뭔가 잊고 있지 않나?"

어리석은 아이를 나무랄 때처럼 파울로는 부드러운 목소리로, 하지만 나무라는 말을 계속해 나갔다.

"예를 들자면 네가 지금 하고 있는 일. 누구 흉내를 냈더니 학생들에게서도 교사들에게서 인기가 생겼지?"

"그건…."

누구더라.

순간 파랑머리의 뭔가가 눈앞을 스친 듯했지만, 곧 고개를 내저었다.

하지만 마음의 술렁거림은 커졌다.

"가르쳐 준 사람이 있겠지? 이 세계에서 잘 살아가는 방법을."

"…아까부터 무슨 말을 하고 싶은 거야! 확실히 말해!"

나는 짜증나는 마음으로 소파로 다가갔다.

파울로의 앞으로 가서 멱살을 잡았다.

그러다가 손이 멎었다.

"그럼 확실히 말해 주지…."

"나는 이미 죽었거든?"

파울로에게는 하반신이 없었다.

"우와아…!"

벌떡 일어났다.

"헉… 헉…."

숨은 가쁘고, 입이 바짝바짝 타고, 등은 땀으로 흠뻑 젖었다.

악몽이다. 말도 안 되는 꿈을 꾸었다. 뭐지, 그건…. 뭐지, 그건….

"말도 안 되는 악몽을…."

"…왜 그러시나요?"

"음, 아니, 안 좋은 꿈을 꾸었어. 마법대학에 다닐 무렵… 수족 중에 리니아라고 있었지? 그 녀석하고 결혼해서 애까지 낳는 꿈. 나는 교사가 되어 아이들에게 무영창 마술을 가르치는 거야."

"그게 악몽인가요?"

악몽인가 아닌가.

듣고 보니 악몽은 아니었던 것 같다. 리니아와 1년 중 짧은 기간에 불타는 듯이 아이를 만들고, 그 이외는 아이들을 돌보면서 학생들에게 마술을 가르치는 매일.

소박하면서도 행복한 가정을 꾸렸던 것 같다.

하지만.

"그야 악몽이지."

나는 그렇게 말하면서 졸린 눈으로 침대에서 내려온 내 아내를 보았다.

그녀는 미의 여신이다.

키는 크지도 작지도 않고 딱 좋다. 가슴은 크지도 작지도 않고 딱 좋다.

엉덩이는 작지만, 키와 가슴 크기와 잘 어울렸다. 전체적으로 홀쭉한 느낌이지만, 너무 말랐거나 너무 살찌지 않고 한쪽 인상으로 치우친 바가 없다.

하지만 결코 평범하다는 인상은 들지 않았다.

균형 잡혔다는 말을 체현한, 완벽한 육체.

유일하게 완벽하지 않은 점이 있다면, 자다가 일어나서 머리가 부스스하다는 점일까.

평소라면 흐르듯이 아름다운 금발이 흐트러졌다.

하지만 그게 그녀의 매력을 해치는 일은 없었다. 부스스한 머리는 그녀에게 생식 가능한 인간으로서의 매력을 더해 줬다. 단적으로 말해서 에로하다.

이렇게 흐트러진 머리가 나와의 어젯밤의 일 때문이라고 생각하면 3할 더 에로하다.

"이렇게 멋진 여성을 아내로 얻고, 원하는 것을 모두 손에 넣는 입장에 있는 내가 왜 촌구석에서 교사 같은 걸 해야 하지?"

"후후, 칭찬해 주시는 건가요? 제법이네요."

내 아내.

아리엘 아네모이 아슬라.

그녀는 가볍게 웃었다.

"하지만 당신은 그런 생활을 동경했던 걸지도 모르겠네요. 최근 급한 정무도 많았죠? 왕족 생활은 결코 편하지 않으니까요. 우리의 일은 아무리 작은 것도 큰 책임을 동반합니다만, 그 커다란 책임과 동등한 행복을 얻을 수 있다곤 할 수 없습니다. 인간이 느낄 수 있는 행복이란 그리 크지 않은 것이고요."

"그런가?"

"아마도 촌구석에서 교사 생활을 하며 아이들에게 둘러싸여 보내는 것과, 지금처럼 왕족으로 지내는 것은 책임과 행복의 균형이 달라지겠고요…. 저 같은 여자보다 리니아 같은 여자 쪽이 당신의 취향일지도 모르죠."

무슨 말도 안 되는 소릴.

아리엘은 최고의 여자다. 무엇 하나 결점이 없다. 내게 문제가 있다면 슬며시 지적해 주고, 남들 앞에서는 나를 치켜세워 준다. 여자 문제로도 아무 말 않고, 측실을 아무리 많이 얻어도 용서해 주었다. 게다가 일도 잘하고, 주위로부터 신뢰도 두텁다.

이상적인 상사이며, 국민적 아이돌이기도 한, 그런 여성이다.

아니, 어쩌면 결점은 있을지도 모른다.

논리적인 면이 많고, 감정보다 이론을 지나치게 중시하는 점도 있다.

또 성적 취향이 조금 특이하다. 어젯밤도… 아니, 그건 넘어가자.

아무튼 적어도 내 눈에 그것은 결점이 되지 않는다.

"아, 미안해요. 말이 좀 지나쳤을까요?"

"아니, 어쩌면 그럴지도 모른다고 생각했을 뿐이야."

"혹시 휴가가 필요하면 말해 주세요. 최근에는 나라도 안정되었으니, 조금 정도라면 쉬어도 좋겠죠. 어디로 나가서… 측실을 상대하는 것도 좋지 않을까요?"

"만약 휴가를 낼 수 있으면 하루 종일 너를 안고 싶어."

"어머…. 농담도."

"진심이야."

아리엘을 처음 안은 뒤로 얼마나 지났을까.

처음에는 측실을 잔뜩 얻고 주지육림을 노렸지만, 최근에는 그럴 생각이 들지 않았다.

그녀 한 명이면 된다.

혹시 지금 생활에서 뭐가 제일 행복하냐고 묻는다면, 아리엘 아네모이 아슬라라는 여성을 침대 안에서 마음대로 할 수 있다는 거겠지.

"그럼 다음에 그런 시간을 만들까요."

아리엘은 가볍게 웃으면서 시녀의 도움을 받아 옷을 입었다.

나도 침대에서 내려와서 두 팔을 벌렸다. 그러자 바로 시녀가 달려왔다.

두 시녀가 서로 도와서 척척 내게 옷을 입혀주는 것을 보고 있으니, 내가 출세했다는 것이 실감났다.

마법대학을 다니던 무렵이 그립다.

마법대학에 입학한 나는 아리엘과 만났다.

정쟁에 패한 후 나라에서 쫓겨났지만 포기하지 않고 인재를 모으던 아리엘.

마법대학에서 유일하게 무영창 마술을 습득한 나는 그녀에게 스카우트되었다.

그녀는 당시부터 아름답고 카리스마를 가졌지만, 나는 ED를 앓던 것도 있어서 쌀쌀맞은 태도를 보였다.

변한 것은 그녀가 ED를 고쳐주었기 때문이다.

방법은 다소 난폭했다. 미약을 써서 억지로 나를 흥분시키고 자기를 덮치게 했다.

당초에 나는 그게 그녀의 책략이란 걸 몰랐다.

큰일을 저질렀다는 죄악감과 속죄로 그녀의 동료가 되었다.

처음에는 전투력이 높은 호위 같은 입장이었다. 딱히 권한을 받은 것도 아니고, 그저 아리엘을 지키기만 하는 존재. 그게 변하기 시작한 것은 역시 아리엘을 가까이서 접했기 때문이겠지.

열심히 왕족으로 있으려는 아리엘. 하지만 때때로 그 나이 또래의 소녀 같은 얼굴을 보이는 아리엘. 그런 그녀에게 나는 조금씩 끌렸다.

처음부터 흑심이 있었던 것은 부정하지 않지만, 몸뿐만이 아니라 마음에도 끌렸다.

동료인 루크와는 몇 번이나 충돌했다. 그 또한 아리엘을 좋아했던 거겠지.

하지만 아슬라 왕국에서의 결전에서 루크는 죽고, 나와 아리엘이 남았다.

결국 나는 아리엘에게 고백하고 모든 것을 손에 넣었다.

세계 최고의 여성, 그리고 세계 최고의 나라…. 그래 나는 아슬라 왕국의 국왕이 된 것이다.

아슬라 왕, 루데우스 아네모이 아슬라.

그게 지금 내 이름이다.

어디까지나 아리엘의 덤, 괴뢰 같은 입장이다.

아리엘이 여왕으로 군림하는 것보다 그 편이 움직이기 편하다는, 그저 그뿐인 이유다.

애초부터 내 혈통은 아슬라 왕국에서 꽤나 높은 편이어서, 아무도 불평하는 이가 없었다.

마도왕 루데우스.

세간에서는 그렇게 불리는 모양이다.

파워업하면 슈퍼 루데우스가 될지도 모른다.

뭐, 아리엘이 나를 사랑하는지는 잘 모를 때도 있다. 내 힘이나 입장을 이용할 뿐이란 느낌도 전혀 없다고는 할 수 없다. 결혼한 것도 어디까지나 나라를 잘 통치하기 위해서고.

그런 점을 불안하게 생각할 때도 있어서, 측실을 대량으로 얻기도 했다.

하지만 최근에는 아리엘이 사실 어떻게 생각하는지는 상관없다고 여기게 되었다.

아리엘은 결혼한 뒤로 계속 나를 사랑하는 자세를 지켰다.

그녀는 노력가다. 노력해서 나를 사랑해 주는 거겠지.

어쩌면 그것은 거짓 사랑일지도 모르지만, 적어도 나는 충분히 사랑받는 기분이었다. 거짓이라고 해도 기분 좋게 속고 있다고 할 수 있다.

물론 이익보다 손해 쪽이 커지면 아리엘은 나를 배신하겠지.

그렇게 될지는 내 노력에 달린 것이다.

열심히 하자.

"자, 갈까요. 오늘도 정무는 쌓여있으니까요."

"그래."

아리엘과 나란히 침실을 나섰다.

입구를 지키던 두 기사가 고개를 숙였다. 기사만이 아니다. 복도를 걸으면 모두가 멈춰 서서 고개를 숙였다.

이게 권력이다.

혹시 내가 '그 자세가 마음에 안 든다'고 말하면 녀석은 새파란 얼굴로 무릎을 꿇겠지.

발을 핥으라고 하면 핥을지도 모른다.

물론 그런 짓은 하지 않겠지만, 그럴 수 있는 입장이란 것은 참으로 기분 좋다.

자, 오늘의 첫 일은 밤중에 발생한 사건부터다.

어젯밤에 서둘러 깨우지 않은 것을 보면, 시급한 일은 아니 겠지.

그걸 꼬박 두 시간 들여서 정리하고, 점심식사 전에 기사단 장들과의 회합.

식사를 한 뒤에 선약이 잡힌 귀족들과 알현. 오후부터는 진 정서라도 정리할까. 쉴 날을 잡을 수 있으면 좋겠는데. 슬슬 아리엘과의 아이도 있으면 좋겠다. 내 역할의 일부는 종마이기 도 하겠고.

"폐하!"

그렇게 생각하는데 기사단장이 달려왔다.

내 앞에서 무릎을 꿇고 큰 소리로 외쳤다.

"동쪽 숲에 발생한 마물을 토벌하러 간 기사가 빈사 상태로 돌아왔습니다! 마지막으로 폐하께 직접 아뢸 말이 있다고 합 니다!"

"뭐?"

동쪽 숲에 마물이 발생?

그런 일이 있었나….

"보고는 받지 않았어요."

아, 않았습니다.

"폐하를 위해 싸운 기사의 최후입니다! 부디 그 마지막 부탁 을 들어주십시오!"

"그럴 필요는 없어요."

아리엘이 차갑다.

하지만 오늘은 딱히 그렇게 바쁜 것도 아니다.

"아니, 만나보도록 하지."

나라를 위해 싸워준 기사의 부탁이다. 그 정도는 마지막으로
들어주자. 이름을 듣고 기억하도록 하자.

그렇게 생각하고 나는 알현실로 발을 옮겼다.

아리엘은 불만스러운 눈치였지만, 그걸 계속 표정으로 드러
내지 않고 따라왔다.

알현실에는 부하들이 모여 있었다.

노토스 공, 보레아스 공, 에우로스 공, 제피로스 공. 기타 아
슬라 왕국 귀족들.

그리고 그런 그들에게 둘러싸이듯이 한 남자가 붉은 벨벳 융
단 위에서 기다리고 있었다.

들것에 실린 모습에, 모포가 덮여 있었다.

그 얼굴은 기억에 있는 것이었다.

"어…?"

파울로다.

왜 파울로가 여기에 있지.

아, 그렇지. 파울로는 내가 왕이 되었다는 말을 듣고 제일 먼
저 부하가 되어주었다.

노토스와 사이도 나쁠 텐데 친가에 고개를 숙이면서까지. 기
사가 되어서 나를 지키려고 했다.

"여어, 루디."

파울로는 전혀 다치지 않은 것처럼 편한 기색으로 손을 들었다.

"아버지…. 마물, 퇴치해 주셨다고, 기사단장에게서…."

"마물? 무슨 소리야?"

"어?"

내가 고개를 갸웃거리자, 파울로는 어깨를 으쓱였다.

"내가 온 건 그런 이유가 아냐."

"그러니까 그게 무슨…. 웃!"

내가 말하는 도중에 파울로가 모포를 걷었다.

하반신이 없었다.

분명히 죽었어야 할 부상을 입고서도 파울로는 태연히 말하였다.

"아까 하던 이야기를 계속할까."

"우와악!"

눈이 떠졌다.

안 좋은 꿈을 꾸었다. 악몽이다. 왠지 요즘은 계속 악몽을 꾸는 것 같다.

"여보, 왜 그래?"

이마의 땀을 손바닥으로 닦자, 옆에 있던 여성이 말을 걸어왔다.

풍만한 몸에 장난스러운 미소. 내 아내, 아이샤다.

그녀와는, 어어, 어떻게 결혼했더라.

분명히, 그래. 어어, 목욕하러 갔을 때에 참다못해서 저질렀다. 아이샤는 매일 유혹해 오고, 세월이 지나면서 몸도… 하지만, 어라?

"저기, 왜 그래…? 아, 결혼한 뒤도 오빠라고 부르는 게 좋아? 어쩔 수 없다니까, 오빠는 정말로 변태니까."

"……."

…아이샤의 뒤에는 파울로가 있었다. 하반신을 잃은 파울로가 의자에 앉아 있었다.

이쪽을 보고 히죽 웃었다.

"헛수고야. 확실히 붙잡았어. 너도 알고 있겠지?"

파울로가 그렇게 중얼거렸다.

알고 있나.

그래. 뭐, 그렇지. 나도 슬슬 이해했다.

악몽이 계속되는 이유.

위화감밖에 들지 않는 이 느낌.

아까부터 나는 몇 번이나 눈을 떴다. 전부 꿈이었다.

그럼 이것도 꿈이다.

"간신히 깨달았군. '명왕' 비타. 장난은 끝이다."

명왕. 그래, 명왕 비타.

기억났다.

★　　★　　★

어느 틈에 내 방에 있었다.

마법도시 샤리아에 있는 커다란 저택, 그 안의 내 서재. 책상에는 일기나 마술서 같은 게 흩어져 있고, 책장에는 마법진을 새긴 석판이나 만들던 도중의 피겨가 있었다.

나는 방의 중심에 서 있고, 파울로는 서재의 의자에 앉아 있었다.

의자에 앉았으니까 안 보이지만, 역시 하반신은 없겠지.

왜냐면 파울로는 죽었으니까.

베가리트 대륙, 전이미궁의 제일 깊은 곳, 마나타이트 히드라에게 하반신을 공격 당해서 죽었으니까.

내가 바보 같은 짓을 하는 바람에.

"…네가 '명왕' 비타인가?"

그렇게 말하자, 파울로는 기막히다는 얼굴을 했다.

"그럴 리 없잖아. 내가 '명왕' 비타면 너를 꿈에서 깨어나게 하겠어?"

"아, 그러네…."

그도 그런가.

"'명왕' 비타라면 몰아붙여놨어."

"그건 좋지만, 너는 대체 뭐야?"

"어이, 보면 알잖아? 네 아버지의 얼굴을 잊었냐?"

"아니, 죽은 지 꽤 지났으니까."

"차가운 녀석일세. 잊을 리가 없잖아."

파울로는 그렇게 말하며 웃었다. 그 미소는 내 기억에 있는 파울로와 똑같아서, 보고 있기만 해도 콧속이 찡해졌다. 아, 이런, 눈물 나겠다.

파울로는 곧 진지한 얼굴로 돌아오더니, 내 뒤쪽, 방문을 바라보았다.

"'명왕' 비타라면 몰아붙여놨어. 이 저택 어딘가에 있는 위화감을 찾아서 그걸 파괴해. 그게 비타의 핵이야."

"…알았어!"

이 파울로가 누구인지는 모른다.

하지만 일단 적은 아니다. 그렇게 생각한다. 증거도 근거도 없지만.

그것이 바로 '명왕' 비타의 책략일지도 모르지만, 적어도 파울로가 없으면 나는 계속 행복한 꿈을 꾸고 있었을 테니까.

결심을 하고 서재에서 나갔다.

낯익은 복도.

마법도시 샤리아에 있는 우리 집.

실피와 결혼할 때에 샀던 집. 자노바와 크리프와 함께 탐험하여 이상한 인형을 발견한 저택.

그 뒤에 여동생들을 데려오고, 록시와 결혼하고, 에리스와 결혼했다.

세 아내와 사는 나의 이상향.

확실히 여기다. 아직 머릿속이 뒤죽박죽이지만, 여기는 틀림없다.

복도를 따라서 거실로 이동했다.

"루데우스 님."

거기서는 리랴가 방 청소를 하고 있었다.

걸레를 손에 들고 난로 옆에 있는 테이블을 닦고 있었다.

"무슨 일 있으십니까?"

"…아뇨, 항상 죄송합니다. 청소 같은 걸 다 맡겨서."

그렇게 말하자, 리랴는 잠시 놀란 얼굴을 하였다. 하지만 곧 가볍게 웃으며,

"그렇게 말씀하실 거면 루데우스 님도 자기 서재 정리 정도는 해주세요. 안 그래도 루데우스 님의 방은 건드려도 괜찮을지 모를 것이 많으니까요."

그렇게 말했다.

"하하, 명심하지요."

위화감은 없다. 리랴라면 이런 말도 하겠지.

입으로는 그렇게 말하지만, 리랴도 정말로 난처하다든가, 내게 청소를 시키려는 건 아니다. 이건 일종의 스킨십이다. 애초

에 리랴는 뭘 건드려도 될지 모르더라도, 아이샤는 아니까.

"그런데 다른 사람들은?"

"노른 님은 학교에, 아이샤는 용병단의 고문 일을 갔습니다."

위화감은 없다.

아내 셋에 대해 언급이 없는 것은, 이 세계에 실피, 록시, 에리스가 없기 때문이다.

왜인지 모르지만, 그런 세계라는 확신이 있었다.

그러니까 위화감은 없다. 모순은 있을지도 모르지만, 위화감이 아니다.

리랴는 아닌 모양이다.

"그렇군요, 고맙습니다."

그렇게 말하고 나는 거실에서 나갔다.

현관 밖에 나가도 역시 위화감은 없었다. 록시의 코트나 에리스의 목도 같은 게 없는 정도일까. 록시나 에리스가 없으니까 그것도 당연하다.

으음, 위화감이라고 해도 어렵군.

결국은 주관적인 이야기니까. 그렇게 노골적인 위화감이 쉽게 보일까?

조심해서 본다고는 하지만, 나는 이런 틀린 그림 찾기 같은 것에 좀 약하군. 예를 들어서 실피가 미용실을 다녀와서 '루디, 오늘의 나, 어디가 다른 것 같아?'라고 해도 곧바로 대답할 수 없는 정도. 아니, 실피는 그런 말을 보통 안 하지만.

아무튼 이건 든든히 각오를 하고 노트에 메모를 하면서 천천히 적의 노림수와 위화감의 정체를 찾아야만 할지도 모르겠다.

그렇게 생각하면서 나는 식당으로 이동했다.

"……!"

거기서 나는 발견했다.

위화감을.

"이건 너무하잖아….."

생각해보면 내가 지금까지 꾼 꿈들은 나의 일종의 망상이라고 할까, 혹시 이렇게 되었으면 좋겠다고 슬쩍 생각했던 것을 구현화한 것들이었다.

ED가 발병하지 않고 사라랑 잘 된 세계.

리니아가 ED를 고쳐줘서 그대로 결혼한 세계.

절세 미녀인 아리엘과 연인이 되어서 그대로 왕이 된 세계.

아이샤와 이렇게 저렇게 된 세계.

마지막 것은, 어어, 이렇게 되면 좋겠다고 생각한 건 아니지만, 불가능하다고 단언하지 못할 것도 아니다. 여동생이니까 성적인 흥분은 별로 없지만, 그거랑 아이샤의 인간적인 부분을 좋아하는 거랑은 별개고.

아무튼 지금까지 본 것은 내게 유리하게 만들어진 세계였다.

위화감도 없었다.

각각의 세계에서 모순과 직면하기까지 이상하다고 생각지도 않았다.

하지만 이 집에서는 전제가 달랐다. 파울로는 처음부터 있었고, 나는 기억을 되찾은 상태였다.

그러니까 본 순간 알았다.

"아, 루디 돌아왔어? 오늘은 일찍 왔네."

제니스가 식사 준비를 하고 있었다.

테이블 위에는 가족 전원을 위한 식탁보를 깔았고, 접시와 컵도 놓여 있었다.

"……."

"왜 그래? 이상한 얼굴을 하고…. 아, 그렇지. 일찍 왔으니 잘되었네. 실은… 짠!"

제니스는 건강해보였다.

내 기억에 있는 제니스보다 조금 나이를 먹었지만, 내 기억 속 피트아령에 있을 적의 건강한 제니스의 모습이었다.

"루디는 나이도 먹었는데 그럴듯한 소문도 없잖아. 그러니까 어머니가 노력해서 상대를 찾아왔습니다!"

제니스는 그렇게 말하며 여성의 그림이 그려진 판을 보여주었다. 이른바 맞선사진이다.

거기 그려진 것은 기억에 있는 여성이었다.

분명히 마술 길드의 직원 중 하나로, 라노아 왕국 귀족의 넷째 딸이다. 다른 애들보다 마술의 재능이 있으니까 마법대학에 입학했지만, 재학기간 중에 본가가 몰락해 버려서 집에 돌아가지도 못하고 마술 길드에 들어왔댔나.

"그렇긴 해도 루디와 같은 길드 사람이지만. 루디의 결혼 상대를 찾는다고 했더니 저쪽도 동한 눈치라서. 하지만 루디는 정략결혼 같은 거 안 좋아하잖아? 마음의 문제라고 생각하고 본인에게 말했더니, 꼭 싫지도 않은 눈치라서…."

제니스는 아주 기쁜 듯이 그런 이야기를 했다.

혹시.

혹시 제니스가 전이미궁에서 그렇게 되지 않고, 나도 실피나 록시와 결혼하지 않고, 그리고 지금까지 뜬소문 하나도 없었으면.

분명 제니스는 이렇게 참견을 했겠지.

그리고 내가 이 이야기를 승낙하면 소녀처럼 기뻐하며 순조롭게 일을 진행시키겠지.

혹시 근처에 실피가 살고 있으면, 실피와 맺어주려고 애써주었을지도 모른다.

"어때? 루디, 멋진 아가씨잖아? 만나볼래?"

"응."

"다행이다. 그럼 저쪽에도 이야기해둘게! 하아, 아이샤도 그렇지만, 너희는 정말로 그런 쪽으로 둔하니까 걱정이야. 소문이 들려오는 건 노른뿐이라서."

"응, 그래."

"파울로의 아들이니까 더 세게 나갈 줄 알았는데…. 여자한테는 신중하다니까!"

제니스는 그렇게 말하며 또 식사 준비로 돌아갔다.

"어머니의, 아들이기도, 하니까…."

나는 제니스에게 마력을 담은 손가락을 향한 채로 굳어버렸다.

손은 떨리고 있고, 눈에서는 눈물이 흐르려고 하였다.

결국 나는 아무 짓도 못했고, 제니스는 부엌으로 사라졌다.

그로부터 며칠이 지났다.

하반신이 없는 파울로는 계속 서재에 있었다.

그는 생전의 파울로와 같은 어조로 '위화감은 찾았나? 찾았으면 얼른 파괴해라' 같은 말을 했지만, 위화감의 정체가 제니스라고 알더니 그 이상은 아무 말도 하지 않게 되었다.

아무래도 이 세계의 나는 마술 길드에 소속된 마술사인 모양이다.

리니아 때와 같군.

차이가 있다면, 제니스가 무사히 구출된 정도일까. 파울로는 물론 죽었다.

집은 노른과 아이샤가 마법도시까지 왔을 때에 구입한 것인 모양이다. 언젠가 다른 가족들이 돌아왔을 때에 함께 지낼 수 있도록.

마술 길드에 가서 일을 하고, 저녁이 되면 돌아와서 어머니와 여동생들과 함께 저녁을 먹는다.

혹시 내가 전생에, 어느 타이밍에 내 방 밖으로 나가게 되어서 취직 활동에 성공했으면, 이런 느낌의 생활 리듬으로 살았을지도 모른다. 그런 생각이 드는 매일.

그런 가운데 내 맞선 이야기는 착착 진행되었다.

서로 대면도 무사히 마쳤다.

같은 직장의 여성이며 선후배 사이라서 서로에 대해 어느 정도 알고 있기 때문일까, 그 뒤에도 이야기는 순조롭게 진행되었다.

그녀는 마법대학에 다닐 때부터 나를 알고 있었고, 몰래 호감을 품고 있었던 모양이다.

나는 기억하지 못하지만, 식당에서 이상한 남자에게 붙잡혔을 때 내가 구해준 적이 있다는 모양이다.

조용하고 수수한 인상이지만 현명하고 이지적인 면도 있으며 눈치도 빨랐다.

혹시 연애 대상으로 보면 매력이 부족하다고 할 수 있을지는 모르지만, 결혼상대로 보면 충분하고 남을 상대다.

처음에 맞선을 본 뒤에 데이트를 두 번 하고 세 번째에 프러포즈를 하고, 그녀는 그것을 받아들였다.

그것을 제니스에게 보고하자, 우리 집은 축제처럼 환희로 휩싸였다.

그 뒤에도 결혼 준비는 순조롭게 진행되었다.

다행스럽게도 우리 집은 넓고 방도 아직 남아돌기 때문에,

아내가 될 여성을 맞아들이는 건 불가능하지 않았기에 그대로 우리 집에 들어오는 형태가 되었다.

무엇보다도 제니스가 그것을 바랐다.

루디의 아내가 오면 같이 그걸 해야지, 이걸 해야지, 하면서 리랴와 수다를 떨었다.

결혼 전날은 제니스도 리랴도 정신없이 떠들며 지냈다.

노른과 아이샤도 중간까지는 거기에 어울렸지만, 결국 지친 얼굴로 잠들었다.

나는 두 사람과 어울렸지만, 리랴도 과음했는지 잠들었다.

제니스는 떠들 상대가 없어지자 혼자 찔끔찔끔 마셨다. 내가 어렸을 적에 어땠네 저땠네 하는 이야기를 하면서.

그러다가 말했다.

"왠지 어깨의 짐을 내려놓은 기분이야."

"내가 짐이었나요?"

"아니, 그렇지 않아. 전이미궁에서 파울로가 죽고, 루디는 계속 우리를 돌봐줬잖아? 하지만 나는 루디의 어머니니까 내가 돌봐줘야 한다고 생각했고…. 그걸 해냈구나 싶어서."

"그렇군요."

"루디. 결혼한 뒤에 아내의 기분이 상하거나 여자를 어떻게 대할지 모르겠으면 나한테 물으러 와. 분명 파울로가 더 잘 가르쳐 주었겠지만, 나도 루디의 어머니니까 충고할 게 있을 거야."

제니스는 살짝 부끄러운지, 옆에서 자는 리랴의 머리를 쓸면서 그렇게 말했다.

"……."

"아니, 루디, 왜 그래?"

내 눈에서 어느 틈에 눈물이 뚝뚝 흐르고 있었다.

지금까지 비타가 보여준 꿈은 모두 행복한 것이었다. 이것도 그랬다.

분명 내가 '떠올리지' 못했으면, 나는 이 세계에서 행복한 매일을 보냈겠지.

에리스나 실피가 없는 세계라면 분명 아직 동정일 테니까, 처음 사귄 여성과 결혼하게 되어서 흥분하다가 여동생들에게 핀잔을 듣고 제니스에게 군소리를 듣겠지.

분명 나는 그렇게 일희일비하면서 조금씩 성장하겠지. 뭐, 성대하게 실수해서 이혼할 가능성도 있지만….

나는 이 세계에서 부자연스러울 것 없이, 가족과 함께 행복한 생활을 보내겠지.

나는 그걸 안다. 분명 그랬을 거라고 진심으로 생각한다.

그러니까 분명 이건 비타의 마지막 저항이겠지.

내가 떠올리고, 이게 꿈이라고 알면서도, 그래도 파괴하지 못하게 하려고 그런 거겠지. 그리고 제니스의 모습이라면 절대로 파괴할 수 없다고 확신했겠지.

실제로 나는 계속 지켜보았다.

제니스가 이전처럼 웃는 것을 보았다.

이대로도 좋지 않을까 생각하였다.

그렇다. 내가 제니스를 죽일 수 있을 리가 없다.

하지만 말이지, 비타.

나는 이미 떠올렸어.

이 자리에 없는 실피를, 록시를, 에리스를. 그녀들이 낳아준 건강한 아이들을.

지금의 내가 열심히 애써서 손에 넣은, 둘도 없는, 행복한 가정을.

제일 소중한 것을.

그리고 제니스는 파울로와 다르다. 식물인간 같은 상태지만, 죽은 게 아니다.

그걸 나는 이미 알고 있다.

제대로 된 대답을 듣기는 어려울지도 모르지만, 무녀를 통하면 기분이 상한 실피나 뚱해진 록시나 화난 에리스에 대한 조언을 들을 수도 있다.

제니스는 이제 웃을 수 없지만, 분명 기쁘게 내 말을 들어줄 것이다.

그러니까 끝이다.

계속 잠겨 있고 싶은 이 꿈은. 밝고 다정한 제니스의 꿈은.

나는 제니스를 향해 손을 펼치고 그 머리를 만졌다.

"어머니, 지금까지 고마웠어요."

그리고 전력의 스톤 캐논을 제니스에게 쏘았다.

뭔가 매우 슬픈 꿈을 꾸었다.

비타 녀석, 지독한 걸 보여줬군. 그렇게 생각하는 반면, 분노는 일지 않았다.

분명 마지막 꿈의 내용은 너무나도 가슴 따뜻했기 때문이겠지.

그렇기에 더욱 슬프다.

하지만 마음은 차분했다. 스스로도 신기할 정도로.

"……."

주위를 둘러보았다.

본 적이 없는 방이다. 문은 없고 의자가 세 개. 달리 가구는 없지만, 왠지 어질러진 듯한 느낌도 있었다.

느낌으로는 내 방과 비슷할까.

생전의 내 방과 지금 나의 서재. 그 둘을 합쳐서 반으로 나눈 느낌.

그런 방에서 나는 의자 중 하나에 앉아 있었다.

눈앞에는 두 명. 아니, 두 마리인가?

한 마리는 해골이었다. 관을 쓰고, 온몸이 가무잡잡하게 더러워진 해골.

다른 한 마리는 슬라임이었다.

아마도 슬라임이겠지. 파란색 젤리 같은 형태의 물체가 의자에 앉아 있었다.

적어도 앉아 있는 걸로 보였다.

"처음 뵙겠습니다. 내가 '명왕' 비타입니다."

슬라임은 말했다.

반투명한 파란색 슬라임. 그게 명왕 비타의 정체인 모양이다.

"네가 비타인가."

그럼 저 해골은 누구일까.

파울로는 아니지…?

파울로의 골격이 어땠는지는 기억나지 않지만, 저런 관은 파울로에게 어울리지 않는다.

"이 싸움, 내 패배로군요."

슬라임은 정색한 표정으로… 아니, 얼굴이 어디에 있는지는 모르지만. 그는 정색을 한 목소리로 말했다.

패배라고 말하는 것을 보면 역시 싸움이었나.

아직도 뭐라고 형용할 수 없는, 뭔가 둥실둥실 떠다니는 듯한 느낌이 있지만.

그 꿈에서 탈출하기 위한 행동은 틀림없이 싸움이었던 모양이다.

"…너는 나한테 환술 같은 걸 써서 환각을 보여줬던 거군."

그는 나에게 꿈을 보여주었다.

아주 행복한 꿈이다. 내가 깨닫지 못했으면 영원히 계속되는, 행복한 꿈.

"네. 당신의 기억에서 일어날 수 있었던 미래를 예측하고, 거기에 당신의 욕망을 섞어서 만든 최고의 환각을."

환술인가. 그런 것도 있나.

일어날 수 있었던 미래…라고 하지만, 생각해보면 구멍이 많았던 것 같다. 실피도 록시도 에리스도 없는 세계에서, 어째서인지 죽은 파울로가 나왔다.

"당신은 성욕이 매우 강해서 간단했습니다."

"금욕 중이라서."

으음, 창피한 이야기로군.

상대가 사라와 리니아와 아리엘과 아이샤라는 게 또 그렇다.

분명히 그런 마음이 조금은 있었어. 그런 마음이 전혀 없었다고 하면 거짓말일지도 모르지만. 아니, 하지만 아이샤한테는 진짜 아냐, 절대로 아냐!

"하지만 내 아내를 향한 마음과 파울로의 추억이 환각을 깨뜨린 건가?"

이런 환술은 전생 세계에서 몇 번 본 적이 있다. 주로 만화에서 본 거지만… 아무튼 깨뜨리는 패턴은 몇 가지 알고 있다.

그게 무의식 중에 발현되어서 이번 결과로 이어진 거겠지.

"…아뇨, 설마요. 당신은 환술에 완전히 걸렸습니다. 분명히 당신은 특수한 정신체인 탓에 좀 얕게 걸린 것 같지만…. 하지만 그렇게까지 걸리면 절대로 깰 수 없죠."

어라?

"그럼 어떻게 깬 거지?"

"그건… 이겁니다."

비타가 가리킨 곳에는 해골이 있었다.

똑바른 자세로 앉은 해골.

"이건?"

"시치미 떼는 건 그 정도로 하시죠…. 나와 싸울 걸 예상하고 처음부터 준비했던 거죠? 내 천적인 '라크사스'의 '해골 반지'를."

"……."

"생각해보면 루이젤드 앞에서 보란 듯이 변장의 반지를 뺐던 것도, 왼손의 반지를 숨기기 위해서였군요…."

라크사스의 해골 반지. 그런 걸 준비한 기억은….

사신 라크사스… 사신의 반지인가!

란돌프에게서 받은 그거! 끼고 있었어! 분명히 끼고 있었어!

"라크사스의 해골 반지는 사신 라크사스가 나를 죽이기 위해 만든 반지입니다. 가장 믿을 수 있는 망자의 모습으로 환술을 깨뜨리고, 술자가 도망칠 곳을 빼앗고 몰아붙인다. 물론 믿을 만한 망자가 없으면 그 반지도 발동하지 않습니다만….”

믿을 수 있는 망자…. 그렇다면 꿈속에 갑자기 나타난 파울로는 해골 반지의 효과였나.

분명히 파울로의 모습은 충격적이라서, 여기가 현실과 다르다고 인식시켜 주었다.

내가 꿈이라고 깨달은 뒤에는 비타를 몰아붙이기 위한 힌트를 주었다.

그건 비타의 환술에 구멍이 있었던 게 아니었군.

“당신을 다소 얕잡아봤던 것 같습니다. 마지막에도 잘 되나 싶었지만, 참나, 어머니에게 손을 대는 박정한 남자라는 말은 못 들었거든요.”

나는 거기까지 예견하지 않았다. 반지도 숨길 생각이 없었다.

아니, 꽤나 주저하고 있었다.

건강한 제니스와 계속 같이 살고 싶다고 생각했다.

효도를 해야 한다고 생각하면서 맞선을 받아들였다.

하지만 마지막에 그런 말을 들으면 나도 홀로 일어설 수밖에 없다. 현실의 제니스는 분명 그러라고 말할 것이다….

“실패했군요…. 이럴 줄 알았으면 루이젤드를 조종해서 당신을 위협하는 게 좋았을 것을.”

“왜 그러지 않았지?”

"루이젤드가 마을을 버릴 각오로 당신에게 붙을 생각을 했기에 초조해졌습니다."

루이젤드 씨….

"당신이 경계하는 것으로 보이지 않았기에, 일이 잘 굴러간다고 생각했습니다. 그런데 설마 나에 대한 대책을 세우고 있었다니…. 설마 나를 몰아붙이는 덫이었다니…."

덫이 아니었습니다.

왠지 죄송하네요….

하지만 혹시나 올스테드나 사신 란돌프는 이런 상황을 예측했던 걸지도 모른다. 올스테드도 대책 같은 건 미리 가르쳐 주는 게 좋을 텐데….

아니, 그러고 보면 반지를 끼고 가라는 말을 했지. 그러니까 그 이상의 말은 안 한 걸지도 모른다. 끼고 있기만 해도 효력이 있다면, 이미 명왕은 적수가 못 된다는 느낌으로.

말이 부족하다니까. 나 말고 다른 사람에게 빙의되면 어쩔 생각이었어.

뭐, 올스테드가 필요한 정보를 다 주지 않는 게 어제 오늘만의 일이 아니고, 내가 필요한 정보를 다 못 듣는 것도 어제 오늘만의 일이 아니다.

"…자만심이 패배로 이어지는 일은 있는 법이지."

"네, 정말로."

비타는 분한 듯이 말하면서 움츠러들었다. 마치 급속하게 힘을 잃어가듯이.

동시에 해골 쪽도 부스스 무너졌다.

가장 믿을 수 있는 망자…라.

나에게 파울로가 그랬다는 걸까.

"점족 사상 최강의 왕으로 군림한 지 수백 년, 설마 이러한 형태로 끝날 줄은 생각도 않았습니다. '진흙탕' 루데우스여. 훌륭하군요."

…뭐라고 답해야 좋을까. 이런 흐름은 예상하지 않았다.

운입니다, 라고 말하는 편이 좋을까.

란돌프와 만나러 간 것은 내 생각이니까 꼭 죄다 운이라고 할 순 없지만.

그럼 '자기 입으로 사상 최강이라고 하지 마' 정도로 쏘아붙이는 게 좋을까.

아니, 그것보다 물어봐야 하는 게 있다.

"한 가지 묻고 싶은데. 너는 인신의 사도인가?"

"그렇습니다. 그 신에게는 많이 신세를 졌습니다. 사신 라크사스의 마수에서 도망치게 해 줬고, 천대륙의 지옥으로 가는 길을 가르쳐 줬죠. 덕분에 오랫동안 살아남았습니다만. 나온 결과가 이래서야. 인과인지, 아니면 운명인지."

비타는 점점 더 덩치가 줄어들었다.

처음에 이 방에서 보았을 때는 인간 사이즈였는데, 이제 주먹 크기에 불과했다.

"루데우스, 마지막으로 한 마디만 하지요."

"······."

"인신은 못된 신이지만, 나처럼 도움을 받아서 따르는 이도 적지 않게 있습니다."

비타는 그렇게 말하는 사이에도 손가락 사이즈로 줄어들었다.

동시에 해골 또한 가루가 되어 사라졌다.

"잠깐! 다른 사도가 누구인지도⋯!"

내 의식도 점차 흐려졌다.

눈을 떴다.

의식은 또렷했다. 꿈의 내용도, 마지막에 방에서 나눈 대화도 기억했다.

"으윽⋯."

갑자기 배가 엄청나게 아프고 구역질이 났다.

"우에에엑⋯."

엎드린 내 입은 끈적끈적한 액체를 토해냈다.

파란색의 액체. 파란 슬라임 같은 뭔가가 위액과 어제 먹은 음식물에 섞여서 지면에 퍼졌다.

명왕 비타의 사체⋯인가?

그렇게 생각했는데 왼손 손가락에 위화감이 있었다. 토시를 만져보니, 사신의 반지가 깨져서 지면에 툭 하고 떨어졌다. 반지는 철벅 소리를 내며 토사물 사이에 가라앉았다.

"……."

이 반지가 깨진 것을 보면 아까 비타가 말했던 것은 사실이겠지.

…즉, 비타는 직접 내 안에 들어왔다가 반지의 효과로 자폭한 형태인가. 가련하군.

그렇긴 해도 비타의 판단은 잘못된 게 아니다.

나를 조종하면 인신의 진영은 이긴 거나 마찬가지다. 그리고 그 순간 나는 그걸 막을 방법이 없었다….

우연. 아니, 필연이라고 할까.

사신 라크사스의 해골 반지. 키시리카가 이쪽의 요구를 받아들이게 하는 효과만 있는 게 아니었군.

뭐, 어쩌면 란돌프도 진짜 효과를 몰랐을 가능성이 있지만.

"어차, 그리고 보면 루이젤드 씨는?"

주위를 둘러보았다.

여기는 건물 안인가. 바닥, 벽, 창고…. 기억에 있었다.

루이젤드의 집이다.

흐름을 보자면 루이젤드가 내게 비타를 감염시킨 뒤에 여기로 옮겼다는 걸까…?

"……."

밖은 밝았다. 그로부터 몇 시간 경과한 걸까….

토사물은 나중에 청소하자.

"루이젤드 씨?"

나는 집 주인의 이름을 불렀지만 대답이 없었다.

밖에 나간 걸까. 아니면 다른 요인일까. 일단 몸을 일으켜서 주위를 둘러보았다. 어떤 상황인지 확인할 필요가 있을까.

그렇게 생각하며 몸을 일으키다가 보았다.

루이젤드가 화로 맞은편에 누워 있었다.

"루이젤…."

숨을 삼켰다.

그는 새파란 얼굴로 헉헉 숨을 내뱉고 있었다. 자기 몸을 껴안은 듯한 모습으로 덜덜 떨면서.

한눈에도 정상적인 모습이 아니었다.

'비타는 병의 진행을 막고 있다. 비타를 죽이면 분신도 죽고, 역병이 만연한다.'

그런 말이 떠올랐다.

즉, 지금 루이젤드의 상태는….

"역병…인가."

명왕 비타는 그냥 죽은 게 아닌 모양이다.

자폭은 자폭이었지만….

자폭 테러다.

제6화 역병

비타가 죽으면 스펠드족의 역병은 다시 진행되기 시작한다.

사전에 설명을 들었지만, 이렇게 극적일 줄은 생각도 못 했다.

어쩌면 비타는 역병의 진행을 늦췄던 게 아니라, 단순히 마비시켰던 걸지도 모른다.

그게 나에게 빙의했다가 죽으면서 분신도 사망.

단숨에 병이 표면화되었다…라든가.

내가 비타를 쓰러뜨렸다고 하지 않겠다. 그건 자폭이다. 인신 쪽에도 나 같은 얼간이가 있었던 것에는 안심도 되지만, 그래도 지금 상황은 안심할 수 없다.

"루데우스 님!"

괴로워하는 루이젤드를 어떻게 하지도 못하고, 뭔가 해줄 수 있는 일이 없을까 싶어서 집을 뛰쳐나갔을 때 산도르가 달려왔다.

"산도르 씨!"

"일어나셨습니까. 지금 마을사람들이 갑자기 쓰러지기 시작해서 대체 무슨 일이 있었나 하고…."

"명왕 비타가 쓰러졌습니다. 그 영향으로 역병의 병증이 진행된 거겠죠."

"예?! 언제? 어디서 명왕을 쓰러뜨린 겁니까?!"

"아까 혼자서 쓰러졌습니다!"

아무래도 좋지만.

"자세히 설명을!"

"어어…."

설명한다.

어젯밤 루이젤드에게 들은 이야기를. 비타가 입을 타고 내게 들어와서 환각을 보여주었지만, 사신의 반지로 쓰러뜨린 것을.

"…그렇군요. 즉, 명왕은 루데우스 님에게 덤볐다가 오히려 쓰러졌다…. 루이젤드 님은 조종한 거군요?"

"…깨어나지 않으면 알 수 없지만, 적이라면 나를 마을까지 데려오지 않았겠죠."

"알겠습니다."

"다음은 내가 질문을 하지요. 지금 뭘 하고 있죠?"

"일단 아직 움직일 수 있는 사람을 시켜서 사냥 나간 이들을 돌아오게 했습니다. 그자들에게는 그대로 입구 방어를 지시할 겁니다."

역시나 산도르, 일처리가 빠르다.

역병이 만연하기 시작한 직후인데도, 우수한 판단이다.

"도가는?"

"도가는 환자를 한 곳으로 모으고 있습니다."

그러며 눈짓하는 곳을 보니, 도가가 한 여자를 안고 정신없이 달려가는 중이었다.

그의 뒤를 따라서 걱정하는 얼굴의 스펠드족 아이들이 가고 있었다.

저 방향은… 족장이 있던 강당인가. 분명히 저곳이 제일 큰 건물이니까 딱 좋겠지.

산도르의 말로는, 사망자는 아직 없었다.

하지만 마을사람의 절반 이상이 루이젤드와 마찬가지로 움직일 수 없을 정도의 증상을 호소하고 있다고 했다.

"루데우스 님, 어떻게 할까요?"

"…어떻게 하냐니."

말문이 막혔다.

이 상황. 어떻게 해야 할까?

마을에는 역병이 퍼졌다. 고쳐야 한다. 그러니까, 그래, 해독 마술이다. 하지만 아까 루이젤드에게도 해독 마술을 걸어봤지만, 효과는 없었다.

모든 치유 마술을 시험해 본 것은 아니지만, 해독 마술은 안 먹힐 가능성이 클 것 같다. 그런 병이나 독은 여러 종류 있으니까.

해독 마술이 안 든다면, 병의 전문가에게 맡기는 게 좋을까.

전문가라면 누가 있지?

아리엘에게 말해서 의사를 준비해달라고 해?

하지만 이 세계에서 가장 병에 대해 밝은 이는 올스테드다. 하지만 올스테드는 스펠드족을… 아니, 할 수 있는 일은 다 해 보자.

일단 통신수단이다. 설치한 마법진까지는 사흘….

아니, 이런 일이 있을까 싶어서 사무소 지하에 예비 전이마법진을 준비하였다.

이 마을에도 마법진과 통신석판을 설치하자.

사무소로 이동해서 올스테드에게 현황을 설명.

그리고 사장실에서 각지로 지금 스펠드족의 상황과 증상을 전한다.

좋아.

"마을 안쪽에 전이마법진을 설치, 사무소로 이동하고, 거기서 각지에 연락을 해서 진찰할 수 있는 이를 부르겠습니다."

"알겠습니다. 그럼 저는 이 마을의 방어와 환자의 간호를."

"부탁하겠습니다."

재빨리 이야기를 마치고 나는 마을 외곽으로 향했다.

여기는 깊은 숲속이니까 마력 농도도 높다. 마력결정이 필요하지 않은 전이마법진도 설치할 수 있겠지. 혹시나 모르니 사무소에서 예비 석판도 가져와서 설치하자.

그런 생각을 하면서 마을 뒤쪽으로.

울타리 밖으로 나가서 나무를 마술로 베어내어 광장을 만든 뒤, 흙 마술로 작은 집을 하나 세웠다. 입구가 없는 집이다. 그런 집의 바닥에 지하도를 파서 마을 안으로 연결.

이러면 마물은 들어올 수 없다.

메모장을 꺼내고 예비 마법진과 연결되는 술식을 확인했다.

그대로 집 바닥에 그리면 지워질 가능성이 크니까, 마술로 석판을 만들어서 그 위에 그리기로 했다.

서두르면 안 된다. 조금이라도 틀리면 마법진은 완성되지 않는다. 버그를 찾아서 고칠 시간을 생각하면, 가능하면 한 방에 성공하고 싶다. 급할 때일수록 진정하고….

"아, 제길…."

그렇게 생각하다가 조금 틀렸다.

"휴우…."

심호흡.

진정하고 일부러 평소보다 더 천천히 그리기로 했다.

직경 2미터는 되는 평면 마법진이다. 서둘러 그리다간 당연하게도 미스가 나온다.

신중하게 한다.

전이마법진 자체는 지금까지 몇 번이나 그렸다.

애초부터 나는 정확성에 자신이 있다. 그렇게 마음을 진정시키고 꼼꼼히 전이마법진을 그렸다.

"어때?"

완성과 동시에 마력을 넣었다.

그린 마법진 전체에 마력이 돌고 희미한 빛을 띠기 시작했다. 성공이다.

"좋아."

나는 바로 마법진에 뛰어들었다.

순간 의식이 사라진 뒤에 도착한 곳은 사무소 지하.

마법진이 정상적으로 동작했는지 확인. 그와 동시에 나는 서둘러 방을 나섰다.

'올스테드, 루데우스를 찾아오신 분은 이쪽으로'라고 적힌 화살표를 따라갈 것도 없이 지상으로 향했다.

전이마법진의 방이 있는 지하층을 나가서 계단을 올라가면, 바로 로비가 나온다.

"아, 회장님. 돌아오셨….."

"사장님은 계셔?!"

내 험악한 얼굴을 본 접수원은 귀를 움찔거리더니 겁먹은 느낌으로 귀를 내리고 대답했다.

"계, 계십니다."

나는 접수원의 말을 끝까지 듣지도 않고 사장실로 이어지는 복도가 있는 문을 열었다.

짧은 복도를 지나서 사장실 문을 열었다.

그리 난폭하지는 않았을 거라 생각하지만, 노크를 잊어버렸다.

그 탓인지 올스테드는 헬멧을 쓰고 있지 않았다.

"올스테드 님."

"……."

올스테드는 뭔가 깨달은 건지, 기분 탓인지 입맛이 쓰다는 얼굴을 하고 있었다. 하지만 얼굴을 돌리는 일 없이 똑바로 내 쪽을 보았다.

몇 초 동안 보고 있자, 그 얼굴이 '무슨 불만 있나?'라고 말하는 것 같아서 부글부글 분노가 끓어오르는 것을 느꼈다.

화낼 때가 아니라는 건 안다. 그래도 내 입에서 나온 것은 짜증 섞인 질문이었다.

"스펠드족의 병을 알고 계셨군요?"

"알고 있었다."

"고칠 방법은?"

"없다."

칼로 베는 듯한 대답. 모르는 게 아니라 없다고 했다.

"더 일찍 말씀해 주셨으면 치료법을 찾을 수도 있었을 겁니다. 왜 말해 주지 않은 겁니까?"

그렇게 말하자 올스테드는 고개를 내저었다.

"네가 내 부하가 되었을 때, 이미 스펠드족은 멸망했어야 했다."

"멸망이라니…. 그건 평소의 루프에서 그렇다는 말인가요?"

"그래. 그리고 루이젤드 스펠디아가 살아남은 스펠드족과 만

나는 일도 없다."

이미 멸망했을 테니까 말하지 않았다.

루이젤드는 본래 그 멸망과 무관계. 그러니까 가능성으로는 생각하면서도 말하지 않았다. 그런 소린가.

"하지만 몇 년 전에 보러 갔던 거죠?"

"…그래."

"그때 스펠드족을 발견하고, 루이젤드와 접촉하고, 역병에 걸린 것을 확인했는데, 입 다물고 있었던 거군요?"

"그래."

"조용히 있으면 스펠드족은 멸망하고 루이젤드도 없어진다. 그러니까 나도 모른다, 포기한다, 그렇게 생각했던 겁니까!"

어느 틈에 소리치고 있었다. 배신당한 기분이었다.

"아니다. 시간 낭비라고 생각했다."

"시간… 낭비?"

"그래. 나도 스펠드족을 도우려고 한 적은 있었다. 모든 해독 마술을 쓰고, 고칠 가능성이 있는 약을 다 썼다. 하지만 낫지 않았다. 그 역병은 고칠 수 없다."

올스테드는 알고 있는 모든 것을 시험해 봤다는 건가?

"스펠드족이 멸망하는 건 나에게 이미 결정사항이다. 하지만 너는 포기하지 않고 스펠드족이 전멸하기 전까지 고치려고 하겠지."

"그야… 물론."

하지만 2년 전… 어쩌면 그 이전일까?

이야기를 들어보면 실론 왕국에서의 일 이후, 라플라스 부활의 위치를 모른다, 전력을 모으자, 그런 이야기가 나왔을 타이밍일까.

그 무렵에 스펠드족에 대해 듣고 역병을 고치기 위해 뛰어다녔으면 어떻게 되었을까.

적어도 최근 1년 동안의 일은 할 수 없었겠지.

아토페에게도, 란돌프에게도, 다른 마왕들에게도 접촉할 수 없었다.

어쩌면 미리스에 가지 못했을지도 모른다.

아직 기스가 사도라는 것도 모르고 있을지 모른다.

"하지만 시간 낭비라고 단언하는 건…. 나로선… 어떻게, 안 될지, 몰라도….”

그 말은 이해한다.

하지만 마음이 쫓아가지 못했다. 머릿속에서 변명이 떠오르지 않았다.

이번에 올스테드는 잊고 있었던 게 아니다.

일부러 말하지 않은 것이다.

자기 의사로, 내가 스펠드족을 도우러 가지 않도록 획책한 것이다. 그 마음은 알지만, 그걸 도저히 용서할 수 없었다.

올스테드는 내 은인이 죽게 내버려두려는 생각이었다.

올스테드는 원래 그러니까 어쩔 수 없다.

평소라면 그런 말이 나올 텐데. 용서할 수 없다.

이런.

이대로 가다간 올스테드를 적으로 보게 된다.

작전 도중인데. 비헤이릴 왕국에 적이 있고, 모두가 비헤이릴 왕국에 있을 때….

변명을, 뭔가 변명을 생각해야… 올스테드를 용서할 만한 변명을.

"…루이젤드는 당신 계획에 방해가 됩니까?"

입에서 나온 것은 그런 말이었다.

대화의 흐름에 맞지 않는 말. 이 말에 긍정이 돌아오면 나는 어쩌려는 걸까.

하지만 올스테드는 말해주었다.

"그렇지 않다. 녀석의 딸은 라플라스와 싸울 때 가장 중요한 카드가 된다."

"딸이? 그렇게 중요합니까?"

"마신이 된 라플라스는 불사신이지만, 약점이 있다. 그걸 간파하여 치명상을 줄 수 있는 것은 제3의 눈을 가진 스펠드족뿐이다."

마신의 약점을 찌르는 것은 스펠드족뿐.

"아."

그때 내 안에서 뭔가가 딱 들어맞았다.

라플라스가 자신의 저주를 옮겨서 스펠드족을 멸망시키려고 한 이유.

마신을 죽이는 세 영웅이 라플라스와 싸울 때, 전력이 한층 떨어지는 루이젤드가 라플라스에게, 후에 페르기우스가 감사할 정도의 일격을 넣을 수 있었던 이유.

스펠드족이 역병에 **걸려 버린** 이유.

역병이 예정보다 늦게 진행되어서 루이젤드가 도착한 뒤에 만연한 이유.

…내가 루이젤드와 함께 중앙대륙까지 여행을 한 이유.

"인신…인가."

몸에서 힘이 빠졌다.

비틀거리며 물러났다. 의자에 다리가 걸려서 풀썩 하고 주저앉았다.

팔걸이에 내 체중을 기대서 간신히 그 이상 미끄러지지 않을 수 있었다.

"본래 역사라면 루이젤드 씨는 살아남는 거군요?"

"그래."

"도중에 죽는 일은 없고, 마지막에는 아이도 만드는 거로군요?"

"그래."

"올스테드 님은 그 아이를 이용하여 라플라스를 쓰러뜨리려고 했군요?"

"처음에는. 라플라스는 태어난 순간에는 불사신이 아니란 걸

안 뒤로는 이용하려고 하지 않았다."

"그렇습니까."

그럼 이것도 인신의 포석 중 하나인가.

그래. 그리고 이번에는 그걸 나를 없애는 것으로 연결했다…
인가. 일거양득을 노리는 인신다운 작전이다.

"올스테드 님. 아무래도 우리는 또 인신의 손 위에서 놀아난
모양입니다."

"……."

"스펠드족의 멸망, 역병의 만연은 자연발생이 아니라 인신의
짓이겠죠. 인신에게 마신 라플라스는 살아있는 편이 유리한 모
양이군요."

마룡왕이라면 몰라도 마신이 된 라플라스는 해롭지 않다.

왜냐면 인신을 잊어버렸으니까.

뿐만 아니라 인간을 없애려고 한다. 의외로 라플라스 전쟁
때도 라플라스는 인신에게 조종당한 걸지도 모른다. 용족을 직
접 조종할 수 있을 것 같진 않으니까, 인신의 사도를 경유해
서.

"하아…."

왠지 예상 밖으로 마음이 후련해졌다.

올스테드가 스펠드족에 대해 입 다문 것은, 뭐, 조금 마음에
걸리지만, 여기서 내가 올스테드에게 분노를 터뜨려도 해결되
는 건 하나도 없다.

결국 인신이 좋아할 뿐이다.

계획대로 굴러갔다며 낄낄 웃을 뿐이다.

"……."

아까는 생각나지 않았는데, 후련해진 탓인지 변명도 떠올랐
다.

치료법을 모르고, 이미 멸망한 거라고 생각했으니까 방치했
다.

당초에 올스테드의 머릿속에서는 스펠드족의 멸망과 루이젤
드의 생사는 관계없었다. 루이젤드도 어딘가에서 살아있다고
생각했겠지.

하지만 혹시나 싶어서 보러 가봤더니, 루이젤드도 있었다.

게다가 루이젤드도 감염된 상태였다.

나에게 뭐라고 해야 좋을지 몰랐다. 말하지 않는 편이 좋을
지도 모른다. 그렇게 생각해도 어쩔 수 없다.

"올스테드 님은 스펠드족 없이 어떻게 라플라스를 쓰러뜨릴
생각이었습니까?"

"신도神刀를 쓰면 쓰러뜨리지 못할 것도 없다. 고전은 피할
수 없지만, 지금은 네가 동료를 모으고 있다. 어떻게든 되겠
지."

"하지만 분명히 그 신도? 라는 건 마력을 꽤 쓰는 거겠죠?"

"어쩔 수 없지."

게다가 올스테드는 페널티를 자기가 짊어질 생각이었다.

"사과할 생각이긴 했다. 하지만 말을 꺼내지 못하고 이런 형태가 되었다. 미안하군."

올스테드는 그렇게 말하고 고개를 숙였다.

"…알겠습니다."

올스테드도 완벽하지 않다.

이런 일도 있겠지. 넓은 마음으로 용서해 줘야 한다.

"올스테드 님, 이번만큼은 넘어가겠습니다."

"그래."

이걸로 해결이다. 나도 마음의 응어리는 잊고, 긍정적으로 가자.

일단은 말이지.

"확인 삼아 말하는 겁니다만, 올스테드 님은 인신을 쓰러뜨리는 데에도 역시 마력이 필요하죠?"

"그래."

인신은 실론 왕국에서 라플라스가 부활하는 위치의 특정을 저지했다.

또한 라플라스를 쓰러뜨리는 열쇠가 되는 루이젤드를 스펠드족과 합류시켜서, 스펠드족을 마지막 한 명까지 제거하려고 한다.

스펠드족이 전멸하면, 라플라스를 올스테드가 직접 쓰러뜨리게 된다.

올스테드는 라플라스를 쓰러뜨리려면 엄청난 마력을 쓰게

된다.

이것은 인신에게 승리의 길이겠지.

그 길은 막는다. 신도인가 뭔가는 안 쓰는 게 낫다. 전투는 가급적 피하고, 마력 소비도 줄인다.

라플라스를 쓰러뜨릴 전력은 내가 모으고, 올스테드의 마력은 인신과의 싸움에서 폭발시키자.

하지만 그걸 위해선 라플라스의 급소가 되는 스펠드족이 살아있어야만 한다.

"다시 한번 묻겠습니다만, 치료법은 없는 거지요?"

"······적어도 나는 모른다."

"올스테드 님도 모르는 건 많으니까요."

"그렇지."

올스테드는 그렇게 말하며 평소보다 무서운 얼굴을 했다.

최근 이 무서운 얼굴에도 익숙해졌다. 이건 한심하다고 생각할 때의 얼굴이다.

"그럼 치료법도 있을지 모릅니다. 조금 더 발버둥을 쳐 보지요."

올스테드도 저주 때문에 못 하는 일이 많았다. 지금 상황이라면 시험해 볼 수 있는 것도 이전에는 할 수 없었을 것이다. 그럼 해 봐야지.

"알았다····. 나도 마을로 가지."

올스테드는 그렇게 말하며 고개를 끄덕였다.

★　★　★

그 뒤에 나는 명왕 비타에 대한 보고를 했다. 사신의 반지로 비타가 자폭했다고 전하자, 올스테드는 놀라움을 숨긴 무서운 얼굴을 하였다.

그 얼굴을 보면 비타가 빙의했던 것은 몰랐던 모양이다.

반지는 정말로 보험이었겠지.

그 뒤로 통신석판을 써서 각지와 연락을 취했다.

스펠드족의 병과 의사 준비에 대해서다. 통신석판의 숫자가 너무 많아서, 각지에 연락을 보내는 것도 고생했다. 복사 & 붙이기 기능이 필요하다.

메일의 답신이 오기까지 추가로 예비 전이마법진도 그려두었다.

전이마법진의 설치에는 일단 처음에 두 개를 그려서 기동을 확인한 뒤, 한쪽의 술식을 어딘가에 메모한 뒤에 없애는 공정을 거칠 필요가 있다.

다급히 보충할 필요는 없지만, 사용했으면 확실하게 보충해야만 한다.

접수원은 사장실에 대기시켜서, 올스테드가 없는 동안에 메일에 답신을 보내거나 전이마법진으로 찾아온 이를 안내하는 일을 맡겼다. 최근 전이마법진도 너무 많아져서 어디로 연결되어 있는지 알기 힘들어졌다. 나나 올스테드는 몰라도, 처음 오는 손님에게는 안내가 필요하겠지.

그 다음은 저쪽 마법진 앞에다가 마을의 어디로 가라고 적어두면 되겠지.

참고로 실피는 이미 길레느, 이졸테를 데리고 검의 성지로 향한 모양이다.

그때는 아리엘도 얼굴을 내밀어서 실피와 이야기를 나누었다고 한다.

접수원도 올스테드도 내용은 안 들었다고 하지만, 전언이 없는 것을 보면 잠깐 얼굴을 보러 왔을 뿐이겠지.

그런 꿈을 꾼 탓인지 얼굴을 맞대면 조금 의식했을지도 모른다.

실피 앞에서 아리엘을 보고 얼굴을 붉히는 짓은 하고 싶지 않다.

그 뒤로 비헤이릴 왕국으로 흩어진 다른 멤버들이 전이마법진과 통신석판을 설치했는지 확인.

모두 순조롭게 가동하고 있었다. 그들도 순조롭게 움직이는 모양이다.

연락도 들어와 있었다. 아이샤＋용병단 쪽은 문제없음. 자노바 쪽에서는 수도에 토벌대가 모이고 있다는 연락. 록시에게서는 귀신의 소재지를 조사한다는 보고.

그들 쪽에도 현황에 대한 메일을 보냈다. 마지막에는 '이쪽은 어떻게든 할 테니까, 직무를 다하라'라고 덧붙였다. 그게 아니면 에리스나 누가 달려올 것 같고.

자, 각국에서 들어온 답신에는 좋은 소식이 많았다.

많은 나라가 '병에 대해서 과거의 문헌을 조사해 보겠다'라고 답신.

아슬라 왕국에서는 내일이라도 의사를 파견하겠다는 움직임이었다.

다만 미리스 신성국에서는 지난번에 보낸 원군에 대한 답신 뿐이었다. 신전기사단을 전이마법진으로 보내기란 어려울 테니까, 별로 좋은 대답이 아니었다.

그렇긴 해도 역시나 미리스에서의 답신은 늦군.

아무튼 거기까지 하고서 마을로 돌아왔다.

올스테드와 함께.

현재 올스테드는 쓰러진 스펠드족을 한 명씩 진찰하고 있다.

그는 웬만한 의사보다도 의료 지식이 많겠지만, 지금까지 알 수 없었던 것을 이제 와서 알 리도 없다.

애초에 그는 의사가 아니다.

지금까지의 루프를 통해 누군가의 병을 고치려고 한 적은 있겠지만, 그건 의료 행위가 아니었겠지.

어느 쪽이냐면 RPG에서의 심부름 이벤트다.

몇 월 며칠, 무슨 요일, 루데우스 군이 병에 걸린다. 루데우스 군은 몇 월 며칠, 무슨 요일에 사망하니까, 그때까지 치료하자. 그 시점에서는 치료법을 모른다. 하지만 몇 번 루프하는 사이에 실피에트가 같은 병에 걸린 것을 안다. 그리고 그 실피에트의 병을 록시 선생님이 어떤 아이템을 써서 완치시킨다. 올스테드는 록시 선생님이 쓴 아이템을 다음 루프에서 루데우스 군에게 쓰면 된다.

그런 느낌이군.

뭐, 과거의 사례와 지금 사례를 대조하여 치료법을 찾는다는 것이 대처법일지도 모르지만, 그런 쪽으로는 나도 의사가 아니니까 모른다.

말하자면 올스테드는 상정하지 않은 일에 대해서는 강하지 않다.

"역시 모르겠군."

모두를 진찰한 뒤에 힘없이 고개를 내저었다.

"내가 아는 역병과는 다소 증상이 다른 것 같은데…."

"어떻게 다릅니까?"

"이렇게 급속하게 악화되는 일은 없었다."

"…역시 비타가 마비시켰던 것이 갑자기 드러난 걸까요."

"인신의 수법이라면 있을 수 있지."

병을 억누른 척하면서, 사실은 아무것도 하지 않았다. 인신이 할 만한 짓이다.

"너는 뭔가 알아냈나?"

"…아뇨."

나는 올스테드가 병을 조사하는 동안, 마을에서 의료를 맡은 이에게 병에 걸렸을 때의 치료법 등을 물어보았다.

그들은 중앙대륙에서 일반적인 약초나 자양작용을 하는 풀을 달여서 주었다는 모양이다. 약초나 풀의 영양가에 대해 잘 아는 건 아니지만, 그리 크게 잘못된 것 같지는 않다.

하지만 이 방향성으로는 안 된다.

생각의 방향을 바꿔야 할까.

예를 들어서… 그래. 본래 역병이 만연하는 건 더 이른 단계였다.

그렇다면 인신이 이 역병을 컨트롤할 수 있다는 소리다. 그럼 어딘가에서 인신이 들여보낸 독이나 바이러스일 가능성도 있나?

혹은 단순히 전이사건으로 스펠드족이 역병에 걸리는 타이밍이 어긋났을지도 모른다.

어디까지나 인신은 그걸 이용하려고 했을 뿐이고….

으으, 그래서 뭐가 어쨌다고.

지금 중요한 건 인신이 어쨌냐가 아니다. 이 병을 고치는 방법이다.

생각하면 생각할수록, 생각이 늪에 빠져드는 이 느낌. 혹시 사실은 방법 같은 게 없을지도 모른다는 이 느낌. 안 좋다.

하지만 아직이다.

적어도 나와 올스테드, 산도르와 도가라는 멤버로는 고칠 수 없다.

　하지만 이제부터 의사도 온다. 지금은 환자를 청결하게 지키고 영양을 섭취하게 하는 것에만 전념하자.

　그렇게 생각하면서 나는 그날 산도르나 도가와 함께 하루 종일 간병에 임했다.

　다음 날, 아슬라 왕국의 의사단이 도착했다.

　의사 두 명과 간호사 네 명, 그리고 식량과 의료품들이다.

　일단 스펠드족을 두려워하지 않는 이들을 모아주었는지, 그들은 환자를 보더니 바로 진찰에 착수하였다.

　그들이 전이마법진에 대해 발설하지 않을지는 그저 아리엘의 카리스마에 걸 수밖에 없다.

　"앞서 듣기는 했습니다만, 처음 보는 증상입니다."

　그런 리스크를 지면서 데려온 의사단은 아무런 도움도 되지 않았다.

　"저희도 국내에서 마족을 진찰한 적이 있지만…. 특정 마족이 특정 조건에서 걸리는 것이라면 손 쓸 길이 없군요."

　전혀 모르겠다는 것이 의사의 견해였다.

　적어도 과거의 사례 중에는 일치하는 게 없다는 모양이다.

　뭐, 그럴 거라고는 생각했다. 이 세계는 치유 마술이나 해독 마술 덕분에 의료가 별로 발달하지 않았다. 그런 세계의 의사가 진찰해서 알 수 있다면 올스테드도 안다.

"일단 계속 진찰은 해보겠습니다만, 너무 기대는 하지 말아 주세요."

의사는 그렇게 말하고, 지금도 계속 치료를 해주고 있다.

하지만… 역시 그런가. 기대는 하지 않았지만, 그런 단언을 들으니 생각 이상으로 낙담이 컸다.

"휴우…."

한숨을 쉬면서 강당을 둘러보았다.

거기에는 수십 명의 스펠드족이 누워 있었다. 신음하는 자, 축 늘어져서 움직이지 않는 자, 의식을 잃은 건지 자는 건지 알 수 없는 자. 식사를 받아먹고 있는 자.

많은 이들이 누워서 간병을 받는 모습은 정말로 야전병원 같았다.

아직까지 사망자는 나오지 않았지만, 병증이 무거운 이도 적지 않았다. 시간문제겠지.

그리고 증상이 무거운 자 중에는 루이젤드도 포함되어 있었다.

현재 그는 의식을 잃고 혼수상태다. 때때로 눈을 뜨고 격하게 기침을 하는 것을 보면, 앞날이 머지않은 것으로 보였다.

어떻게든 고쳐주고 싶다. 루이젤드의 곁에 앉아서 그렇게 생각했다. 하지만 지금으로서는 손 쓸 수가 없고, 타개책도 떠오르지 않았다. 시간만 흘러갔다.

이래선 미리스 신성국이나 왕룡 왕국에서 의사가 온다고 해도 치료법을 찾아낼 가능성은 적다.

치료법을 찾아내지 못하면 그 다음에는 뭘 하면 좋을까.

누구에게 물어보면 알까.

어떻게 하면 좋을까, 뭘 할 수 있을까.

"루데우스 님."

어느 틈에 산도르가 눈앞에 서 있었다.

"왜 그러죠?"

"이런 상황에 말씀드리긴 그렇지만, 정보상 쪽은 어떻게 할까요?"

정보상…이 뭐였더라.

아, 그렇지. 제2도시 이렐에서 정보상에게 기스의 수색을 부탁하였다.

"약속 날까지 며칠이 남았지요?"

"도시에서 마을까지 하루, 마을에서 여기까지 이틀, 루데우스 님이 잠들었던 게 하루, 그리고 어제였죠. 오늘은 이제 곧 끝나니까, 앞으로 나흘 남았을까요. 하루 정도 늦는 건 어떻게 될 것 같습니다만."

반환점을 돌았나.

그보다 나는 그렇게 오래 잠들었던 게 아니로군.

"전이마법진도 설치했으니까 날짜 여유는 있습니다만…."

"그렇죠. 그때가 되면 내가 다녀오겠습니다."

이 자리에서 이동하고 싶진 않지만, 기스의 수색은 중요한 목적이다. 갈 수밖에 없다.

"저도 동행하지요."

"…올스테드 님과 도가만 남기는 겁니까?"

"루데우스 님을 혼자 보내는 편이 위험합니다."

순간 뭔가 속셈이 있는 게 아닌가 싶었지만, 정론이긴 하다.

내가 혼자 행동해서 좋을 건 없다.

"루데우스 님, 정보상은 그렇다고 하고, 토벌대는 어떻게 할까요?"

"토벌대?"

"나라가 모으는 토벌대 말입니다. 한 달 정도면 결성되어서 여기로 몰려온다고 하지 않았습니까."

"아…."

그런 것도 있었지.

"그쪽도 서둘러 손을 쓰는 편이 좋을 거라 생각합니다만, 어떻게 할까요?"

분명히 스펠드족을 지키기 위해 빨리 움직여서 나라와 교섭하는 편이 좋겠지.

하지만 그건 어디까지나 스펠드족이 인간에게 안전하다는 부분이 담보되지 않으면 무리다.

물론 스펠드족에게는 인간에 대한 적의가 없다. 그건 지금도 증명할 수 있지만….

"이 상황이면 역병이 퍼지면 안 되니까 불을 질러 정화하자는 말이 나올지도 모릅니다. 하다못해 병이 나을지를 본 뒤라도…."

"그럼 내버려둡니까?"

"…그건 안 되겠군요. 어쩌면 좋을까요?"

"정보상과 접촉한 뒤에 왕궁까지 가서, 악마의 정체와 그 현황을 보고하기만 해도 의미는 있을까 합니다. 역병이니까 불태우겠다고 한다면 싸우고, 구하자고 한다면 교섭은 완료. 그렇죠?"

"아하…. 그렇군요."

일단은 해보자. 그런 소리다.

아무튼 다음 행동은 나흘 뒤인가.

할 일은 많고, 해결의 실마리는 보이지 않는다. 아무런 진전도 없다는 것에 대한 초조함이 커졌다.

힘들군….

그렇게 생각하면서 그날 나는 잠들었다.

아무도 없는 루이젤드의 집에서.

누가 나를 흔들어서 눈을 떴다.

눈앞에 있는 것은 미소녀였다. 부드러운 금발을 눈썹 위에서 가지런히 잘랐다.

누군지는 떠올릴 것도 없었다.

"오빠, 일어나요, 오빠…!"

노른이다.

아, 또 꿈, 또 환술인가.

이번에는 노른이 아내인가. 그렇다면 비타가 아직 살아있다는 소리인가. 그럼 스펠드족의 현황도 꿈이었으면 싶다.

"비타도 재주가 없군."

"비타? 잠꼬대는 그만하세요! 하고 싶은 말이 많이 있습니다!"

노른은 화난 모양이다.

최근은 별로 그렇지 않지만, 예전의 노른은 나에게 화만 냈던 것 같다. 그리운 툴툴쟁이 노른이다.

"왜 루이젤드 씨가 이렇게 되었다고 저한테 말 안 한 건가요!"

루이젤드가 이렇게.

그 말에 내 의식은 갑작스럽게 각성했다.

"……!"

몸을 일으켰다.

짐승 모피를 깐 바닥. 루이젤드의 집이다. 꿈이 아니다.

"저도, 루이젤드 씨에게는, 많이 신세를 졌는데…! 이럴 때에도 가르쳐 주지 않다니, 너무하잖아요…."

노른의 눈에서 눈물이 줄줄 흘러내렸다.

그녀는 그걸 닦지도 않고, 바닥의 모피를 세게 움켜쥐었다. 나는 손가락으로 그녀의 눈물을 닦았다.

"아, 미안해⋯."

동시에 의문이 솟아났다.

왜 노른이 여기에 있지? 분명히 노른은 지금 바쁠 텐데.

"노른, 어어, 지금 물어볼 말이 아닐지도 모르지만, 학교에서 무슨 행사가 있다고 하지 않았어?"

"그런 건 이미 다 끝났습니다!"

어! 그렇다면 졸업식도 끝났다는 소리야? 그럴 수가⋯. 그럼 나는 그녀의 졸업식에서 손수건으로 눈가를 누르며⋯가 아니지, 그게 아냐. 지금은 아무래도 좋은 이야기야.

"⋯어떻게 여기에?"

"크리프 선배가, 전부, 가르쳐 주고, 데려왔습니다!"

중간중간 흐느껴 울면서, 노른은 고개를 돌렸다.

집의 입구. 역광을 받으면서 두 개의 그림자가 서 있었다.

한쪽은 날씬한 실루엣. 빛을 받아서 반짝반짝 빛나는 금발. 엘프다운 금욕적인 몸매는 요염함을 드러내고 있었다.

그리고 다른 쪽은 남성이었다.

키는 평균보다 조금 작다. 딱히 옆으로 떡 벌어진 체격도 아니다. 그런데도 왜인지 매우 든든하게 보이는 것은.

그 한쪽 눈에 쓴 안대 덕분일까.

"루데우스."

크리프 그리몰이 거기에 있었다.

"늦게 와서 미안하군. 수속에 시간을 잡아먹어서⋯. 미리스

교단도 여러 파벌이 있거든. 용서해 줘."

그는 와 주었다.

그 통신석판의 글을 읽고 바로 와 준 것이다.

"내가 왔으니까 이제 괜찮아. 이럴 때를 위해 의료술도 배워
놨다."

"하지만 크리프 선배…."

"그래, 알고 있어. 다 들었으니까. 하지만 나한테는 이게 있지."

크리프는 그렇게 말하며 안대 위로 눈을 툭툭 두드렸다.

키시리카에게 받은 마안.

식별안을.

"마안 정도로 어떻게 되겠습니까?"

"마안뿐이라면 어떻게 안 될지도 모르지. 하지만 루데우스,
마안을 가진 것은 사람로 나야."

크리프는 그렇게 말하며 자신만만하게 가슴을 폈다.

"나는 천재다."

그것은 어디까지나 울음을 터뜨리는 노른을 안심시키기 위
해 한 말일지도 모른다. 어쩌면 초췌해진 나를 안심시키려고
한 말일지도 모른다. 어쩌면 불안한 스스로를 격려하기 위한
말일지도 모른다.

하지만 크리프의 모습이 크게 보였다.

이럴 때 이런 말을 할 수 있는 크리프가 크게 보였다.

지금까지 이 정도로 크리프의 모습이 크게 보인 날이 있었

을까.

크리프는 볼 때마다 커진다. 내 상상을 뛰어넘어 커진다. 이미 내 두 배 정도는 되지 않을까.

크리프 선배라면, 저주마저도 어떻게든 해내는 크리프 선배라면!

"천재에게 불가능한 일은 없다. 맡겨다오."

어떻게든 한다.

아무런 근거도 없는 발언일 텐데, 나는 자연스럽게 그렇게 생각했다.

제7화   천재

크리프는 제일 먼저 환자를 만나러 갔다.

"환자의 용태부터 보는 것은 기본 중의 기본이다."

그렇게 말하면서 크리프는 모든 환자를 진찰했다.

그렇다고 해도 의사단이 했던 것과 그리 다르지 않았다. 증상이 무거운 자의 용태를 마안으로 보고, 증상이 가벼운 자에게서 이야기를 듣고, 의사단이 작성한 진료 차트와 대조하는 정도였다.

"미리스교에게 할 말은… 쿨럭, 쿨럭!"

환자는 크리프의 복장을 보고 겁먹었고, 그중에는 명확한 적의를 보이는 자도 있었다.

스펠드족을 가장 심하게 박해한 것은 미리스 교단이었다. 그걸 기억하는 자도 많다.

"됐으니까, 대답해. 처음에 위화감을 느낀 장소는 어디였지?"

물론 크리프는 전혀 개의치 않았다.

도와주려는 상대가 전혀 협력적이지 않은 상황. 나라면 도중에 마음이 꺾이려 하겠지.

역시나 크리프다.

"그렇군."

환자들을 주욱 진찰한 뒤에 크리프는 뭔가 납득한 기색이었다.

하지만 아마 아무것도 알아내지 못했을 것 같다. 아무리 크리프가 천재라고 해도 아는 것과 모르는 것은 있다…고 생각한다.

애초에 크리프는 신부고, 치유술사고, 연구자이긴 하지만, 의사는 아니고.

"다음은 담당의에게 들어보지."

크리프는 그렇게 말하고 의사단에게 들어보러 갔다.

어떤 진찰을 하고, 앞으로 어떻게 할 생각일까.

그것을 아슬라에서 온 두 의사에게 각각 물었다.

"기본적으로 해독 마술과 약을 병용하고 지켜볼 생각입니다."

"아슬라 왕국의 의사도 대단할 것 없군."

흥 하고 콧방귀.

아연해지는 나와 의사. 크리프가 이런 오만불손한 태도를 취하다니…. 역시 스펠드족의 태도가 마음에 남았던 걸까. 아니, 이전부터 이랬던가?

"그걸로 나을 거면 이미 루데우스나 올스테드가 치료했다."

"그럼 크리프 님은 어쩌시겠습니까?"

"그걸 지금부터 조사한다."

의사의 표정이 일그러졌다. 아, 의사 아저씨, 참아요. 혹시 나중에 실패하면 그때 가서 뭐라고 해도 되니까요. 지금은, 지금은 일단 참아요.

하지만 조금 불안해졌다. 아까는 든든하다고 생각했지만, 괜찮을까?

저쪽에서 루이젤드를 간호하는 노른도 불안한지, 걱정스러운 눈치로 이쪽을 보고 있었다.

"좋아, 루데우스, 밖으로 나가보자."

의사와 헤어진 뒤 우리는 강당을 나갔다.

강당 밖으로 나갔을 때 크리프는 발을 멈추고 성과를 확인했다.

"일단 하나 안 게 있다. 장로에게도 들었는데, 지금까지 스펠드족이 이 병에 걸리는 일은 없었다는 모양이다."

"지금까지라니, 장로는 몇 살이었죠?"

"천 살은 넘었다는군."

스펠드족은 수명이 길군….

"역병에 걸린 것은 여기에 온 뒤. 즉, 병의 원인은 이 땅에 있다고 보인다."

"인신이 독을 풀었을 가능성은?"

"아니지, 그런 거라면 이 눈으로 안다."

크리프는 안대 쪽의 관자놀이를 툭툭 두드리면서 그렇게 말하고 마을 안을 둘러보기 시작했다.

일단은 밭.

안대를 벗고, 밭에 있는 채소를 하나하나 꼼꼼히, 때로는 쪼개서 그 안을 보면서 확인했다.

지금도 싱싱한 토마토를 갈라서 보고 있다.

그렇긴 해도 스펠드족이 평범하게 농사를 짓는다는 것을 알면, 세상의 평가도 조금은 변하지 않을까.

인간은 자신과 같은 일을 하는 존재에게 친밀감을 품는 법이고.

"다음."

다음에 간 곳은 동물 해체장이었다.

핏자국이 남아있지만, 깨끗하게 정리되어 있었다. 마을사람이 쓰러진 직후는 해체 도중이었던 모양이지만, 아무래도 날고기를 그대로 두면 위험하니까 산도르의 지시로 마을 밖에

버렸다.

크리프는 날붙이나 도마 같은 것을 공들여서 식별안으로 확인하였다.

"…그렇군. 루데우스, 여기서 처리한 고기는 어디에 보관되지?"

"어어…. 이쪽에."

뭐가 그렇군, 이라는 건지는 모르지만, 나는 식료품 창고로 안내했다.

지하에 만들어진 창고에는 말린 고기나 소금에 절인 고기, 그밖에는 보존할 수 있는 채소 등이 대량으로 들어있었다.

크리프는 거기서도 식별안을 써서 하나하나 살펴보았다.

"뭔가… 알았습니까?"

"서두르지 마. 다 본 뒤에 말하지."

크리프는 식료품 창고를 나온 뒤에 마을의 집을 돌아보기 시작했다.

집 안에 들어가서 주방이나 침상, 나아가서 옷가지까지 뒤졌다. 불법침입이다. 용사 크리프다. 내가 자택에서 같은 짓을 하면 모두가 백안시하겠지.

그렇긴 해도 스펠드족의 집을 보고 다니니, 루이젤드의 집이 얼마나 소박한지 알겠다.

다른 집에는 꽃을 장식하거나 기둥에 아이들의 낙서로 보이는 그림이 있는 등… 화사함과 생활의 느낌이 있었다. 이 작은

옷은 아이용일까.

물론 증상이 가벼워서 집에 사람이 있는 경우에는 허가를 받았다.

"미리스교…!"

"어, 엄마…!"

"괜찮습니다. 진정하세요. 이 사람은 안전합니다."

신부복 차림의 크리프를 보고 창을 들고 위협하는 이도 있었지만, 허가를 받는 데에 문제는 없었다.

"거짓말! 미리스교는 우리를 보기만 해도…. 아, 아아…."

"엄마? 엄마?!"

뭔가 떠오른 건지 몸을 떠는 어머니. 그 모습을 보고 울려고 하면서 어머니에게 매달리는 딸.

스펠드족과 미리스 교단. 그 사이에는 메울 수 없는 골이 있다고 느껴졌다.

나나 크리프에게 스펠드족의 박해는 아득히 먼 옛날의 일이지만, 이 마을에는 아직 생생한 피해자가 있다는 소리다.

"그래서 너희는 평소에 어떤 것을 먹지? 조리방법은?"

크리프는 전혀 분위기를 읽지 않았다.

떠는 어머니와 불안해하는 아이 따윈 안중에도 없다는 듯이, 질문을 거듭했다.

"얼른 대답해라. 시간이 그리 많이 남지 않았으니까."

대답할 때까지.

"흠."

그리고 크리프는 모든 집을 돌아보았다.

하지만 딱히 뭔가 있었던 건 아닌 모양이다. 단순히 스펠드 족의 문화를 접했을 뿐이란 느낌이다.

"저기, 크리프 선배."

"루데우스, 걱정할 것 없어. 그들은 나를 두려워한 것이 아 냐. 이 옷을 두려워한 것뿐이지. 그리고 내가 이 옷을 입은 채 로 병을 고치면 그들도 생각을 바꾼다. 그렇겠지?"

그렇게 간단할까.

그런 생각도 들었지만, 적어도 딸 쪽은 생각을 바꿀지도 모 르겠다. 그 정도로 간단했으면 좋겠다.

"그럼 다음."

크리프는 그렇게 말하면서 마을 곳곳을 돌아보았다.

마을의 중심에 있는 샘, 우물, 창고, 자재 보관소, 마을 밖에 있는 쓰레기장까지.

"……."

크리프는 그것들을 정말로 꼼꼼히 조사하였다.

표정은 진지 그 자체. 진지하게 쓰레기들을 뒤지고, 진지하 게 썩은 고기를 분류하였다.

식별안에는 대체 뭐가 비치고 있을까. 내가 할 수 있는 것은 때때로 크리프가 던지는 질문에 답하는 것뿐이다.

그리고 마을을 전부 돌아보고 해가 완전히 저물었을 무렵, 우리는 강당으로 돌아왔다.

"그래서, 크리프 선배, 어떻습니까?"

"몇 가지 알아낸 게 있다."

"오오."

"리제, 내 약상자를 가져다줘!"

강당을 사용한 진료소 안에서 크리프가 크게 소리치자, 간호에 참가하던 엘리나리제가 곧바로 일어서서 달려왔다.

그녀는 진료소 구석에 놔두었던 커다란 백팩을 들고, 바로 이쪽으로 돌아왔다.

"여기 있어요!"

"고마워, 리제."

엘리나리제는 기쁜 눈치였다.

오랜만에 크리프를 만났기 때문일까. 아이는… 우리 집에라도 맡기고 왔을까?

"잘 들어, 루데우스. 병의 경로는 확실하다."

"호오."

"그렇다고 해서 나도 의사는 아니니까 자세하게는 모르겠지만…. 일단 스펠드족은 이 땅에 온 뒤로 병에 걸렸다. 그러니까 이 땅에서 얻는 식재료를 중심으로 식별안으로 살폈다."

"오오, 그래서?!"

"이상은 발견되지 않았다."

어라…?

"흙도, 물도, 딱히 병원체가 될 만한 것이 숨어 있는 느낌은 없었다."

"그런 걸 식별안으로 알 수 있습니까?"

"그래, 적어도 음식 쪽으로는 신용할 수 있다."

키시리카 특제 마안이니까, 음식 쪽으로는 신용할 수 있나. 먹어서 배탈 나거나 병에 걸리는 것은 확실히 아나.

"다만 모두 이런 느낌이었다. '굉장히 밀도가 높은 마력이 고인, 맛있는 토마토로군'이라고."

식별안에서 표시되는 건 구어였냐.

"채소만이 아냐. 흙도, 물도 그렇다. 굉장히 밀도 높은 마력이 고여 있다."

"……."

"미리스에서도 음식에 밀도 높은 마력이 고였다고 나오는 일은 있지. 하지만 정말로 드물어. 흙에서도, 물에서도 나온 적은 없다."

마력밀도인가.

그러고 보면 아이샤도 말했지. 내가 만든 흙으로 쌀을 재배하면 잘 자란다고. 그것도 밀도가 높기 때문일까.

"그래서?"

"음. 그래서 묻고 싶은데, 마대륙에서는 농사를 많이들 짓나?"

"마대륙의 스펠드족이 어떻게 살았는지는 모르지만, 대륙에서는 채소 종류가 거의 없었습니다. 아예 없는 건 아니지만 종류도 얼마 안 되고, 주식은 고기였지요."

"그래, 역시나."

크리프는 손가락을 세우고 가설을 말하기 시작했다.

"아마도 마력밀도가 높은 흙에서 채소를 재배하면, 마력밀도가 높은 농작물이 자란다. 물론 흙에도 여러 종류가 있지. 마대륙의 흙은 마력밀도가 높겠지만, 영양이 없으니까 채소가 자라는 일은 적다."

"대삼림에서도 이런 병은 보이지 않았으니까, 이 숲이 특별한 거겠지. 여기 흙은 대단히 뛰어난 영양소를 가졌으며, 흙도 물도 모두 마력이 매우 높다. 결과적으로 거기서 자라는 건 마력밀도가 높은 식물이다. 어쩌면 마물이 한 종류밖에 없는 것도 관계있을지 모르지만, 원인에 대해서는 일단 제쳐두지."

"그렇다고 해도, 이건 본래 별 문제가 안 된다. 우리는 평소에 그런 것을 신경 쓰지 않고 생활하고. 이게 관계있다면 더 비슷한 사례가 많이 있어야 말이 되지. 즉, 본래 우리는 흡수한 마력을 제대로 배출할 수 있다. 스펠드족도 그건 다름없을 것이다."

"하지만 그걸 계속 흡수하면 어떻게 될까. 십년, 이십년이 아니다. 백년, 이백년 동안 농도 짙은 마력을 계속 섭취하면 어떻게 될까…."

"이러한 역병인데도 감염자는 성인이 많고, 아이는 무사한

이가 많다."

거기까지 설명한 크리프는 이쪽을 돌아보았다.

분명히 역병치고 아이들 중에는 무사한 이가 많았다.

스펠드족은 누가 노인인지 알기 어렵지만, 면역력 문제가 아니라는 걸까.

"그리고 우리는 알고 있다. 흡수한 마력을 몸에서 다 배출할 수 없었던 사례를."

다 배출할 수 없었던 사례….

나나호시 말인가!

"그럼 이건 드라인병?"

짚이는 구석은 있다.

초기 증상은 감기와 비슷하고, 발병과 동시에 쓰러진다. 하지만 그렇다면 올스테드도….

아니, 드라인병은 오래된 병이다. 어쩌면 올스테드도 치료법을, 어쩌면 병명조차도 몰랐을 가능성도 있다.

응. 루프 도중에 이 병에 걸린 사람이 없었으면 올스테드도 모른다. 나처럼 키시리카에 캐묻기도 어렵겠고.

"하지만 다른 점도 많아요. 루이젤드 씨가 이 마을에 온 뒤로 그리 시간이 경과되지 않았을 텐데."

"분명히 그래…. 하지만 그에게는 명왕 비타의 본체가 빙의해 있었지? 어쩌면 그 탓일지도 모르지. 어찌 되었든 시험해 볼 가치는 있겠지?"

크리프는 그렇게 말하고 백팩 안에서 상자 하나를 꺼냈다.

상자 안에는 여러 이파리나 씨앗 같은 것이 가득 담겨 있었다.

크리프는 그중에서 하나를 꺼냈다. 말리긴 했지만 소카스 풀이다.

"이런 일도 있을까 싶어서 조금 받아놨지."

준비성 좋군.

"그리고 이것도 쓴다."

크리프가 꺼낸 것은 상자 구석에 있던 빨간색의 열매였다.

"그건?"

"독약의 재료이기도 하지. 몸 안에서 마력의 흐름을 막는다."

"독약…인가요?"

"그래. 독이라고 해도 마술사에게 먹이면 마술을 못 쓰게 되는 정도야."

내가 먹으면 말 그대로 치명적이지만… 그런 걸 먹여도 괜찮나?

"식별안에 따르면, 옛날에는 소카스 차와 함께 먹었던 것이라는군. '소카스 차의 효과를 향상시키며, 차에 곁들여 먹어도 좋고, 적당히 취하게 해준다'라고 적혀 있다.

즉 키시리카가 보기에는 독이 아니란 소리다.

"다만 문제는… 지금 스펠드족에게 이것들을 먹였을 경우 어떻게 될지 모른다는 점이다."

"……."

"내가 보기에는 이걸로 낫는다. 하지만 어쩌면 역효과일지도 모르지."

아마 괜찮다…고 생각하지만, 어쩌면 병이 악화되어서 죽을 가능성도 있다.

아무런 보증이 없다.

"뭐, 생각만 한다고 어떻게 되는 것도 아니지. 물어보자."

크리프는 순간 주저한 뒤에 그렇게 말했다.

그러더니 거침없이 진료소 안을 향해 크게 소리 질렀다.

"너희 병에 한 가지 약을 시험해 보고 싶다! 약을 먹어 볼 사람은 있나!"

"아, 아니, 크리프 선배!"

크리프의 말에 진료소 안이 조용해졌다.

크리프를 보고, 크리프의 옷을 보고, 안색이 창백해지거나 노골적으로 눈을 돌리는 자도 있었다.

"한 명이면 된다! 먹는다고 낫는 보증은 없다!"

효과를 보고 싶다면 모두에게 먹일 필요는 없다.

한 명이면 된다. 하지만 그 말에 응하는 사람은 없었다.

"미리스교는, 믿을 수 없어…."

누군가가 그렇게 말했다.

그쪽을 보니 족장회의에도 있던 남자였다. 리더격이 이래선 아무래도 무리일까.

하지만 어떻게 하지? 억지로 먹일 수도 없고….

"내가, 먹지…."

손을 드는 이가 있었다.

그는 비실비실 몸을 일으키고 날카로운 눈으로 이쪽을 보았다. 그 상체를 부축하는 사람은 노른.

"루이젤드 씨, 정신이 드셨나요?"

"아, 예. 오빠, 아까 일어나서…."

내 질문에 대답한 사람은 노른이었다.

하지만 그 목소리를 지워버리듯이 주위에서 목소리가 날아들었다.

"루이젤드, 너는 미리스 교도를 믿나?"

"전쟁 후에 우리를 가장 모질게 대한 것이 누구인지, 당신도 알고 있을 텐데!"

주로 스펠드족 젊은이의 목소리였다.

그리고 그 목소리를 잇듯이 의사단도 끼어들었다.

"그런 영문 모를 것을 갑자기 먹이다니, 그런 의술은 들어본 적도 없다!"

"자네, 의료술은 제대로 배웠나?!"

의사단의 불안이 주위에 퍼졌는지, 침묵을 지키던 스펠드족에게서도 불평이 흘러나오기 시작했다.

처음 보는 약. 그것도 미리스 교단의 옷을 입은 자가 가져온 것.

불안해하는 자, 분노를 드러내는 자. 진료소에 혼란이 퍼졌다.

"전멸하고 싶나!"

루이젤드의 고함소리는 진료소 안에 다시 정적을 가져왔다.

불평을 하던 자는 창백한 얼굴로 입을 다물었다. 불안하게 생각하던 자도 고개를 숙였다.

소리를 친 루이젤드는 쿨럭쿨럭 기침을 하고, 노른이 그 등을 쓸어주었지만.

"이 남자는 루데우스가 데려왔다. 나는 루데우스를 믿는다. 불평을 할 거면, 내가 죽은 뒤에 해….."

조용한 그 말에 뭐라고 하는 이는 없었다.

루이젤드 스펠디아라는 남자의 존재가 이 마을에 얼마나 큰지, 그것을 알 수 있는 광경이었다.

"좋아, 그럼 루이젤드 씨. 너에게 약을 먹이지. 아까도 말했지만, 악화되어 죽을 가능성도 있다."

"좋아, 나는 이미 충분히 살았다. 죽어도 아쉽지 않다."

아니, 나는 아쉽거든요. 스펠드족보다도 루이젤드를 위해 이러고 있는 거고.

노른도 '에엣?'이라고 말하는 얼굴이잖아. 같은 의견이다.

"루이젤드가 먹을 거라면 내가 먹지."

정적 속에서 한 남자가 손을 들었다.

비교적 증상이 가벼운 젊은이였다. 실은 젊은이가 아니라 늙

은이일지도 모르지만.

"나는 마대륙에게 루이젤드에게 목숨을 빚졌어. 그때 이미 죽은 몸이라고 생각하면 무서울 것도 없어."

그 말을 시작으로 또 자원하여 손을 드는 자가 나타났다.

한두 명도 아니라 여러 명이.

"미리스교는 신용할 수 없다. 하지만 루이젤드는 우리의 영웅이다. 그 영웅이 정한 일이라면 따르지."

최종적으로 족장까지도 손을 들었다.

그리고 족장은 조용한 어조로 말했다.

"젊은 인간이여, 당신에게 아까 했던 말, 저질렀던 결례에 대해서 사죄하지. 마을을 구해주시게."

"그래, 맡겨다오."

마지막의 그 말에 크리프는 힘주어 끄덕였다.

붉은 열매와 소카스 차를 먹은 뒤에 스펠드족들은 잠들었다.

적어도 그걸 먹은 순간 용태가 급변하여 죽는 일은 없는 모양이다.

결과는 내일쯤 나온다…는 모양이다.

아무리 그래도 소카스 차로 모두 해결되는 건 아니겠지. 하지만 조금이라도 개선되었으면 좋겠다. 그렇게 생각하면서 일단 해도 졌기 때문에 오늘은 쉬기로 했다.

묵는 곳은 루이젤드의 집. 왜인지 자연스럽게 그곳으로 발이 향하였다.

루이젤드의 허가는 받지 않았지만, 여기서 묵고 싶었다.

"……."

노른은 루이젤드의 곁에 있고 싶은 모양이었지만, 아무래도 그가 잠들어 있으면 아무것도 할 수 없는지 나를 따라왔다.

현재 나와 노른은 화로를 사이에 두고 앉아 있다.

대화는 없었다. 소리라고는 두 가지뿐.

장작이 타는 타닥타닥 하는 소리. 화로에 설치된 냄비 안에서 물이 끓는 보글보글 소리.

냄비 안에는 의사단이 가져온 토란과 고기가 들어 있었다.

아마도 괜찮을 거라고 크리프는 말했지만, 역시나 병의 원인일지도 모르는 마을의 식재료를 먹을 마음은 들지 않았다.

"오빠, 루이젤드 씨, 낫겠죠?"

노른이 그렇게 말했다. 불안한 거겠지. 나도 불안하다.

"그래, 나아."

"정말인가요?"

"내가 알기로 크리프는 하겠다고 단언한 일을 반드시 해왔어. 그러니까 내일은 무리일지도 몰라도, 언젠가 치료해낼 거야."

"그때까지, 루이젤드 씨는, 살아있을까요…?"

"괜찮아. 너도 들었을지 모르지만, 루이젤드는 라플라스 전쟁 때 천 명이 넘는 군대에게 포위되어서도 살아남았어. 이런 곳에서는 안 죽어."

지금은 그렇게 말할 수밖에 없다.

"불안해요…."

노른은 그렇게 말하고 무릎을 껴안고 그 사이로 얼굴을 묻었다.

분위기가 어두웠다.

고기가 다 익을 때까지는 아직 시간이 걸린다. 어떻게든 분위기를 밝게 만들어야 할 필요는 없지만, 그래도 그렇게 힘없이 있어도 의미가 없다.

오늘은 먹고 자기만 하면 된다. 하다못해 음식을 먹고, 잘 잘 수 있도록 마음을 편히 먹고 싶다.

"그러고 보니 노른, 학교 쪽은 괜찮아?"

그렇게 묻자, 노른은 얼굴을 살짝 들었다.

"…학교는 이미 졸업했어요."

"그건, 저기…. 어, 보러 못 가서 미안해."

역시 졸업식도 끝났나.

아무도 말해 주지 않았다.

하지만 생각해 보면, 그래, 실피가 아이를 낳고…. 그러니까 이미 졸업 시기였나.

록시 정도가 가르쳐 주었으면 좋을 텐데…. 아니, 이런 타이밍에 그런 말을 들어도 난처할 뿐이지만.

"딱히 보러 안 와도 괜찮아요."

아니, 하지만 노른의 졸업식… 그런 중요한 이벤트를 놓치다니.

천국의 파울로에게 뭐라고 하면 좋을까….

"수석인 것도 아니고요…."

"하지만 학생회장이었고, 연설 정도는 했을 거 아냐?"

"그야 인사는 했죠. 하지만 중간에 혀를 깨물고, 단상에서 내려올 때 넘어질 뻔하고, 꼴불견이었어요."

눈에 선하다.

연설 도중에 혀를 깨물고, 어떻게 수습했어도 속마음은 어지러워져서, 하다못해 멋지게 떠나려다가 계단에서 발을 헛디뎌서, 하지만 간신히 넘어지지 않고 버티는 모습.

보고 싶었다. 노른은 씁쓸한 얼굴을 하고 있지만, 비디오로 찍어서 무덤 앞에 바치고 싶었다.

"그러고 보니 졸업 전에 무슨 이벤트를 한다고 그랬지. 그거 결국 뭐였어?"

"…크리프 선배가 졸업할 때 오빠가 사람들하고 결투를 했잖아요. 그걸 흉내 내어서 투기대회를 열었습니다."

"투기대회! 그거 재미있겠네. 하지만 위험하지 않나?"

"위험은 최대한 없도록 하였습니다. 살인은 금지하는 룰을 만들고, 학교의 성급 치유마법진을 빌리고, 치유 마술사를 근처에 두고, 선생님께도 치유 마술 스크롤을 준비해달라고 해서. 그리고 참가자에게는 서약서도 작성하게 했습니다. 그러니까 부상자는 나왔지만, 사망자는 없었습니다."

그거 대단하네.

마법대학의 졸업생 레벨 정도 되면, 서로 살상능력이 높은 마술도 쓸 수 있을 것이다. 그런 가운데 사망자가 전무. 운이 좋았던 탓도 있겠지만, 확실히 체제를 세운 덕분이겠지.

"나도 보았으면 좋았을걸."

"오빠가 보면 장난 같다고 생각했을 걸요."

"하지만 대회는 역시 가슴 뛰잖아."

전생에서 방에 틀어박혀 지내던 무렵, 인터넷 게임의 온라인 대회에도 몇 번 참가한 적이 있다.

아쉽게도 괜찮은 결과는 남기지 못했지만, 그래도 그런 분위기는 보고 있기만 해도 좋다.

"그러고 보면 우승 상품 같은 건 준비했어?"

"…준비, 했습니다."

그렇게 말하며 노른은 입을 삐죽거렸다.

"학생회 사람들끼리 돈을 모아서 꽃다발과 상장과 마술지팡이를 준비했습니다."

꽃다발과 상장과 마술지팡이.

마술지팡이의 랭크에 달렸지만, 한정된 예산 속에서 애썼다고 할 수 있다.

"그런데 리미가 참가자 중에 남자가 많은 걸 보고 '우승자에게는 노른 회장의 뜨거운 입맞춤을 선물하겠습니다~!'라는 말을 꺼내서."

"뭐!"

"다들 흥분하고, 이미 돌이킬 수 없어져서…."

뭐야 그거. 노른의 키스가 걸린 대회?

그런 건 좋지 않다. 너무나도 삿된 것이다. 괘씸하다. 내가 그 자리에 있었으면 복면을 쓰고 참가해서 난장판을…. 아니, 난장판은 안 되지.

"그래서… 했어?"

"……뺨에."

뺨인가.

그럼 세이프인가. 하지만 노른이 얼굴을 붉히며 무릎 사이에 얼굴을 묻으며 '우우' 소리를 내었다. 노른에게는 아웃이었을까. 잠시 동안 그대로 있더니 벌렁 옆으로 쓰러졌다.

"우승한 애는 평생 잊지 않겠다고…. 저는 얼른 잊고 싶어요."

"그래. 그 녀석, 이름이 뭐지? 주소와 전화번호 같은 것도 가르쳐 주면 수수께끼의 가면마술사가 녀석을 기억과 함께 이 세상에서 지워버릴지도 몰라."

"전화?"

"아무것도 아닙니다."

노른은 몸을 일으키고 다시 자리에 앉았다. 무릎을 세우는 게 아니라 여자답게.

"아무튼 대회는 성공적이었군."

"글쎄요. 저로서는 잘했다고 생각합니다만, 문제점도 있어서 반성할 게 많은 것 같아요."

"그걸 대성공이라고 하는 거야. 잘 됐네."

"……예."

노른은 살짝 얼굴을 붉히고 끄덕였다. 이제 어두운 얼굴은 하지 않았다.

"자, 다 익었네. 노른도 먹을래?"

"먹겠습니다."

그릇에 고기와 토란 수프를 떠서 노른에게 건넸다.

내 몫도 떴다. 오늘은 아무것도 안 먹었으니까 배가 고파 죽을 지경이다.

노른은 그걸 가만히 본 뒤에 입에 댔지만, 잠시 뒤에 조용히 말했다.

"오빠."

"응?"

"고맙습니다."

"응."

"그런데 이거 맛없네요."

미안해.

다음 날.

나와 노른은 해가 뜨는 동시에 강당에 마련된 진료소로 갔다.

"……."

마음속에 있는 것은 루이젤드의 안부뿐이었다. 일단 맛없는 토란국 덕분에 잠은 잘 잤다. 어떻게든 간병할 체력은 확보하였다.

어느 정도 각오를 하면서 나는 진료소의 문을 열었다.

"!"

눈에 들어온 것은 정신없는 모습들이었다.

어제까지는 초상집 같던 진료소 안이 활기로 넘쳤다.

아니, 활기는 좀 심한가. 그 정도의 파워는 없다. 하지만 적어도 어제와 비교해서 모두의 안색이 좋았다.

"루데우스 님!"

내 모습을 보고 의사가 달려왔다.

"보십시오. 크리프 님이 만든 약으로 모두가!"

통했다.

소카스 차가 효과를 보였다.

"어젯밤에 그 탕약을 마신 이가 갑자기 화장실을 가고 싶다고 했습니다. 간호사가 데려갔더니, 모두가 파란색 설사를 하기 시작했고, 그게 끝나고 얼마 지나자 갑자기 기운을 되찾기 시작했습니다. 중증이었던 자는 아직 일어서지 못하지만, 조금 있으면 분명 일어서게 되겠죠!"

아침부터 똥 이야기는…. 하지만 잠깐만, 파란색 설사?

"지금 탕약을 조절하면서 모두에게 주고 있습니다. 으음, 의심했던 게 바보 같군요. 그자가 저주마저 깨뜨리는 천재, 크리프 그리몰이로군요! 어차, 이러고 있으면 안 되지. 아직 직무가 있으니 실례하겠습니다!"

의사는 일방적으로 그렇게 말하고 환자 쪽으로 달려갔다.

저주마저 깨뜨린다는 설명을 한 기억은 없는데, 크리프가 직접 그렇게 말했을까.

그렇긴 해도 파란색 설사. 왠지 기억에 걸리는 게 있군.

뭐지. 파란색, 파란색….

"루데우스."

어느 틈에 눈앞에 커다란 그림자가 있었다. 검은 헬멧을 눌러쓴, 하얀 옷의 남자.

"아, 올스테드 님."

"너는 그 변을 보았나?"

"…아뇨, 아직입니다."

그렇게 말하자, 올스테드는 살짝 몸을 굽혀서 내 귓가에 대고 속삭이듯이 말했다.

"그건 명왕 비타의 분신 사체다."

명왕 비타.

그 이름을 들은 순간, 이상한 생각이 스쳤다.

어쩌면, 어쩌면의 이야기지만, 역병은 드라인병이 아니었을지도 모른다.

명왕 비타.

그 왕은 분신을 마을에 퍼뜨렸다고 했다. 그리고 역병의 진행을 막았다.

나는 비타가 증상을 마비시켰을 뿐이지, 역병을 방치한 거라고 생각했는데… 어쩌면 비타는 이미 역병을 완치시킨 게 아니었을까.

그저 접주듯이 분신을 써서 마을사람의 건강을 안 좋게 만들었을 뿐. 자기가 죽은 뒤에 마지막 힘을 짜내어 분신에게 일을 시키고, 그리고 장이나 어디에 모여 있던 분신은 붉은 열매와 소카스 차 때문에 분해되어서 배출되었다…는 걸까?

아니, 이것도 억측에 불과하지만.

"네 말처럼 발버둥 쳐본 보람이 있군."

"…그렇죠?"

뭐, 됐어. 일단 고비는 넘겼다. 명왕 비타도 완전히 쓰러졌다. 그렇게 생각하자.

"크리프 선배는 어디에 있습니까?"

"녀석은 밤새도록 환자의 용태를 지켜보았지만, 날이 밝을 무렵에 잠이 들었다. 지금은 엘리나리제 드래곤로드와 함께 근처 빈집에 있겠지."

그런가. 고생했으니까 쉬게 해주자.

일어나면 그대로 엘리나리제와 둘째를 만드는 작업에 들어
갈지도 모르지만.

"아까 루이젤드 스펠디아도 눈을 떴다."

"정말인가요?!"

"그래, 만나고 와라."

"실례하겠습니다!"

나는 고개를 숙이고 진료소 안쪽으로 향했다.

어제 루이젤드가 잠들었던 곳으로 직행했다.

루이젤드는 있었다. 침상에서 상반신을 일으킨 모습으로, 혈
색 좋은 얼굴로 밥을 먹고 있었다.

"루이젤드 씨!"

루이젤드에게 도착한 순간, 노른이 달려가서 루이젤드의 몸
을 껴안았다.

"다행이다⋯. 정말로, 다행이야⋯."

노른은 울고 있었다.

울보 노른이다. 루이젤드는 난처한 얼굴을 하면서 입가를 닦
고, 음식이 든 밥그릇을 옆에 내려놓고 노른의 머리를 쓰다듬
었다.

나는 한동안 말을 걸지 않고 그 광경을 지켜보았다. 왠지 나
도 눈물이 날 것 같았다.

"⋯루데우스."

잠시 뒤에 루이젤드가 고개를 들었다.

"루이젤드 씨⋯. 이제 괜찮은 건가요?"

"그래, 아직 창을 휘두를 정도는 아니지만, 문제는 없다."

그런가. 다행이다⋯. 정말로, 다행이야⋯. 노른을 따라하는 건 아니지만, 그런 마음밖에 들지 않았다.

"또 네게 신세를 졌군."

"⋯그런 말씀 마세요. 게다가 아직 완치된 것도 아닙니다. 너무 마음 놓지 마세요."

"그래."

나와 대화를 시작하자, 노른이 훌쩍거리며 루이젤드에게서 떨어져서 두 손으로 얼굴을 숨기고 흐느끼기 시작했다. 귀까지 새빨갰다.

"하지만 미리 말해두지, 루데우스."

"뭔가요?"

진지한 얼굴을 보고 불안해졌다.

아직도 뭔가 있나. 지금 이 타이밍에 충격적인 진실이 밝혀지나. 그렇게 생각하며 긴장한 내게 루이젤드는 말했다.

"완치된 뒤에 나는 네 힘이 되겠다."

"⋯⋯."

가슴이 북받쳐 오르는 이 감각은 뭘까. 또 루이젤드와 동료가 되었다. 그런 사실에 대한 고양감일까.

기쁘다. 그저 기쁘다.

"예, 잘, 부탁드립니다."

목 안에서 솟구치는 뭔가를 삼키고, 눈가가 뜨거워지는 것을
참으며, 나는 손을 내밀었다.

"나야말로 잘 부탁한다."

루이젤드의 손은 따뜻하고, 힘이 있었다.

막간 누군가에게의 누군가

마법대학을 졸업하고 매일 한가했다.

일단 지너스 수석교사에게서 마술 길드에 일하러 오지 않겠
냐는 제안을 받았지만, 대답은 보류했다.

물론 흥미는 있다. 마법대학의 학생회장 경력이 있으니 그만
한 대우를 해주겠고, 무엇보다 내가 해온 일을 인정하여 그 능
력을 사고 싶다는 제안은 여태껏 경험한 바 없었기에 기뻤다.

하지만 어디에 소속되려면 오빠의 허가가 필요했다.

오빠라면 분명히 마음대로 하라고 하겠지만… 오빠도 지금
은 입장이 있는 사람이다. 나는 잘 모르지만, 이른바 파벌싸움
같은 것도 있겠지. 혹시 내가 생각 없이 마술 길드에 들어갔다
가 오빠와 적대하는 파벌에 소속되면 분명 오빠에게 방해가 될
것이다.

여러 의미로 그건 피하고 싶었다.

그러니까 지금의 나는 할 일이 없었다.

항상 적적한 눈치인 루시와 놀거나, 집안일을 돕거나.

예전이었으면 이런 생활에 초조함 정도는 싹텄을지도 모른다.

다른 누군가와 비교하여 나는 안 된다, 뭔가 더 해야 한다, 그렇게 생각했을지도 모른다.

아무것도 않는 나날에 초조한 마음이 전혀 없지는 않다.

하지만 실제로 아무것도 안 하는 건 아니다.

지금 집은 비어 있다.

오빠도, 실피 언니도, 록시 언니도, 에리스 언니도, 뿐만 아니라 아이샤도 없다.

하지만 오빠의 아이들은 있다.

어린 쪽은 아직 아기고, 라라는 레오가 잘 따르고 있어서 항상 붙어 다니며 돌봐주지만, 루시는 다르다.

그녀는 항상 외로워했다.

때때로 오는 엘리나리제 씨가 크라이브를 데려오면 둘이서 즐겁게 놀지만, 두 사람이 돌아가면 2층 창문으로 현관 쪽을 외롭게 바라보거나 옷장 안에서 무릎을 껴안고 훌쩍훌쩍 울었다.

그녀는 참고 있다.

이렇게 어린애가 참아야만 할 정도로 오빠의 지금 일은 힘든 걸까.

그렇게 생각했지만, 예전에 내가 어렸을 적에 아빠도 힘든 일을 했다.

지금 하지 않으면 점점 상황이 악화되는 일을 말이다.

그러니까 분명 오빠도 힘든 상황일 것이다. 가족을 소중히 여기는 오빠가 자기 딸을 일부러 외롭게 만들 리가 없으니까.

나는 자세한 이야기를 못 들었지만, 분명 그렇다.

그렇긴 해도 나는 루시의 마음도 이해한다.

나도 아빠가 돌아오지 않아서 외로운 적이 있었으니까.

그래서 그녀가 그렇게 외롭게 있을 때면 적극적으로 놀아주었다.

논다고 해도 대단한 것은 하지 않고, 같이 낚시를 가거나 대학에 견학 가거나 도서관에서 책을 읽어주거나 시내로 장을 보러 나가거나 같이 가사를 돕는 정도다.

나 자신도 취미라고 할 만한 취미가 없어서, 아무래도 놀이의 폭이 좁아졌다.

그래도 루시는 기뻐했고, 최근에는 노른 언니라면서 잘 따라주었다.

특히나 같이 루시 전용 낚시도구를 만들 때는 기뻐했고, 매일처럼 낚시 가자고 졸라대게 되었다.

시내라면 또 몰라도, 여기가 잘 낚인다면서 시외의 강까지 나갔다.

나도 일단 검과 마술을 쓸 수 있지만, 만일의 경우에 완전히 지켜낼 자신은 없으니까 대학 후배 중에서 모험가로 뛰는 아이에게 호위를 부탁하기도 했지만, 그들도 한가하지 않은 모양이라서 너무 자주 부탁하고 싶지 않았다. 아니, 물론 의뢰비는 냈고, 의뢰하면 다른 일을 거절해서라도 맡아주지만.

그러니까 그렇게 시외까지 낚시 나가는 건 열흘에 한 번 정도로 하자고 루시와 약속했다.

시외까지 나가지 않으면 괜찮으니까, 마법대학 부지 안에 있는 연못에서 낚시를 하기는 하지만… 역시 거기서는 대어를 낚을 수 없는 건지 루시는 영 못마땅한 기색이었다.

아무튼 오늘은 그 열흘 중 한 번인 낚시 가는 날.

나는 루시를 데리고 강으로 낚시를 갔고, 그녀는 지금까지 낚은 것 중에서 제일 큰 물고기를 낚았다.

루시는 활짝 웃으면서 그걸 호위로 온 후배들에게 자랑하였고, 그 자리에는 훈훈한 분위기가 감돌았다.

연락을 받은 것은 그렇게 낚시를 하고 돌아올 때였다.

루시와 '다음에는 더 상류로 가볼까' 같은 이야기를 하면서 집의 문을 열었더니….

집에 크리프 선배가 있었다.

학교를 졸업하고 미리스로 돌아갔을 크리프 선배가.

"어머? 크리프 선배?"

"아, 노른도 돌아왔나. 이쪽으로 오는 데에 시간을 좀 잡아

먹어서."

"예? 아, 예…. 하지만, 왜…."

"못 들었나?"

크리프 선배는 의아한 얼굴을 하더니 믿을 수 없는 이야기를 꺼냈다.

"스펠드족의 마을에 역병이 퍼져서 내 조력이 필요하다는 모양이다."

그 말을 듣고 내 심장이 크게 고동쳤다.

스펠드족이 위기라는 것, 루데우스가 각국에 구원요청을 보내 치유술사와 의사를 부른 것. 크리프 선배는 그 요청에 응하여 미리스 신성국을 설득하고 자기도 몸소 달려가려고 하는 것.

그런 이야기를 크리프 선배는 설명해 주었지만, 내 머리에는 절반도 들어오지 않았다.

"스펠드족의 마을이 전멸하더라도 싸움에 진 것은 되지 않는 다고 보지만…. 루데우스의 은인도 위험하다는 모양이니까."

루데우스의 은인. 그런 단어에 내 의식은 갑작스럽게 돌아왔다.

"그 은인의 이름은…?!"

"음? 그래, 루이젤드, 였던가."

그 이름을 듣고 또 단숨에 핏기가 사라지는 게 느껴졌다.

"위험…한, 건가요? 루이젤드 씨가?"

"…아, 그래. 전에 들은 적이 있었지. 네 은인도 그였던가."

루이젤드 씨가 역병으로 죽어가고 있다.

그 말에 내 사고는 완전히 멈추었다.

머릿속에 스친 것은 과거의 일.

루이젤드 씨가 미리스에서 사과를 주었을 때, 미리스에서 샤리아까지 데려다줄 때 무릎 위에 앉혀주고 여러 이야기를 들려주었을 때….

내가 울고 꾸물거려서 여행이 중단되었을 때도, 결코 소리 지르지 않고 잘 대해주었던 그 사람이….

"너도 가겠나? 뭔가 도움이 될 수 있겠지."

"예! 물…."

물론 가겠습니다, 라고 대답하려다가 나는 문득 아래쪽을 보았다.

거기에는 두 개의 눈이 있었다.

불안해하는 눈이. 두려움을 품은 눈이.

"……!"

그녀는 나와 눈이 마주치자 슬쩍 눈을 돌리고 도망치듯이 뛰어서 방에서 나갔다.

그걸 쫓아가지도 못하고, 그저 무의식중에 붙잡으려고 했는지 손만 움직였다.

뭘 붙잡는 일도 없이 손이 허공을 맴돌다가 떨어졌다.

잠시 뒤에 내 입에서 대답이 나왔다.

"…아뇨, 저는 여기에 남겠습니다."

"그런가…. 알았다."

크리프 선배는 더 이상 묻지 않았다.

평소처럼, 나에게 어떻게 해야 할지 길을 가르쳐 주는 일은 없었다.

"내일 아침에는 떠날 예정이다. 마음이 변하면 내일, 올스테드의 사무소까지 와라."

크리프 선배는 그렇게 말하더니 리랴 씨에게 인사를 하고 집에서 나갔다.

엘리나리제 씨와 크라이브를 돌봐준 것에 대해 감사의 말을 하러 일부러 온 모양이었다.

크리프 선배를 전송한 뒤에 나는 루시를 찾았다.

2층에 올라가서 방을 하나하나 보고 다녔다.

루시는 금방 찾을 수 있었다. 이럴 때에 아이가 어디에 숨는지는 잘 안다.

그녀는 실피 언니의 방 침대 구석에서 무릎을 껴안고 앉아 있었다.

"……."

나는 그녀의 옆에 앉았다. 말없이, 아무 말도 하지 않고.

이럴 때에 무슨 말을 해도 안 된다는 것을 알고 있으니까.

"……."

한동안 조용한 시간이 지났다.

딱 한 번 리랴 씨가 슬쩍 살펴보러 왔다가, 나를 보더니 미안하다는 얼굴로 돌아갔다. 리랴 씨는 뭐라고 할까, 아이의 마음을 잘 모르는 사람이니까 이럴 때에 자기가 별 도움이 되지 않는다고 생각하는 거겠지.

나도 나 이외의 아이의 마음을 그리 잘 아는 건 아닌데⋯.

그렇게 생각하면서도 나는 그저 앉아 있었다.

"⋯노른 언니도 없어지는 거야?"

잠시 뒤에 루시가 그렇게 중얼거렸다. 무릎 사이에 얼굴을 묻은 채로, 울 것 같은 목소리로.

"아니, 나는 루시 곁에 있을게."

나는 그렇게 대답했다.

진심이었다.

그야 루이젤드 씨가 위험한 걸 알았으니 달려가고 싶은 마음은 있다.

왜 오빠는 내게 알려주지 않았을까 하는 분노도 있다.

하지만 동시에 내가 가도 분명 아무것도 할 수 없다는 체념과, 그러니까 오빠는 내게 가르쳐 주지 않았다는 납득과, 그럴거면 집에서 루시를 돌봐야 한다는 마음이 있었다.

응. 나는 학교를 다니면서 조금은 남들과 비슷할 정도로 뭔가를 할 수 있게 되었지만, 분명 오빠가 버거워하는 사태 앞에서는 아무것도 할 수 없다. 하지만 이렇게 루시의 곁에 있어주는 정도는 할 수 있으니까.

"루이젤드가 누구야?"

"루시의 아빠가 신세졌던 사람."

"언니는?"

"응?"

"언니, 루이젤드라는 말을 듣고 아빠랑 같은 얼굴을 했어."

오빠랑 같은 얼굴…이라는 게 어떤 얼굴인지는 모르겠다.

하지만 오빠라면 분명히 당장이라도 도와야 한다는 느낌의 얼굴이겠지.

"물론, 언니도 신세 졌어."

"……."

"언니가 루시랑 비슷한 나이일 때, 아빠… 루시의 할아버지가 루시의 아빠랑 헤어져야만 했거든."

"아빠랑…?"

"응, 그래서 언니는 많이 외로워서 계속 울었어. 그랬더니 루이젤드 씨가 곁에 와서 부드럽게 머리를 쓰다듬고 놀이를 가르쳐 주고, 지루하지 않게 옛날이야기를 들려주며 달래 주었어."

"……."

나는 예전 일을 떠올리면서 루이젤드 씨와의 추억을 이야기했다.

미리스에서 만났을 때, 재회했을 때, 미리스에서 샤리아까지 여행할 때.

루이젤드 씨는 계속 다정했다.

아빠와는 또 다른 온기가 있었다.

돌이켜보면 돌이켜볼수록, 루이젤드 씨에게 달려가고 싶어졌다.

왜 나는 아무것도 하지 않고 있느냐고 자책하고 싶어졌다.

하지만 역병으로 괴로워하는 곳에 가도 나는 아무것도 할 수 없다는 생각에 울음이 나올 것 같았다.

"루이젤드 씨는, 응, 그런 사람….."

도중에 어떻게 이야기했는지 알 수 없어져서 마지막에는 그렇게 끝냈다.

루시가 이해할 수 있게 이야기했는지는 모르겠다.

재미있는 이야기는 아니었을지도 모른다. 내가 만족하기 위한 이야기가 되었으니까.

그렇게 생각하며 루시를 보니, 그녀는 나를 물끄러미 바라보고 있었다.

그녀는 한참 전에 울음을 그쳤고, 그 눈동자에는 힘이 담겨 있었다.

"루시… 왜….."

"있잖아."

내 말을 가로막듯이 루시는 말했다.

"루시는 말이지. 빨강 엄마한테 배웠어. 누군가를 지키는 게 중요하다고, 강해져야만 한다고. 그러니까, 있잖아, 루시 언니가."

아이 나름대로 더듬거리면서, 앞뒤가 맞지 않는 말.

루시는 일어섰다.

그리고 내 손을 잡았다.

"노른 언니가, 힘들 때, 루시가 꼭 도우러갈게."

"그래? 고마워."

지금 이야기에서 왜 그런 결론이 되었는지는 몰라서, 나는 쓴웃음을 지으며 말했다.

"나도 루시가 힘들 때는 달려갈게."

"아냐!"

하지만 아니었다.

루시가 말하고 싶은 바는 내가 생각했던 것과 달랐다.

그녀는 내 손을 잡고 있는 게 아니다. 내 손을 붙잡아준 게 아니었다.

그녀는 내 손을 잡아당기고 있었다.

일으켜 세우려고 했다.

"노른 언니는, 루이젤드 씨야."

"……?"

"그러니까, 노른 언니도, 루이젤드 씨에게, 가야 해."

그제야 나는 간신히 루시가 무슨 말을 하려는 건지 알았다.

그녀는 가라고 말하는 것이다.

루이젤드 씨가 위기에 처했다면, 도우러 가야한다고 말하는 것이다.

자기라면 갈 테니까, 외로울 때 곁에 있어준 사람을 죽게 내버려두지 않을 테니까, 라고.

"하지만 괜찮아? 루시, 외롭잖아?"

"외롭지 않아. 노른 언니한테 많이 배웠어. 낚시도 할 수 있고, 책도 혼자 읽을 수 있어."

외롭지 않을 리가 없다.

그런 건 알고 있다.

그녀는 참는다고 말하고 있다. 그 본심을 숨기고.

자기 외로움보다도 내 은혜 갚기를 우선해달라고, 그렇게 말하는 것이다.

아직 어린데도 그런 결단을 할 수 있고, 그런 말을 할 수 있는 아이다.

"루시는 노른 언니처럼 되고, 언니는 가야 해!"

스스로는 가면 안 된다고 생각한다.

루시를 지켜봐야 한다고 생각한다.

더 이상 그녀가 꾹 참게 해선 안 된다고 생각한다.

하지만 그러면 루시는 분명 나와 놀아주지 않겠지.

오늘처럼 활짝 웃으며 낚은 물고기를 자랑하는 일은 없겠지.

왠지 모르게 그렇게 생각했다.

"……."

나는 일어섰다.

루시는 내 뒤로 가서 엉덩이 근처를 밀었다.

얼른 집에서 나가라고 하듯이.

"알았어. 그럼 갈게."

"응!"

루시는 이제 외롭다는 얼굴을 하지 않았다.

흥분하고, 기운을 내고, 긍지로 가득한 얼굴을 하고 있었다.

이렇게 나는 집에서 쫓겨났다.

준비 정도는 하게 해주었지만, 거의 옷가지 정도만 챙겨서 크리프 선배에게 가서 동행을 부탁했다.

크리프 선배는 당연하다는 얼굴로 그걸 승낙하고, 내 준비를 거들어주었다.

그리고 다음 날 날이 밝는 동시에 샤리아를 떠나서 올스테드 님의 사무소로 향했다.

거기에 전이마법진이 있다면서.

"……."

올스테드 님의 사무소에 들어가기 직전에 나는 슬쩍 도시 쪽을 보았다.

햇살을 받아서 아침을 맞는 샤리아.

예전에 루이젤드 씨를 따라서 여기에 왔을 때도 비슷한 광경을 본 것 같았다.

그때 문득 루시의 말이 떠올랐다.

'노른 언니는, 루이젤드 씨야'라는 말.

"……."

아무래도 나는 과거에 루이젤드 씨가 해주었던 일을 그대로 루시에게 해주었던 모양이다.

그걸 깨닫고 눈시울이 뜨거워졌다.

"노른, 뭐 하는 거지? 어서 가자."

"아, 예!"

크리프 선배의 재촉에 나는 사무소 안으로 들어갔다.

돌아오면 또 루시와 함께 낚시를 가자고 결의하면서.

막간 비타와 라크사스

점족은 과거에 마수라고 불렸다.

마대륙 오지의 숲에 사는 슬라임 형태의 생물.

과일이나 생물의 사체 안에 들어가서 그걸 먹은 생물에 기생하여 공생하는 생물. 그것이 점족의 기원인 생물이었다.

하지만 어느 때, 어느 개체가, 어느 인물에게 포획되었다.

그 인물은 그 개체에 여러 실험을 하였다.

모든 생물에 기생을 시키고, 모든 물질을 흡수시켰다.

그 결과 그 개체는 지성을 손에 넣었다.

인물은 그 결과에 만족하고, 개체를 야생으로 돌려보냈다.

개체는 무리로 돌아가서 다른 개체에게 지성을 나누어주었다.

이렇게 지성이 낮은 기생생물들은 지성을 얻고 점족이 되었다.

지성을 얻었다고 해도 특별히 강한 것도 아니었다.

마족의 일족으로 인식된 것은 그들이 의사소통이 가능해지고, 숙주의 부상이나 병을 치료하는 힘을 가졌기 때문이다.

인마대전에서 마왕이나 마왕군 간부의 몸에 기생하여, 넘쳐나는 지성으로 그들을 자주 도왔다.

그 공적을 인정받아서 마계대제 키시리카 키시리스에게 마안을 선물 받아 마왕이 된 개체도 있었다.

하지만 역사상에 눈에 띌 만한 이름을 남기는 걸물이 나타난 것도 아니었다.

비타라고 불리는 개체가 태어날 때까지는.

점족은 기생생물이다.

강력한 개체는 기생하지 않아도 어느 정도 살아갈 수 있지만, 대부분의 개체는 숙주가 되는 생물과 함께 살고 함께 죽는다.

기생한 상대에게 지식이나 조언을 줄 수는 있지만, 기본적으로 마음대로 조종할 수는 없다.

그 몸을 지배할 수는 있지만, 상대가 무저항인 상태로 몇 년이나 시간을 들여야만 한다.

뇌사 상태인 상대가 아닌 한, 그 몸을 빼앗는 것은 불가능하겠지.

하지만 비타는 달랐다.

그는 태어날 때부터 특별한 개체였다.

기생한 숙주에게 환술로 꿈을 보여줄 수 있었다.

신의 아이다.

그는 숙주에게 꿈을 계속 보여줄 수 있었다.

즉, 숙주를 몇 년이나 혼수상태에 빠뜨릴 수 있었다.

사실상의 뇌사상태로.

그래, 즉 비타는 점족 사상 최초로 다른 생물을 지배할 수 있는 존재였다.

그렇다고 해도 그리고 태어날 때부터 커다란 야망이 있었던 것은 아니다.

자기 힘을 자각했던 것도 아니다.

그가 자기 힘을 안 것은, 호기심 왕성한 어린 나이의 그가 고향의 동굴에서 모험에 나섰다가 죽을 뻔했을 적이었다.

처음으로 본 '강'이라는 존재.

그는 호기심에 따라 거기에 뛰어들었지만, 그 흐름에 점액이 다 씻겨나가고 핵만 남아 버렸다.

점족의 몸인 점액은 점족에게 대단히 중요한 기관이다.

손발이며 입이며 위장이며, 몸을 지키는 피부이기도 하다.

즉, 핵만 남은 상태로 다른 생물의 체내에 들어가더라도, 그 생물의 위액에게서 몸을 지킬 수 없으니 죽을 수밖에 없다.

스스로 움직이지 못하고, 몸을 지키는 점액도 없고, 죽음만 기다리는 비타.

그는 바다까지 쓸려가서 물고기의 위장 안으로 들어갔다.

의식을 잃어가던 그는 어떤 꿈을 꾸었다.

꿈속에서 그는 신과 만났다.

그리고 신에게 조언을 얻어서, 수분에서 점액을 부활시키는 방법과 자신의 진짜 힘을 알았다.

물고기에게 악몽을 보여줘서 자기를 토해내게 했고, 바닷물에서 점액을 만들어낸 그는 다시 물고기에게 먹혀서 물고기의 의식과 몸을 빼앗았다.

그 뒤로 그 물고기를 더 큰 물고기에게 먹히게 하고, 큰 물고기를 새에게 먹히게 하고, 새를 어느 마왕에게 먹히게 하여서 그 몸을 차지했다.

모든 것이 인신의 조언에 따른 것이었다.

비타가 지배한 것은 라플라스 전쟁에서도 활약했던, 굉장히 강력한 마왕이었다.

그런 마왕을 지배한 비타는 생각했다.

나는 전지전능해졌다고.

콧대가 높아진 비타는 더없이 포학하게 굴었다.

죽이고, 빼앗고, 즐겼다.

그 자신도 파괴적인 행동에 이렇게 기쁨을 느낄 줄은 생각도
못했다.

아마도 숙주의 성질에 영향을 받은 거겠지.

그렇다고 해도 비타의 학정은 그리 오래 가지 않았다.

비타의 행동을 막으려는 자가 나타난 것이다.

그자의 이름은 라크사스.

비타의 숙주인 포학의 마왕의 부하이며, 라플라스 전쟁에서
함께 싸운 전우이기도 한 남자.

주위가 사신이라고 부를 정도로 힘이 있는 남자.

그는 오랫동안 여행을 떠나 있었지만, 포학의 마왕에게 돌아
오자마자 이렇게 말했다.

"너는 누구냐? 그를 어떻게 했지?"

비타는 말했다.

얼간이 마왕은 이미 죽었다. 지금은 내가 마왕, 아니, 명왕
비타 님이라고.

라크사스는 격노하여 비타에게 싸움을 걸었다.

비타는 여유롭게 이길 수 있다고 생각했지만, 순식간에 라크
사스에게 패배했다.

그야말로 순식간에.

비타는 숙주가 죽기 직전에 핵을 다른 자에게 옮겨서 도망쳤
다.

그 숙주를 지배하고 한시름 놓았다.

마왕 정도는 아니지만 그럭저럭 강한 숙주.

그렇긴 해도 마왕에게 기생할 때에 인간사회에 대해 여러모로 배울 수 있었다. 이 이상 가는 숙주로 갈아타기 위한 방법도 몇 가지 생각했다.

모든 것을 잊어버리고 다시 시작한다.

그렇게 생각하던 비타는 한 가지를 잊고 있었다.

비타가 숙주에게서 벗어나면 숙주는 의식을 되찾는다.

라크사스에게 빈사의 중상을 입은 마왕 또한 예외는 아니었다.

의식을 되찾은 마왕과 라크사스가 무슨 이야기를 나누었는지는 모른다.

하지만 적어도 마왕은 자신의 원통함을 라크사스에게 전했겠지.

라크사스는 쫓아왔다. 비타를 쫓아왔다. 어디까지든 쫓아왔다.

비타가 어떤 숙주에게 기생하더라도 언젠가는 찾아내어 비타의 숙주를 죽였다.

어떻게 비타를 찾아낼 수 있는가, 그걸 비타가 안 것은 꽤나 세월이 지난 뒤였다.

라크사스는 스스로 마도구를 만들어서 점족이 기생한 존재를 찾아내고, 그걸 무조건 죽였던 것이다.

그게 얼마나 철저했냐 하면, 비타의 고향인 점족의 동굴에 가서 전멸시켰을 정도였다.

그 기세는 비타가 공포에 떨기에 충분했다.

잠든 사자를 건드렸다고 깨달았다.

비타는 공포에 떨면서도 그저 도망만 친 건 아니었다.

라크사스를 죽이지 않으면 살아남을 수 없다고 확신하고 타개책을 찾기 시작했다.

아무리 라크사스라도 비타가 기생하여 환각을 보여주면 버틸 수 없다.

그렇게 확신하고 라크사스가 마도구로 확인을 마친 지인에게 기생하고, 그를 통해 라크사스에게 접근하여 기생하려고 하였다.

하지만 그 작전은 미수로 끝났다.

라크사스의 지인은 어느 마도구를 손에 끼고 있었다.

해골 반지.

라크사스가 포학의 마왕의 유골에서, 비타를 죽이기 위해서 만든 반지.

비타는 죽을 뻔했다.

운이 좋았던 것은 라크사스의 지인이 라크사스보다 훨씬 마음 약했던 점일까.

"라크사스에게는 미안하지만, 오랜만에 그녀를 만나서 기뻤다."

그는 그렇게 말하고 비타를 놓아주었다.

비타는 근처에 있던 개에 기생하고, 패배감과 함께 그의 곁을 떠났다.

비타는 라크사스에게서 도망치기로 했다.

라크사스의 지인에게 기생했을 때, 비타는 라크사스가 어떻게든 비타를 쫓아온다는 걸 알았다.

틀림없이 죽게 되리라는 확신이 있었다.

그에게 저항할 방법은 없었다.

도망갈 길은 인신이 알려주었다.

개에게서 와이번으로 숙주를 바꾸면서 마대륙을 떠나서 천대륙의 미궁, 지옥으로 향했다.

거기는 어떤 인간이든 살아서 돌아갈 수 없다는 가혹한 환경이었지만, 점족인 비타에게는 관계없었다.

미궁 안에서 차례로 숙주를 바꾸면서, 마지막에는 미궁의 가디언에게 기생했다.

비타는 거기서 간신히 안녕을 손에 넣었다.

천대륙의 지옥.

너무나도 거대한 질량을 가진 덫이 몇 중으로 기다리는 그 장소는 인간이 드나들 만한 곳이 아니었다.

저 사신 라크사스라고 해도 그 깊숙한 곳까지는 도달할 수 없는 곳이었다.

그리고 비타 또한 라크사스에 대한 공포 때문에 거기서 나오려고 하지 않았다.

시간이라면 비타에게 얼마든지 있었다.

가디언에게 꿈을 보여주고 몸을 지배한 뒤로 그저 시간만 흘렀다.

비타가 자기 인생을 돌아보고 반성하기에 충분한 시간이었다.

인신에게서는 점족이 비타와 또 한 명을 제외하고 전멸했다고 들었다.

인신은 그걸 가르쳐 주면서 비타를 비웃었다.

너 때문에 점족이 전멸한 거라고 부채질하면서 낄낄 웃었다.

자기 종족에게 특별히 애착이 있는 건 아니지만, 자신의 어리석은 행실 때문에 그런 결과를 부른 것을 후회했다.

과거의 비타라면 생각할 수 없는 일이었다.

어쩌면 그렇게 생각한 것은 가디언의 기초가 된 마물이 사려 깊었던 탓일지도 모른다.

그렇긴 해도 비타는 반성하고, 영원히 여기서 지내기로 결의했다.

인신이 다시 말을 걸어올 때까지는.

"여어, 저번에는 비웃어서 미안해."

비타는 신경도 쓰지 않았다.

오히려 목숨을 두 번이나 구해준 인신을 흔쾌히 맞아들였다.

"실은 좀 문제가 생겼거든. 날 좀 도와줘."

비타는 주저했다.

신세졌던 인신이 도움을 청하고 있으니까 당연히 응해야 한다고 생각했지만, 그래도 라크사스는 무섭다.

"라크사스는 이미 죽었으니까 괜찮아."

인신은 그렇게 말하며 라크사스가 얼마나 안타깝고 얼마나 무참하게 죽었는지 알려 주었다.

안타깝든 무참하든 비타로선 아무래도 좋았지만, 그래도 비타는 안도하고 인신에게 힘을 빌려주기로 하였다.

아무튼 그는 여기의 가디언이고, 미궁의 보스의 방에서 나갈 수 없다.

그렇다고 해도 오랫동안 신세진 가디언을 죽여도, 혼자서는 이동할 수 없으니까 방 밖으로 나갈 수 없다.

그렇게 말하자 인신은,

"괜찮아. 마중을 보냈으니까. 작전도 그에게 맡겨두었으니까 시키는 대로 해."

그렇게 말하고 사라졌다.

얼마 뒤에 기스라는 마족이 나타났다.

용케 여기까지 왔다 싶었는데, 어디서 본 듯한 마왕을 데리고 있었기에 납득했다.

비타는 가디언을 재우고, 가디언의 입에서 나와서 기스가 가진 병으로 이동했다.

"네가 비타인가. 뭐, 잘 부탁해. 내 말 듣고 있지?"

기스는 이동하면서 작전의 개요를 가르쳐 주었다.

간결하게 말하자면 스펠드족의 마을로 가서, 그곳 주민을 모두 장악한 상태에서 루데우스라는 남자를 기다린다.

루데우스는 반드시 역병을 고치려 하겠지만, 거기서는 시간을 번다.

기스와 동료들이 돌입할 타이밍에 맞추어서 루데우스로 몸을 갈아타고 행동불능으로 만든다.

그것뿐이다.

다만 마지막에 기스는 말했다.

마치 비타가 듣고 있지 않다는 듯이….

"역병이지만…. 뭐랄까, 나는 예전에 루이젤드 형씨 덕분에 목숨을 건진 적이 있지. 싸움이 끝난 뒤에 일족이 전멸했다면, 아무래도 힘들지…."

비타는 그 말에 자기 때문에 전멸한 점족을 떠올렸다.

딱히 애착은 없었지만, 자기 때문에 종족이 전멸한 것을 후회했던 마음을 떠올렸다.

떠올리면서, 혹시나 역병을 고쳐도 작전을 실행할 수 있다면 그렇게 하자.

그렇게 생각하던 그는 아직 몰랐다.

라크사스의 집념이 세계의 어딘가에서 아직 소용돌이 치고 있다는 것을.

제8화 수도

조용한 집.

방 중앙에 있는 화로에는 냄비가 걸려서 보글보글 소리와 함께 살짝 흔들렸다. 그 앞에 앉은 것은 녹색 머리의 남자, 루이젤드.

나는 화로 맞은편에 앉아 있었다.

"……."

대화는 없었다. 나와 루이젤드 사이에는 그저 침묵만 있었다.

말하는 일은 없었다. 아니, 말할 틈은 없었다고 해야 할까. 내 신경은 지금 모두 눈앞에 있는 것을 향하고 있었다. 실패는 허락되지 않는다. 신중히 눈앞의 것을 주시하면서 나는 때가 오기를 기다렸다.

"!"

그리고 때는 왔다.

나는 천천히 손을 뻗어서… 화로의 불을 껐다.

하지만 아직이다. 서둘러선 안 된다.

나는 그대로 10분 정도 움직임을 멈추었다. 10분이 경과하자, 나는 간신히 입을 열었다.

"루이젤드 씨, 각오는 됐습니까?"

"그래, 상관없다."

그 말을 듣고 옆에 놔둔 것으로 손을 뻗었다.

그것은 새하얗고, 표면은 살짝 껄끄럽고, 달걀 같은 형태의… 같은 형태고 자시고 달걀이다.

"……"

알을 깨서 밥그릇에 담고 젓가락으로 풀었다.

나는 그 일련의 동작을 물 흐르듯이 하였다. 그야말로 태어났을 때부터 습득했던 것처럼.

어려서 배운 것은 잊지 않는다.

한 번 자전거를 탈 수 있도록 훈련하면, 몇 년이 지나도 그 방법을 잊지 않는다. 그것과 같다.

아니, 어쩌면 나는 훈련조차 하지 않았을지도 모른다. 태어났을 때부터 이 동작을 습득했던 걸지도 모른다. 즉 본능이다.

지금 달걀은 완전히 풀어졌다.

그것을 일부러 또 한 번 반복했다. 풀어진 알이 든 밥그릇이 두 개. 일단 그건 그대로 두고 나는 냄비 뚜껑으로 손을 뻗었다.

"…좋아."

뚜껑을 열고 안을 들여다본 나는 고개를 끄덕였다.

잘 익은 흰쌀이 거기서 토독토독 소리를 내고 있었다. 방 안에 갓 지은 밥 냄새가 퍼졌다. 입 안에 군침이 돌아서 무심코

침을 삼켰다.

그대로 밥을 집어먹고 싶은 충동에 사로잡혔지만, 꾹 참고 냄비 밑바닥에서부터 밥을 잘 퍼냈다.

밥그릇을 손에 들고 갓 지은 밥을 그득하게 담았다.

딱 한 그릇이다. 너무 많아도, 너무 적어도 안 된다.

그리고 젓가락을 집어서 밥 한가운데에 구멍을 냈다. 그 구멍에 아까 풀어둔 달걀을 흘려 넣었다.

흰밥에 진득한 황금색이 배었다.

하지만 이걸로 끝이 아니다.

다음. 이 공정이야말로 내가 이 세계에 온 뒤로 지금까지 계속해서 찾아 헤매던 것이었다.

옆에 놔둔 작은 병을 집었다. 가느다란 주둥이를 통해 천천히 황금색 쌀밥에 부었다.

주둥이에서 나온 것은 검은색 액체였다. 시커멓기에 언뜻 봐선 독으로도 보이는 액체.

간장이다.

붓는 양은 한 바퀴만. 두 바퀴도 좋지만, 일단 한 바퀴. 그것만으로 황금색 쌀밥 윗부분이 검게 물들었다. 마치 푸딩 같은 색조에 내 배가 꾸르륵 소리를 냈다.

서두르지 마. 이제 곧 먹을 수 있어.

그걸 위해 네 홉의 밥을 했다. 그리고 앞으로 마음대로, 먹고 싶은 때에 먹을 수 있어.

그러니까 처음인 이 순간을 소중히 하자.

"…드시지요."

"그래."

루이젤드에게 건넸다.

그는 밥그릇을 받더니 나를 기다렸다. 나는 곧 같은 동작을 반복하여 같은 것을 만들었다.

"그럼 잘 먹겠습니다."

손을 모아서 인사.

밥그릇을 왼손에. 젓가락을 오른손에. 입을 크게 벌려서 처음 한 입을 먹었다.

"……! …푸핫!"

이거다. 이 맛이다. 완벽하다. 최고는 아니지만, 그래도 이거다. 나는 이 맛을 계속 찾고 있었다.

"으음… 하… 하아…!"

한 입, 두 입, 세 입.

말은 없었다. 먹고, 씹고, 삼키고, 때로는 숨을 내뱉고, 밥과 함께 숨을 들이마시고.

그저 계속해서 먹었다.

"……잘 먹었습니다."

어느 틈에 내 밥그릇은 텅 비었다.

행복한 시간은 순식간에 끝난다. 먹은 뒤에는 만족감도 있지만, 부족함도 느껴졌다.

하지만 한 그릇 더 먹기 전에 눈앞의 남자를 보았다. 루이젤드 또한 말없이 먹고 있었다.

예전부터 식사 중에 말하는 남자는 아니었지만, 평소에도 그다지 말이 없었다. 아니, 이 자리에는 나와 루이젤드밖에 없다. 내가 말을 걸지 않으니까 대화가 없는 것도 어쩔 수 없다.

하지만 먹는 페이스가 느리지 않나? 아직 절반도 안 먹은 것 같은데.

아니, 내가 너무 빠른 건가.

"저기, 오빠."

"우옷!"

그렇게 생각했더니 어느 틈에 화로 바로 옆에 노른이 앉아 있었다.

"노른… 어느 틈에…."

"지금요. 오빠가 먹을 때…. 일단 말도 걸었습니다."

그런가, 먹는 도중이었나.

"뭘 먹고 있나요?"

"별식이야. 노른도 먹을래?"

"…그럼 먹을게요."

노른은 루이젤드를 힐끗 본 뒤에 고개를 끄덕였다.

나는 곧바로 밥그릇에 밥을 덜었다. 달걀을 넣고, 간장을 끼얹었다. 다 합쳐서 10초도 걸리지 않는 동작이었지만, 맛에 차이가 없다고 확실히 단언할 수 있다.

달인의 솜씨다.

"많이 먹으렴…."

"뭔가요, 그건."

"내 소울푸드야."

"…잘 먹겠습니다."

노른은 건네받은 밥그릇을 손에 들더니 천천히 먹기 시작했다.

"……."

나는 기다렸다. 두 사람이 다 먹는 것을 기다렸다. 앉아서 기다렸다. 아직인가. 얼른. 감상을 듣고 싶다. 없어도 되긴 하지만 듣고 싶다.

"……."

그렇게 생각할 때 루이젤드가 다 먹었다.

"이게 여행할 때 네가 말했던 건가."

"예. 어떤가요?"

"맛있었다."

감상은 딱 한 마디. 하지만 나는 만족했다. 그 그리운 여행에서 찾던 것을 여행 동료와 먹을 수 있었다. 그게 만족이었다. 에리스가 이 자리에 없는 것이 아쉬웠다.

"…잘 먹었습니다."

그때 노른도 다 먹었다. 방금 전에 먹기 시작했는데 꽤나 빠르군.

"어때, 노른? 이게 내가 집에서 말했던 그거야."

"…꽤 맛있었습니다. 뭐랄까, 지금까지 먹은 적 없는 맛이라서… 이 조미료 때문인가요?"

"그래. 간장은 만능의 조미료야. 뭐에 끼얹어도 맛있지."

"헤에…."

노른도 절찬해 주었다. 또 집에서 만들면 먹게 하자.

오늘은 기념일이다. 달걀밥이 이 세계에 탄생한 기념일이다.

"다만 날달걀을 먹으면 배탈이 날 수 있으니까, 마지막에 해독 마술을 걸어 주지."

"해독이 필요한 것을 앓다 일어난 사람에게 먹이지 마세요!"

기념일에 야단맞았다.

그로부터 이틀이 지났다.

스펠드족은 순조롭게 회복세에 접어들었다.

아직 누워 있는 이도 많지만, 증상이 가벼운 이는 평소 생활로 돌아올 수 있었다. 나도 이 일을 거울삼아서 마을 한구석에 암실을 만들어 소카스 풀을 심기로 했다. 역병의 원인이 흙에 있는지, 아니면 명왕 비타에게 있었는지는 아직 모르지만, 혹시 같은 증상이 나타났을 때에 이게 있고 없고는 크게 다르겠지.

혹시 명왕 비타에게 원인이 있었다면 같은 증상이 나온다고 해도 이 약이 통하지 않을 것이다.

그 경우는 스펠드족이 이주할 필요가 있겠지.

더 숲의 바깥쪽으로 이주하든가, 아니면 채소만이라도 지룡 계곡의 마을에서 사들이든가.

둘 중 하나가 된다.

어느 쪽이든 이 나라의 승인이 필요하다.

아슬라 왕국으로 이주시키는 것도 좋겠지만, 스펠드족에게서 불안이나 반대가 많았다.

오랫동안 정붙이고 산 곳을 떠나는 게 싫은 모양이다. 게다가 아슬라 왕국은 미리스교의 영향이 강하다.

크리프에게는 누그러진 태도를 보인다지만, 스펠드족은 미리스 교도에 대한 공포심이 아직 뿌리 깊게 남은 거겠지.

그런고로 나는 비헤이릴 왕국과 교섭하기 위해 수도 비헤이릴에 가기로 했다.

목적은 두 가지.

스펠드족을 받아들여달라는 것. 그리고 토벌대도 해산시켜달라는 것.

스펠드족은 전체적으로 퉁명스러운 성격이고 박해가 계속된 탓에 다소 폐쇄적이지만, 마음씨 착한 종족이다.

비헤이릴 왕국도 다소 난색을 보일지 모르지만, 얼마든지 교섭의 방법은 있다.

제일 쉽고 빠른 것은 이 마을에 직접 데려오는 것일까.

실제로 와서, 다소 쌀쌀맞으면서도 마음씨 좋은 이들이나 티 없는 아이들을 보면, 아, 이거 안전하다…고 생각해줄 거라 믿고 싶지만, 어떻게 되려나.

비헤이릴 왕국의 사찰단이 아이를 보고 '아이까지 낳다니, 역시나 제거해야 해!'라고 생각할지도 모른다. 완전히 바퀴벌레 취급처럼.

하지만 그렇게 되면 스펠드족에게 이주를 권하는 게 좋겠지.

아슬라 왕국의 북쪽에 살게 되면 아리엘에게 또 부담을 끼치는 형태가 되지만… 여차할 때에 내가 몸으로 갚자.

뭐, 괜찮겠지.

스펠드족의 아이들은 이러니저러니 해도 외모가 좋고 귀엽다.

그런 아이가 티 없이 동물 가죽으로 만든 공으로 노는 모습을 보면 얼굴이 풀어지지 않는 녀석이 있을 거라곤 생각하고 싶지 않다.

"그러니 나는 비헤이릴 왕국에 다녀오겠습니다."

"그래."

"크리프는 경과를 본다고 했고, 엘리나리제도 그의 곁에 있겠죠. 노른은 루이젤드 씨의 간호를 계속할 모양입니다. 올스테드 님은 어쩌시겠습니까?"

"여기에 남지. 크리프 그리몰이 역병에 관한 조사를 진행하고 있다. **다음**부터는 치료할 수 있을지도 모른다."

올스테드는 그렇게 말하면서, 날아온 공을 툭 하고 쳐서 돌려주었다.

한순간이었다. 손의 움직임은 거의 보이지 않았다. 하지만 공은 완만한 포물선을 그리며 아이의 손에 쑥 하고 들어갔다.

"교섭이라면 내가 갈 필요는 없지."

"그렇죠. 아무리 저주를 막는 헬멧이 있다고 해도…."

다시 날아오는 공. 툭 하고 또 공을 되받아쳐냈다.

"혐오의 저주가 완전히 사라진 것은 아니니까요."

"음."

또 공을 받아쳤다.

"하지만 여차할 때는 좀 부탁드리겠습니다. 저주가 있다고 해도, 모습을 보이면 두려움을 살 수 있을 테니까요."

"좋다."

또 툭.

"그만하라고 할까요?"

공이 날아온 방향을 보니, 스펠드족 아이들이 올스테드를 향해 차례로 공을 던지고 있었다.

그 눈에 있는 것은 적의보다도 호기심이었다. 왠지 이상한 녀석이 있으니까 공을 던져 보자는 느낌. 혹시 헬멧이 없었으면 공이 아니라 돌을 던지겠지만….

하지만 공이 기분 좋게 손으로 돌아온 탓인지, 재미있어하는 눈치였다.

"문제없다. 이 정도라면 공격도 아니다."

"아, 그렇습니다."

올스테드도 재미있는 걸까. 그 표정은 헬멧 때문에 알기 어렵지만, 기분 상한 것은 아니다.

"재미있습니까?"

"…나쁘진 않군."

나쁘지 않다면 됐나.

"그럼 다녀오겠습니다."

"그래."

올스테드에게 그렇게 말하고 나는 그 자리를 떠났다.

이미 전이마법진 쪽에서 산도르와 도가가 기다리고 있다. 내가 수도에 간 동안, 산도르가 제2도시에서 정보상과 접촉하기로 했기 때문이다.

예정과 다른 형태지만, 둘로 나뉘는 편이 효율도 좋다는 판단이었다.

내게는 도가가 호위로 붙는다. 그는 지금까지 별로 도움이 안 된 느낌이지만, 없는 것보다는 낫겠지.

"여차."

도중에 루이젤드와 엇갈렸다. 그는 노른의 부축을 받으면서 비틀비틀 걷고 있었다.

"루이젤드 씨, 벌써 걸어도 되나요?"

"조금은."

루이젤드가 그렇게 말했지만, 노른의 표정이 엄했던 것을 보면 사실은 아직 안 되는 거겠지.

"비헤이릴 왕국과 교섭하러 잠깐 다녀오겠습니다. 어쩌면 나라의 병사를 데려올지도 모르니까, 혹시 그때는 최대한 환영해 준다면 고맙겠습니다."

"알았다, 족장에게 전하지."

루이젤드는 그렇게 말하면서 올스테드 쪽을 보았다.

벽 근처에 서 있는 올스테드에게 차례로 공을 던지는 아이들.

언뜻 봐선 괴롭히는 모습이지만, 왜인지 미소가 나왔다. 올스테드가 공을 정확하게 받아치고 아이들이 웃고 있기 때문이겠지.

"겉모습만으로는 모르는 법이군."

"그렇죠?"

나는 입가에 미소를 띠면서 그렇게 말하고 그 자리를 떠났다.

올스테드의 사무소에 있는 마법진을 경유하여 비헤이릴 왕국으로.

물론 사무소에 들렀을 때 통신석판도 확인해두었다.

자노바 쪽은 딱히 문제없음. 아이샤＋용병단도 문제없음. 실피 쪽은 아직 연락 없음. 전이마법진의 위치에서 봐도 다소 머니까 어쩔 수 없다.

록시 쪽에서는 움직임이 있었다.

아무래도 귀귀섬을 조사해 보니, 귀신이 귀귀섬의 밖으로 나갔다는 모양이다.

귀신의 현재 위치는 모른다. 다만 귀귀섬 쪽에서는 귀족이 전투 준비를 하고 있다는 정보가 공공연하게 나돈다는 모양이다.

또 에리스가 이쪽으로 오고 싶어하는 모양이다. 루이젤드와 만나고 싶다고.

그렇겠지. 하지만 조금만 더 참아줘.

또 각지에게 스펠드족의 병이 회복세에 접어들었다는 내용을 전했다.

며칠 만에 해결한 탓인지 괜히 소동을 피웠다는 느낌이 있지만, 이것도 어쩔 수 없다.

그렇게만 끝내고 나는 다시 변장 반지를 장착하고 비헤이릴 왕국의 수도로 통하는 마법진에 뛰어들었다.

자노바가 전이마법진을 설치한 곳은 수도에서 한나절 정도 거리에 있는 숲속의 폐촌이었다.

"스승님, 기다리고 있었습니다."

자노바는 내가 도착한 순간 고개를 숙였다. 줄리와 진저도 함께였다.

"기다렸어?"

"예. 스승님이 오신다는 말을 듣고 바로."

예의도 바르지.

"하지만 마침 잘 되었군요. 여기라면 엿듣는 이도 없을 테니까 보고를 할 수 있습니다."

"그래. 그럼 보고를 들을까."

"그렇긴 해도 대단한 성과는 없었습니다만."

자노바는 그렇게 운을 떼더니 지금까지의 행동을 말해주었다.

일단 수도에 도착한 그는 숙소를 잡은 뒤에 이 숲에 전이마법진을 설치. 그 뒤에 수도에서 정보 수집을 시작했다.

거기서 '나라가 토벌대를 모으고 있다'는 정보를 취득. 이 시점에서 일단 통신석판으로 보고했다. 이건 나도 보았다. 그 뒤에 그 토벌대에 북신이 참가했다는 정보를 얻었다고 했다. 현재 기스의 정보를 찾으면서 북신을 특정하기 위한 정보 수집을 계속하고 있다.

그런 상태다.

"말하자면 아무것도 알아내지 못한 상태인가."

"죄송합니다. 북신 칼맨 3세는 눈에 띈다고 들었기에 바로 찾을 수 있을 줄 알았는데, 이게 좀처럼…."

"아니, 사과할 필요는 없어."

아직 비헤이릴 왕국에 들어온 지 며칠 되지도 않았다.

시내로 들어가서 마법진을 설치하고 행동 개시. 실제로 움직인 것은 7일 정도겠지. 결과를 요구하기에는 이른 시기다.

"앞으로 잘 해보자."

"예."

하지만 북신이라. 정말로 토벌대에 참가했다면 꼭 접촉하고 싶다.

하지만 눈에 띄는 인간이 보이지 않는다면, 뭔가 뒤에서 움직이고 있다고 생각하게 되는군.

북신은 이미 기스의 동료가 되었다든가. 기스는 비타가 당한 시점에서 작전 실패, 형세 불리라고 보고, 북신을 데리고 철수를 시작했다든가. 비타 자체가 양동이었을 가능성도 있다. 꽤 쉽사리 당했고.

애초에 비타의 정보가 기스에게까지 닿지 않았을 가능성도 있지만, 그건 너무 낙관시한 걸까.

뭐, 혹시 그렇다고 해도 루이젤드를 동료로 삼을 수 있었다. 그것만으로도 비헤이릴 왕국에 온 것은 헛된 일이 아니다.

"그럼 스승님, 가실까요. 수도까지 안내하겠습니다."

"그래, 부탁해."

어찌 되었든 해야 할 일은 변하지 않는다.

그렇게 생각하면서 나는 수도 비헤이릴로 향했다.

비헤이릴 왕국의 수도는 아무래도 실론 왕국과 비슷했다. 중앙대륙에 있는 중소국가의 분위기다. 목재가 많은 이 나라에서는 대부분의 건물이 나무를 이용해서 지었다. 또 시내에도 나무가 많았다. 그 탓인지 독특한 분위기가 우러났다.

　내가 도착한 시각이 밤이었던 탓도 있겠지. 이 나라에서는 밤이 되면 대량의 모닥불을 피운다.

　물론 그 이외는 다른 도시와 다를 것이 없었다.

　입구 부근에는 행상인과 숙소. 도시 중심으로 갈수록 시민, 귀족식으로 집이 화려해지고, 중앙에는 성이 있다.

　성은 강의 합류지점에 세워져 있었다. 실론의 카론 요새와 비슷한 입지로군. 스노마타 일야성 같다.

　그리고 성의 뒤쪽, 강 너머에는 빈민가가 있었다.

　어디에나 있는 도시의 배치다.

　"자, 왕을 만나러 갈까."

　"하지만 알현할 수 있을까요. 이런 곳에서는 아리엘 폐하의 위광도 닿지 않을 텐데…."

　"으음."

　숙소에서 일행과 얼굴을 맞대고 생각했다.

　자노바가 묵는 곳은 모험가용이 아니라 지방도시에 사는 귀족을 위한 고급숙소였다. 역시나 돈 버는 녀석이라고 할까. 아니면 눈에 띄는 짓은 삼가라고 해야 했을까. 그렇게 눈에 띄는 것 같진 않지만.

　"토벌대에 섞이는 것은 어떨까요? 출정식 때에 인사도 할 테고, 거기서 억지로라도 접근하면 확실히 알현할 수 있지 않을까요."

"그래선 늦어. 나라라면 준비가 완전히 끝나고, 그럼 출발, 이라고 할 때에 제지가 걸리면 억지로라도 개시하려고 들지도 몰라."

만사에는 흐름이 있다.

사람을 모으고, 식량을 모으고, 무기를 모으고. 자, 출발이다, 라고 할 단계에 '잠깐만 기다려!'라는 말이 있어도 멈추지 않을 가능성이 있다. 이런 이벤트의 실행은 나라의 위신과도 관계가 있을 테고, 중지하기 어렵다.

"지금 단계라도 늦을지 모르지만, 준비가 다 끝나기 전에 스펠드족을 공격할 필요가 없다는 설명을 하고 싶어."

준비 단계에서 몰래 스펠드족의 존재를 알려주어 나라가 안전을 확인하게 하고, 토벌대에게는 인비지블 울프라도 사냥하고 돌아가게 한다. 허사가 된 경비의 일부는 이쪽이 부담해도 좋겠지. 올스테드에게 말하면 어느 정도 내줄 거다.

그러니까 토벌대가 출발하기 전, 최대한 이른 단계에서 왕을 만나고 싶다.

그런 식으로 설명하면서 방법을 생각했다.

"일단 먼저 정면에서 가보자. 눈에 띌지도 모르지만, 용신의 부하라고 하고, 아슬라 왕국, 경우에 따라서는 페르기우스의 이름을 써서… 그것도 안 되면 다시 다른 방법을 생각하자."

하지만 명안은 떠오르지 않아서, 결국 평범하게 알현을 청하기로 했다.

다음 날.

아침식사를 마친 뒤에 왕성 근처로 나가보았다. 이 성도 역시 실론과 비슷했다.

크기도 그렇고, 분위기도 그렇고…. 하지만 나무로 된 부분이 많은 점은 다르군.

아니, 불에 약할 것 같다는 점은 자노바와 비슷하다고 할 수 있다.

"아마도 문전박대를 당하겠지."

"아리엘 폐하의 이름을 꺼내면 만나기는 해줄 거라 생각합니다만."

"여기는 아슬라 왕국과 국교가 없으니까…. 제대로 수순을 밟지 않으면 어렵겠지."

"안 밟을 겁니까?"

"밟을 수가 없어."

일국의 왕과 만나는 것은 의외로 어렵다. 지금까지 알현할 때는 단계를 꽤나 건너뛰었지만, 본래 나라의 귀빈과의 연줄을 통해 예약을 잡고, 옷이나 마차를 준비하고 신분을 증명할 것을 제출한 뒤, 성의 문관과 만나서 신용할 만한 인간인지 확인을 받은 뒤에 왕의 예정을 조정하고서야 간신히 알현실로 갈 수 있다.

그런 흐름이다. 기본적으로 연줄이 없으면 어렵다.

하지만 갑작스럽게 왔다고 꼭 안 되란 법은 없다.

갑자기 나타난 인물이라도 중요인물이라면, 국왕이 만나고 싶다고 생각하면 알현은 이루어지겠지.

물론 눈에 띄면 기스에게 들킬 테니까 수단은 한정된다.

비타를 쓰러뜨렸으니 이미 들켰다고 생각해도 좋겠지만.

"그럼 자노바, 너무 함께 행동하다가 소문나도 그러니까, 여기서부터는 나와 도가가."

"예. 무운을 빌겠습니다."

사람이 많은 곳에서 자노바와 헤어진 뒤, 도가와 함께 수로 앞에 있는 위병소 같은 곳으로 다가갔다.

아직 이른 아침인데도 병사들은 바쁘게 돌아다니고 있었다. 갑자기 알현을 청했다가 수상하다고 붙잡히진 않을까. 일단 귀족다운 옷을 입었는데… 대사관도 없는 나라니까 어떤 게 정장인지 모르겠다.

어라? 위병소가 아닌가?

무슨 접수대 같은 게 있네.

"실례, 괜찮겠습니까?"

"무슨 일이지?"

접수대에는 훌륭한 카이젤 콧수염을 기른 남자가 앉아 있었다.

문관의 그것으로 보이는 옷을 갖추어 입은 것을 보면, 병사가 아닌 모양이다. 일단 수염부터 칭찬할까.

아니, 무슨 일이냐고 물었으니까 용건을 말해야겠지.

"저기, 국왕 폐하께 알현을 청하고 싶습니다만."

"언제?"

"어? 어어, 오늘, 그게 아니라도 최대한 빠른 날로 부탁하고 싶은데…."

내가 한 말이지만, 이렇게 수상쩍은 말도 없을 것 같다.

뭐, 되든 안 되든 해보는 거지. 안 되면 눈에 띌 것을 감수하고 제대로 단계를 밟자.

"……."

수염 기른 남자는 나를 힐끗 본 뒤에 무슨 종이다발 같은 것을 뒤적였다.

"금화 한 닢이다."

"예?"

"알현에는 금화 한 닢이 필요하다."

팁이란 걸까.

"여기."

"받았다. …음?"

수염 기른 남자는 받아든 금화를 꼼꼼히 보았다.

그리고 입에 넣고 덥썩 깨물었다. 무슨 문제라도 있나? 내가 모를 뿐이지, 가짜 금화라든가….

"이건 아슬라 금화로군?"

"아, 예. 저는 사실 이런 사람이라서."

그렇게 말하면서 아리엘에게 받은 메달을 슬쩍 보여주었다.

"……."

반응이 안 좋다. 수염 기른 남자의 의심 어린 눈. 역시 아슬라 왕국의 위광은 닿지 않는 모양이다.

이거 글렀나.

그렇게 생각했더니, 그는 잠시 뒤에 금화를 품에 넣었다. 그 뒤에 종이다발을 뒤적여서 뭐라고 기록한 뒤 종이를 내게 내밀었다.

"여기에 이름과 알현 내용을."

"아, 예."

"오늘, 정오의 종이 울리면 또 여기로 와라."

"아, 예. 아무쪼록 잘 부탁드립니다."

반응은 안 좋았지만, 팁이 통한 거겠지. 아무래도 허가는 받은 모양이다.

돈의 힘은 위대하다.

일단 제1관문 돌파다.

정오. 나는 알현실 옆의 대기실에 있었다.

"……."

나는 긴장하고 있었다.

오늘 중에 알현은 불가능하다. 그렇게 생각하고 왕성에 찾아왔더니, 접수대에 있던 수염 기른 남자와 또 다른 문관에게 안내를 받아서 대기실에 들어왔고, 어느 틈에 지금 상태가 되었다. 다음은 내 차례, 조금만 더 있으면 알현실로 불려가겠지.

제1관문을 돌파했다고 생각했더니 느닷없이 라스트보스가 기다리고 있었다는 분위기다.

전개가 너무 빨라서 머릿속이 새하얗게 되어간다.

아니, 진정하자. 일단 대기실에서 다른 알현자에게 이야기를 들었다.

이 나라의 왕은 정오부터 두 시간 동안, 누구와도 알현을 한다. 물론 누구와도, 라고 해도 조건은 있다. 일단 알현을 하고 싶으면 나라에 비헤이릴 금화를 한 닢 내야만 한다.

그리고 한 명당 시간은 15분. 하루에 여덟 명뿐이다.

돈만 내면 누구든 왕과 알현하여 의견이나 질문, 부탁을 말할 수 있다.

진짜로 문제가 있다고 생각하면 진정을 내러 오라는 나라의 의향이다.

금화 한 닢이라는 것은 마을에서 각출하여 돈을 모으면 아슬아슬하게 가능한 금액이라는 모양이다.

하찮은 일은 쫓아내면서 진짜 문제를 찾는다.

비헤이릴 왕국은 의외로 좋은 나라인 것 같다.

물론 진짜 문제란 것은 금화 한 닢도 낼 수 없는 곳에 있을 것 같지만.

하지만 왕에게 직접 진정을 올릴 수 있다면 누구든 온다. 특히나 왕과 접할 기회가 없는 천박한 상인이나 도시에 사는 부자가 자기 이권을 탐내어 왕에게 하찮은 진정을 올리러 온다.

아무튼 우리가 갔을 때에는 당연하게도 만원이었던 모양이다.

하지만 운 좋게도 취소가 나왔다는 모양이다.

정말로 운이 좋다. 분명 비헤이릴 금화의 열 배 정도 가치 있는 아슬라 금화를 낸 것이 내 운을 틔워준 거겠지. 사람은 돈에 약하니까.

아무튼 일은 잘 풀렸다.

알현 시간은 15분. 그리 길지 않다.

진정해 볼까. 요구는 딱 두 가지다. 내가 누구인지 밝히고, 밝고 활기차게 말하면 미래도 밝을 거다.

"루데우스 님, 알현실로 오십시오."

그렇게 생각하는 사이에 내 이름을 불렀다.

"그럼 다녀오겠습니다."

"...음."

나는 도가에게 그렇게 말하고, 심호흡을 한 뒤에 일어서서 대기실 밖으로 나갔다.

안내를 맡은 문관의 지시에 따라서 복도를 이동, 알현실로 향했다.

알현실은 뭐, C랭크 정도겠지. 그리 넓지 않은 공간, 장식 없는 융단, 좀 건성으로 서 있는 병사 여덟 명. 딱히 장식 같은 것도 없다. 위엄은 전혀 없다.

물론 평민을 매일 맞아들인다고 생각하면 이 정도가 딱 좋을 지도 모른다.

실무적이라고 생각하면 이상할 것이 없다. 별 세 개 주자.

"폐하, 뵙게 되어서 영광입니다."

나는 알현실 안으로 들어가서 적당한 곳에 무릎을 꿇고 고개를 조아렸다.

잠시 뒤에 왕의 목소리가 들렸다.

"예의 바른 자여. 고개를 들고, 그대가 누구이며 무슨 일로 왔는지 말해보아라."

시키는 대로 고개를 들었다.

왕은 나이 든 남자였다. 오래 못 살 것 같은 느낌으로 지친 기색이 보였다. 어쩌면 병을 앓고 있는 걸지도 모르겠다.

"제 이름은 루데우스 그레이랫. 칠대열강 2위 '용신' 올스테드 님의 부하입니다."

"오오…. 용신이라니…!"

왕은 놀라움을 숨기지 못하는 모습이었다.

어쩐 일로 호감적인 분위기다. 이 왕은 칠대열강이 무엇인지 아는 모양이다. 귀족이 근처에 있기 때문일까.

"칠대열강에 속하는 이가 내게…. 아니, 이 나라에 무슨 일 이지?"

"예, 이번에 돌아오지 않는 숲의 악마를 토벌하려 한다는 소문을 들었습니다. 그것을 중지해 주셨으면 합니다."

아, 중지가 아니었나. 말이 잘못 나왔다. 뭐, 좋아. 아직 수정할 수 있어.

"중지라고?"

"예."

"이유를 말하라."

"숲에 사는 것은 악마가 아니기 때문입니다."

그리고 나는 스펠드족에 대해 말했다.

먼 옛날, 아마 이 나라가 생기기 전부터 스펠드족이 숲에 살았다는 것.

스펠드족은 세상에서 일컬어지는 악마의 종족이 아니라는 점.

당시 근처에 있던 마을과 계약을 맺어서, 투명한 마물을 사냥하여 주위에 피해가 나오지 않도록 했던 것.

하지만 이번에 마을 전체가 역병에 걸려서, 투명한 마물이 숲 밖으로 나간 것.

지금은 용신 올스테드의 조력으로 역병에서 회복되어, 예전처럼 투명한 마물을 사냥하기 시작한 것.

그런 것을 짧게, 하지만 스펠드족이 얼마나 선량한 종족인지 전달되도록 설명했다.

"그 악마의 종족에, 투명한 마물이라…. 좀처럼 믿기 어려운 일이군."

"물론 그렇게 말씀하시리라 생각하고, 이쪽에서도 준비를 하였습니다. 그렇긴 해도 실제로 보시기 전에는 설명하기도 어렵겠지요. 이 나라의 분 중 누군가가 실제로 시찰을 해보심이 어떻겠습니까?"

스펠드족의 알려지지 않은 생태를 보여드리죠.

냄비로 요리를 하는 여자들이나 투명한 마물을 사냥하여 생계를 꾸리는 남자들, 용신에게 공을 던지며 노는 용감한 아이들.

"으음…."

왕은 턱에 손을 대고 생각했다. 하지만 천천히 고개를 내저었다.

"가령 그게 사실이라고 해도 이제 와서 중지할 수는 없다. 이미 나라 안의 용사들이 모이고 있다."

"그럼 지룡 계곡 안쪽에는 '숲사람'이 살고 있고, 그건 악마가 아니니 공격하지 말라는 말씀을 전해 주시기만 해도 됩니다. 투명한 마물은 분명히 존재하니까, 그걸 사냥하게 하는 것뿐이라면 어떨까요…. 혹시 돈 문제라면 저희도 부담해드릴 수 있습니다."

"으음…."

다시 숨고르기.

"스펠드족은 오래 전부터 남들 모르게 이 나라를 지켜왔습니다. 하지만 이제 와서 우대하라는 것도 아닙니다. 그저 나라

한구석, 눈에 거슬리지도 않는 숲에 그냥 두십사 하는 것입니다…. 정 안 된다고 하시면 제 쪽에서 이주할 곳을 수배하겠습니다."

"…그대는 꽤나 스펠드족을 두둔하는군."

"어렸을 적에 제 목숨을 구해주었기에."

그렇게 말하자 왕은 턱에 손을 댔다.

힐끗 시야 가장자리를 보니, 문관이 시간을 신경 쓰는 눈치였다. 슬슬 15분이 경과하나.

제길, 의외로 짧군.

"시간이 되었습니다. 알현자 분은 퇴장해 주십시오."

"제발 재고를! 결코 나라에 해가 되지 않습니다!"

마지막으로 나는 한 걸음 앞으로 나가서 고개를 숙였다.

"…갤릭슨, 샌들!"

왕의 호령에 두 병사가 앞으로 나섰다. 카이젤 수염의 병사와 얼굴이 길쭉한 병사.

이거 쫓겨나는 흐름이다. 잘 대화했다고 생각했지만, 역시 너무 갑작스러웠나….

이번에는 실패로군. 다음에는….

"이자를 따라가서 진실을 확인하고 와라!"

"네!"

왕의 호령에 나는 눈을 둥그렇게 떴다.

"승낙해 주시는 겁니까?!"

"병사는 파견하지. 하지만 그대의 말이 거짓이라면, 예정대로 토벌대를 보내겠다."

조금 허둥대긴 했지만, 일단 병사를 파견해 주는 흐름이 된 모양이다.

무조건 부정하지 않고, 자기 눈으로 확인한 뒤에 결론을 내린다. 좋은 왕이잖아. 역시 매일 진정을 듣기 때문인지 유연하다. 비헤이릴 왕국에 대한 올스테드 코퍼레이션의 신뢰도가 쑥 올랐다. 좋았어.

"그 마음에 감사드립니다!"

마지막으로 나는 고개를 숙였다.

제9화　3박 4일 스펠드 마을 견학 투어

두 병사를 데리고 스펠드족의 마을까지 돌아가기로 했다.

병사가 있으면 전이마법진은 쓸 수 없기 때문에 마차로 이동했다.

하루 걸려서 제2도시 이렐로 이동, 그곳에서 숙소를 잡고, 내친김에 산도르와 합류할까 했는데, 아직 정보상과 만나지 못했다고 하길래 경과보고로 끝냈다.

기스를 찾을 수 없었던 것에 낙담하면서도 앞길을 서둘렀다.

또 하루 걸려서 지룡 계곡의 마을로 이동. 마을에는 여전히 사람이 많고, 할머니도 쌩쌩하게 용병들에게 소리를 질러서 쫓아내고 있었다. 그로부터 아직 열흘도 지나지 않았으니까 당연하다면 당연할까.

할머니에게 '이젠 괜찮아요. 숲사람은 안전해요'라고 알려주고 싶지만, 아직 이르다.

토벌대가 해산된 뒤라도 늦지 않다.

그렇게 생각하면서 마을에서 하루를 보내고 아침부터 숲에 들어갔다.

"거리상으로는 아침에 들어가면 일몰 전까지는 도착할 겁니다. 조금만 참으세요."

"그래. 얼른 좀 데리고 가줘."

"…다리가 아파오네요."

두 병사는 불평이 많았다.

갤릭슨.

그는 멋진 카이젤 수염을 길렀고, 접수를 맡던 병사와 많이 닮았다. 형제일지도 모르겠다.

다만 목소리나 어조는 전혀 달랐다. 수염 기른 병사보다도 갤릭슨 쪽이 꽤나 퉁명스럽고 조야한 인상이었다.

또 성격이 조급한 건지, 기다리는 걸 싫어했다.

숙소에서는 그들의 숙박비까지 내가 내려고 했는데, 내가 뭐라고 하기도 전에 내 몫까지 돈을 내었고, 도중에 모닥불 준비를 한다고 안 순간 장작을 모아오기 시작했다.

도중에 마물의 습격이 있었을 때도 솔선해서 앞으로 나서서 싸우려고도 했다. 물론 마물은 모두 내가 해치웠다. 다치기라 도 하면 곤란하고.

샌들.

그는 길쭉한 얼굴을 가졌다. 안 좋게 말하자면 말 같다. 물론 어디의 노코파라와 달리 말 그 자체는 아니다.

성격은 갤릭슨과 비교해서 느긋했다. 항상 온화한 웃음을 띠 고 있고, 마물이 나와도 검도 뽑지 않았다. 그렇다고 해서 말 이 많냐 하면 그런 것도 아니었다.

필요가 없을 때는 한마디도 말하지 않고, 조개처럼 입을 꾹 다물었다.

물론 호기심은 왕성한지, 내가 무영창으로 마술을 쓰자 놀란 눈치로 이것저것 질문하였다.

병사 차림을 하고 있지만, 어쩌면 마술사일지도 모르겠다.

"……."

샌들은 나에게 의미심장한 시선을 보낼 때가 있었다.

품평이라도 하는 듯한 시선이었다. 감시당하는 기분이 들지 만, 어쩔 수 없다.

갑자기 나타나서 토벌대를 중지하라고 진언한 남자. 아무쪼 록 방심하지 말고, 수상한 움직임을 보이면 이렇게 저렇게 해 라, 라는 명령을 받았겠지.

경계하는 것도 당연하고, 나도 그들이 나를 지켜보고 있다는 것을 잘 안다.

하지만 왜인지 좀 겸연쩍은 느낌이었다.

신기한 것은 도가를 별로 보지 않는 것일까. 도가는 겉보기에도 순박하고, 남을 속일 수 있을 만큼 머리 좋아 보이지 않는다. 그걸 보고 경계를 푼 걸지도 모른다.

"스펠드족은 마음씨 좋은 이들입니다. 조금 쌀쌀맞기는 하지만, 도리에 따라 대하면 성의 있게 대응해 줍니다. 그리고 애들에게도 잘해 주죠."

길을 가는 도중에는 그런 그들에게 스펠드족의 포지티브 캠페인을 벌였다.

"…우리는 애가 아냐."

"물론 알고 있습니다. 하지만 괜찮아요. 분명히 환영해 줄 겁니다."

하지만 역시 스펠드족에게는 회의적인 모양이다.

이대로 가다간 스펠드족이 환영해 주더라도, 내놓는 식사에 손이나 댈지 의심스럽다.

얼마 전까지 역병에 시달렸던 마을, 그렇다면 손대기 저어될 수도 있겠지.

하지만 다행스럽게도 지금은 의사단이 가져온 식량도 있다. 아슬라 왕국산 음식이라면 입에 안 맞을 일도 없겠지.

아무튼 지금은 스펠드족의 마을을 관광한다는 마음으로, 기분 좋게 보내자.

지룡의 계곡까지 도착했다.

눈앞에는 두 개의 다리가 있었다.

"왜 다리가 두 개나 있지?"

원래부터 있던 다리와 내가 놓은 다리.

"오래된 다리를 건너다가 도중에 떨어지면 안 될 테니까, 흙 마술로 다리를 다시 놓았습니다."

"흐응…. 그래서 어느 쪽으로 건너지?"

"이쪽으로."

내가 놓은 쪽을 가리키자, 갤릭슨은 곧바로 그 위로 뛰어올 라서 걸어가기 시작했다.

손잡이도 없고 제법 높이도 있는데 망설임 없이 쑥쑥 나아갔 다.

무섭지 않은 걸까. 그런 거겠지.

내가 그 뒤를 따라가고, 뒤에서 샌들이, 마지막으로 도가가 왔다.

"아무쪼록 떨어지지 않도록."

내가 먼저 건너면 떨어지더라도 도울 수 있을 텐데, 정말로 갤릭슨은 성급하다.

마치 에리스 같군. 어쩌면 갤릭슨은 검신류일지도 모르겠다.

"이 밑에 지룡이 있습니까…."

돌아보니, 샌들은 꿀꺽 침을 삼키면서 아래를 보고 있었다.

"샌들 씨는 이 나라 사람인데 모르시나요?"

"알고는 있습니다. 하지만 처음 와 봤습니다."

그도 그런가. 자기 나라 안의 명소를 전부 본 사람은 그리 많지 않겠지.

하물며 여기는 관광지가 아니다. 병사라는 입장이면 들어가지 말라는 숲에 들어가는 일도 없겠지. 아슬라 왕국의 동쪽에 적룡 산맥이 있지만, 올라가 본 적 없는 이가 태반인 것과 같다.

"루데우스 님은 용신 올스테드의 부하라고 하셨습니다만… 지룡과도 싸운 적이?"

"없습니다."

"도중에 멋진 마술을 보여주셨는데, 싸우면 이길 수 있을 것 같습니까?"

샌들의 목소리는 떨리고 있었다. 겁을 먹은 걸지도 모르겠다.

혹시 이 계곡에서 지룡이 올라와서 공격해 올지도 모른다든가.

계곡 밑바닥은 보이지 않는다. 뭐가 숨어 있고, 뭐가 튀어나올지, 상상력이 혼자서 부풀어오른 거겠지.

"안심하세요. 무리 한가운데에 내던져지면 어떻게 될지 모르지만, 한두 마리라면 아마도 괜찮습니다."

"한두 마리라면…. 그렇습니까…."

"어이, 얼른 와!"

그런 대화를 하는 동안에 갤릭슨은 다리를 다 건너서 기다리고 있었다.

성미 급한 그를 쫓아서 페이스를 올렸다.

"다리를 다 건넜으면 스펠드족의 마을까지 금방입니다."

그리고 여기서부터가 진짜다.

스펠드 마을 견학 투어.

가이드는 루데우스 그레이랫. 서포트는 도가.

참가자는 두 명.

"스펠드족의 마을에는 입구가 하나밖에 없습니다. 거기는 마물이 들어오지 못하도록 문지기 두 명이 지키고 있습니다. 스펠드족은 독자적인 감각기관 덕분에 침입자를 놓치지 않습니다. 우리가 다가오는 것도 물론 탐지하고 있습니다. 하지만 걱정하실 것 없습니다. 그들은 대단히 우호적인 종족이니까요."

"…갑자기 뭐지?"

"설명하는 겁니다."

갤릭슨이 의아하게 여겼지만, 보기만 하는 걸로는 모르는 것도 있다. 그리고 아마도 모를 것이라면 설명해야만 한다.

그걸 위해 가이드가 있다. 그걸 위해 프레젠테이션이 있다.

"입구가 보이기 시작하는군요. 저기 보이죠. 저게 스펠드족입니다. 우리는 숲속에 있는데도, 저들이 이쪽을 바라보는 걸 아시겠지요?"

마을 쪽을 가리키자, 두 사람의 몸이 굳었다. 정말에 정말로 스펠드족이다.

"…머리, 정말로 녹색이군."

"그렇죠. 하지만 두려워할 것 없습니다. 여러분은 빨간 피부에 뿔이 난 귀족과도 사이좋게 지내고 있죠? 머리 색깔이 조금 다를 뿐입니다. 안은 여러분과 똑같습니다. 물론 다른 종족이니까 다른 부분도 있겠습니다만. 온화한 자세로 대하면 기분 좋아지고, 난폭하게 대하면 기분 상합니다. 그건 똑같습니다. 지켜보세요."

그렇게 말하며 나는 문지기에게 다가갔다.

일단 스펠드족이 악마의 종족이 아니라고 알려주어야 한다.

부드럽게 인사를 하고, 부드럽게 답례를 받는다. 인간관계의 첫걸음이다.

나는 한 손을 들고 문지기에게 말을 걸었다.

"점보!"

"……?"

문지기는 손을 들려다가 의아한 표정을 하고 다른 이와 시선을 주고받았다.

실례. 너무 흥에 겨웠던 모양이다.

"죄송합니다. 비헤이릴 왕국의 사자를 데려왔습니다. 그들에게 마을 안을 안내해 주고 싶으니, 통과시켜 주면 고맙겠습니다만."

"…알았다. 루이젤드에게 이야기는 들었다."

"고맙습니다. 그리고 족장님과도 이야기를 할 수 있으면 좋겠습니다만."

"알았다. 전달하지."

문지기 중 젊은 쪽은 마을 안쪽으로 달려갔다.

"그럼 오시죠."

그가 가는 것을 지켜본 뒤에 마을 안으로 들어갔다.

갤릭슨과 샌들은 굳은 얼굴인 채로 천천히 안으로 들어왔다. 역시 긴장한 거겠지.

나는 그들의 걱정을 풀어주기 위해 마을 안을 천천히 걷기 시작했다.

"얼마 전까지 역병이 돌았습니다만, 인간에게 감염될 걱정은 없습니다."

정말로 감염되지 않는지는 사실 아직 모른다.

소카스 차를 마시면 낫는 모양이지만, 비타가 원인인지, 역병이 원인인지도 모른다.

사실 나도 이미 감염되었고, 한 달 정도 뒤에 비헤이릴 왕국에 팬더믹이 일어날지도 모르지만….

나는 모르는 인간보다도 스펠드족을 택한다.

"저쪽이 식사 준비. 지금 시간이면 저녁식사로군요. 저쪽이 밭. 그 너머에서는 사냥감을 해체합니다. 지금은 눈에 보입니다만, 저게 보이지 않는 마물의 정체입니다. 도중에 습격을 받는 일은 없었습니다만, 인비지블 울프는 죽은 뒤에 시간이 지나면 저렇게 모습을 보입니다. 아무래도 투명한 늑대니까 스펠드족이 아니면 만족스럽게 사냥할 수 없겠죠."

족장 쪽도 준비를 해야 할 테니까, 마을을 죽 돌면서 설명을 하였다.

스펠드족 쪽에서 다가오는 일은 없었다.

이쪽도 부주의하게 다가가는 일은 없지만… 멀찍이서 보고 있는데, 병사들이 보기에 안 좋지는 않을까.

아니, 이렇게 보고 있으면 어디에나 있는 온화한 마을 풍경이다. 괜찮아, 문제없어.

"…미리스교 사람도 있군."

"그리고 엘프도."

시선을 돌려보니 크리프가 엘리나리제와 뭐라고 이야기하고 있었다.

종이다발을 손가락으로 짚으면서 걷는 모습을 보면, 병의 원인을 찾는 거겠지.

"아, 저 사람이 스펠드족을 병에서 구한 공로자입니다."

"그렇다면 미리스교는 스펠드족을 인정했나?"

"미리스교 전체가 그런 건 아닙니다만, 일부 파벌은 마족을 용인하고 있습니다. 적어도 스펠드족을 받아들인다고 비헤이릴 왕국에 미리스교의 군대가 파견되는 일은 없습니다."

"……."

"저 사람을 소개해드릴까요?"

"아니, 됐다."

크리프에게 손을 들어서 인사하자, 그는 가볍게 손짓을 하고 팔짱을 끼었다.

그가 이 마을에서 태연히 지낸다는 것이 스펠드족의 안전성을 확인하는 것으로 이어질까.

"……."

갤릭슨과 샌들을 보니, 아직 험악한 표정이었다. 뭔가가 더 있으면 좋을까….

"…아, 보십시오. 저쪽에서 오는 게 스펠드족 아이입니다."

공을 든 아이들은 꺄아꺄아 떠들면서 우리 옆을 지나갔다.

"꼬리가 귀엽죠? 저 꼬리가 스펠드족이 모두 가진 하얀 창이 됩니다. 아이는 어느 세계고 천진난만하고 사랑스럽지요. 그렇게 생각하지 않습니까?"

나는 아이의 모습을 눈으로 좇으면서 그렇게 말했지만, 병사 둘이 아이의 뒷모습을 지켜보는 일은 없었다.

아이가 싫은 걸까. 아니, 그게 아니다. 그들은 아이들이 달려온 방향을 보고 있었다.

거기에는 하얀 코트를 두르고 검은 헬멧을 장착한, 으스스한 남자가 서 있었다.

저녁노을 속에 유령처럼 서 있는 그 모습은 그야말로 악마 같았다.

"……!"

갤릭슨이 숨을 삼키면서 허리춤의 검으로 손을 가져가는 모습을 보고 나는 다급히 그의 앞에 섰다.

"아…. 저건 스펠드족이 아닙니다. 신경 쓰지 마시길."

"…스펠드족이 아니라면 누구지?"

"저분이 바로 제 상사, 용신 올스테드입니다. 분명히 이렇게 보면 좀 으스스합니다만, 괜찮아요. 저 사람은 이 일련의 사건이 끝나면 이 나라를 떠납니다. 무해합니다. 결코 오래 있지 않을 테니까 안심하세요."

"…그런가."

올스테드는 그들을 몇 초 동안 바라보았지만, 스윽 발길을 돌렸다.

동시에 병사 두 사람에게서 긴장이 사라졌다. 역시 이런 상황에서 올스테드의 저주는 안 좋은 쪽으로 작용하는 모양이다. 아니, 오히려 올스테드를 보면 스펠드족은 그냥 마을사람이라고 이해되지 않을까.

"스펠드족은 전사가 많습니다만, 보시다시피 절반은 힘없는 여자와 아이입니다. 선입견을 버리고 순수한 눈으로 봐주세요. 그들이 악마로 보입니까?"

올스테드를 본 직후에 그렇게 물었다.

마치 스펠드족보다도 올스테드 쪽이 악마 같지요? 라고 말하는 느낌이다. 나중에 사과하자.

"…그렇게는 안 보이네요."

샌들이 말했다.

"용신님?은 몰라도, 마을 전체는 어디에나 있는 평범한 마을로 보입니다."

"그래. 내 고향과 비슷하군."

샌들의 말에 갤릭슨도 동의했다.

올스테드가 효과적이었는지는 모르지만, 그래도 인상은 나쁘지 않은 모양이다.

그러다가 시선을 돌리자, 아까 뛰어갔던 문지기 젊은이가 이쪽으로 다가왔다.

"족장님이 만나시겠다고 합니다."

"알겠습니다. 그럼 두 분, 이쪽으로 오시죠. 족장을 소개해 드리겠습니다."

아무래도 족장의 준비가 끝난 모양이다.

나는 반응이 좋다는 느낌을 받으면서, 두 사람을 족장이 기다리는 건물로 안내했다.

족장은 다소 큼직한 집에서 우리를 기다리고 있었다.

강당은 아직 진료소로 쓰기 때문에 임시적인 조치겠지.

기다리던 것은 세 명. 족장회의에 있던 네 명 중 두 명과 루이젤드였다. 나머지 둘은 아직 요양 중인 모양이다.

루이젤드의 옆에는 노른이 있다가, 우리가 들어오자 미리 준비한 듯한 차를 내놓았다.

내 동생이지만 참 눈치가 있다. 아니, 예전에는 이렇게 못 했지.

이게 학교 교육의 산물일까.

"그래서 루데우스 님, 무슨 이야기를 하면 되겠소?"

"스펠드족의 지금까지의 역사와 현재 상황, 나라에 대한 바람을."

"알겠습니다."

조촐한 환영의 말이 있은 뒤에 회담은 비교적 온화하게 진행되었다.

과거의 일과 현재의 일. 그리고 앞으로에 대해서. 누구도 박해받지 않고 조용히 살고 싶다. 그런 스펠드족의 약소한 바람이 족장 본인의 입을 통해 병사들에게 전달되었다.

어느 틈에 병사들 사이에도 푸근한 분위기가 떠돌고 있었다.

조용한 마을과 족장의 부드러운 태도. 루이젤드도 애써서 경계를 푸는 걸로 보였다.

"알겠습니다. 폐하께는 있는 그대로 전하겠습니다. 안심하세요. 안 좋은 말은 하지 않겠습니다."

최종적으로 샌들이 그렇게 말하는 것으로 회담은 끝났다.

병사들은 오늘 여기서 묵고 내일 돌아가기로 했다.

그들은 산도르와 도가를 위해 내준 집에서 묵고, 일단 나와 도가도 같은 집에서 묵기로 했다.

참고로 노른은 계속 루이젤드의 집에서 머무르는 모양이다.

그녀는 루이젤드를 잘 따랐다. 파울로의 모습이라도 비춰보고 있는 걸까.

"어떻습니까, 스펠드족의 마을은?"

나는 자기 전에 두 사람에게 그렇게 물어보았다.

"생각 이상으로 수확이 있었군."

"예."

두 병사는 기쁜 듯이 서로 고개를 끄덕였다.

"스펠드족은 악마의 종족이라고 들었습니다만… 역시 직접 보니까 다르군요."

"보통 마을이다. 밥도 맛있고."

"인비지블 울프라고 했습니까? 보이지 않는 마물이란 것은 다소 신용할 수 없습니다만."

"하지만 숲속이 이상하게 조용했지. 수도 근처에 있는, 정기적으로 사냥을 나가는 숲보다도 조용했어."

"그럼 투명한 마물을 사냥한다는 건 사실일까요?"

두 사람은 잠들 때까지 마을에 대해 이런저런 칭찬을 하였다.

스펠드 마을 견학 투어는 대성공이라고 할 수 있겠지.

★　　★　　★

　다음 날, 두 사람을 수도까지 바래다주는 흐름이 되었다.

　2~3일 정도 머물게 하면 인비지블 울프의 실물도 볼 수 있다고 설명했지만,

　"아니, 당장이라도 폐하께 보고를 올려서 토벌대를 해산시켜야지."

　라고 말해서 바로 돌아가기로 했다.

　오자마자 바로 돌아간다. 전이마법진을 쓰게 해주고 싶지만, 여기선 참자.

　서두르면 일을 그르친다고 했다. 이상한 곳에서 꼬리를 잡히면 안 되니까.

　그렇게 생각하면서 나는 다른 이들에게 '이들을 데려다주고 오겠다'고 말하고 마을을 나섰다.

　일단 이걸로 스펠드족은 괜찮겠지.

　남은 건 기스다. 북신과 귀신의 행방도 신경 쓰인다. 산도르가 정보를 모으고 있지만, 지금으로서는 진전도 없는 모양이고, 이미 이 나라를 탈출하여 다른 곳으로 갔을 가능성도 있다…. 혹시 그렇다면 실피 쪽이 걱정이다. 그 다른 곳이 검의 성지일 가능성도 있다.

　실피는 어떻게 되었을까. 무사히 니나와 접촉했으면 좋겠는데.

에리스도 괜찮을까. 무슨 문제를 일으키지 않았으면 좋겠는데. 록시가 같이 있으니까 괜찮겠지만, 그녀도 그녀대로 때때로 실수를 하니까 조금 걱정이다.

아이샤 쪽은… 왠지 괜찮을 것 같다.

"…돌아갈 때는 혼자인가?"

그런 생각을 하면서 걷고 있는데, 나보다 한 걸음 앞을 가던 갤릭슨이 돌아보며 그렇게 말했다.

"어?"

주위를 둘러보았다.

갤릭슨, 샌들, 나.

"그 기사라면 우리가 나올 때 숨소리도 내지 않고 자고 있었지요."

샌들의 말에 도가가 없는 것을 깨달았다.

전혀 알아차리지 못했다. 덩치가 큰 것치고 존재감이 흐리니까. 그보다 늦잠인가….

"어, 어어…. 안심하세요. 나 혼자라도 충분히 호위로 도움이 될 테니까."

"……."

"……."

그 말에 두 사람은 시선을 주고받았다.

신용이 없는 모양이다. 하지만 문제는 없겠지. 돌아가는 길에 기스가 귀신이라도 데리고 나타나는 일이라도 되지 않는

한. 물론 그렇게 되면 도가가 있든 없든 변할 건 없다.

그래도 혼자 다니지 말라는 말을 듣기도 했다.

두 사람은 어스 포트리스 안에 기다리게 하고, 일단 도가든 누구든 부르러 돌아갈까. 제2도시 이렐로 가는 도중에 산도르와 합류할 수 있을 것 같지만….

"아."

그렇게 생각하는데 눈앞이 트였다.

지룡 계곡까지 돌아온 것이다. 눈앞에는 두 개의 다리가 있었다.

딱 좋군. 다리를 건너면 인비지블 울프도 적을 테고, 비교적 안전하다. 저기까지 이동하면 거기서 기다리라고 하자.

"먼저 가지."

갤릭슨이 당연하다는 듯이 앞서 가고, 나, 샌들이 따라갔다.

두 사람이 떨어지지 않도록, 뒤쪽에서 가는 게 좋았을지도 모른다. 그렇게 생각하면서 언제 그들이 떨어져도 괜찮도록 주의하면서 걸었다.

"……."

갑자기 갤릭슨이 멈춰섰다.

"왜 그러나요?"

갤릭슨이 돌아보았다. 멋진 수염이 어울리지 않는 무표정.

"여어, 네가 할 거냐?"

그 질문은 내 뒤, 샌들을 향한 것이었다. 돌아보니, 샌들은 어깨를 으쓱였다.

"아뇨, 양보하지요."

뭐지? 무슨 소리야?"

"저기, 이야기라면 다리를 건넌 뒤에 하지 않겠습니까?"

"음? 그래…."

갤릭슨은 한숨 같은 것을 내쉬면서 오른손을 왼쪽 손목으로 이동시켰다.

뭘 하나 싶었더니, 손등에 손가락을 댔다. 그리고 천천히 장갑에서 손을 빼냈다.

"의외로 안 들키는군."

심장이 빠르게 뛰었다.

갤릭슨의 손가락에 끼워져 있는 것. 그것은 낯익은 반지였다.

"나는 식별안을 가진 크리프 그리몰을 보았을 때 꽤나 긴장했어. 혹시 장갑이 아니었으면 들켰겠지."

돌아보니, 샌들 또한 장갑을 벗고 있었다.

그의 손가락에도 같은 반지가 있었다.

반지.

기억에 있는 반지. **내 손가락**에 있는 것과 같은 반지.

아슬라 왕국에 전해지는, 얼굴을 바꾸는 마도구.

"하아아…. 하찮은 연극 때문에 고생했어."

갤릭슨은 그렇게 말하면서 반지를 뺐다. 순식간에 얼굴이 변했다.

수염이 사라지고 40대 정도의 중년 남성의 얼굴로. 어조와 잘 어울리는, 사나운 늑대 같은 얼굴로. 완전히 다른 사람으로 변했다.

　"…기스에게서 전언입니다. '마도구는 꼭 한 개가 아냐'라고."

　그 목소리에 돌아보았다. 샌들의 얼굴도 변했다. 이미 얼굴이 길지 않다. 다소 어린 티가 남은, 흑발의 소년. 다른 얼굴.

　"그렇긴 해도 아쉽습니다. 오베르를 쓰러뜨렸다기에 기대했는데…."

　말이 나오지 않았다.

　입 안이 바짝 말랐다. 갤릭슨과 샌들, 양쪽에게서 엄청난 살기가 나오는 것을 느꼈다.

　"'좁고 발밑이 불안한 곳이라면 선배는 비장의 패를 쓸 수 없어'라는 게 기스의 말이었지만. 그런 장소에 어슬렁어슬렁, 게다가 앞뒤가 포위된 상태로 자기 발로 들어올 줄이야…."

　"누구야…. 너희들."

　쥐어짜내듯이 나온 말.

　예상은 했던 것 같다. 하지 않았던 것도 같다.

　"검신류의 갈 파리온이다."

　"북신 칼맨 3세 알렉산더 라이백입니다."

　두 사람은 동시에 말했다.

　전대 검신인 갈 파리온. 북신 칼맨 3세.

　기스의 이름을 꺼낸 두 사람.

적. 이 두 사람은 적이다.

그렇게 확신한 순간 나는 허리로 손을 가져갔다. 마도갑옷 '1식'의 소환 스크롤 버튼을 눌렀다.

팔은 움직이지 않았다.

내 눈 앞에서 오른팔이 어깨부분부터 툭 하고 떨어졌다. 오른팔은 다리에 부딪쳐서 그대로 계곡 밑바닥으로 떨어졌다.

돌아보니 갤릭슨—갈 파리온이 검을 뽑아들고 있었다.

베인 것이다, 라고 생각했을 때에는 이미 늦었다.

"아아아아악!"

뒤늦게 격통이 일고, 왼손으로 상처를 눌러… 왼손도 움직이지 않았다. 아니, 움직이지 않는 게 아니다.

없다.

시야 가장자리에서 내 왼팔도 계곡 밑으로 떨어지는 게 보였다.

"아, 그런 얼굴이었나. 제법 나쁘지 않군. 응, 아까 얼굴보다는 좋아."

팔이 떨어진 탓에 반지의 효과가 다했을까. 갈이 내 얼굴을 보고 웃고 있었다.

"'선배의 마술은 손에서 나오니까. 팔을 통째로 베면 마술을 막을 수 있을지도 몰라.'"

샌들이 보충하듯이 말했다.

두 팔에서 피가 철철 흘렀다. 분명히 쓸 수 없다. 마술을 쓸 수 없다.

마치 마술을 내는 회로가 두 팔에 있었던 것처럼, 마술을 쓸 수 없었다.

"하지만 이러지 않아도 이길 수 있지 않았습니까?"

"아니, 정면에서 붙으면 어떻게 될지 몰라. 기스가 그렇게 경계했잖아."

"나는 그렇게 생각하지 않는데요. 그 도가인가 하는 녀석이 앞에 있다면 몰라도, 혼자라면 질 것 같지 않습니다."

팔에서 마술이 나가지 않는다.

그렇게 깨달은 나는 재빨리 마도갑옷에 마력을 보냈다.

"오?"

다리의 출력을 올리고 발길을 돌렸다. 샌들 쪽을 향해 돌진했다.

공격의 의도는 없다. 노리는 것은 옆. 빠져나가서 스펠드족의 마을로….

"…어딜."

등에 충격.

참격을 맞은 게 느껴졌다. 마도갑옷 '2식 개량형'을 버터처럼 가르는 참격. 빛의 칼날인가.

몸이 두 동강 났다…고 생각했지만, 그렇다면 등에 충격이 있는 건 이상하다.

그렇게 생각했을 때, 부유감이 나를 덮쳤다.

떨어지고 있다.

빙글빙글 도는 시야 속, 무너지려는 다리 위에서 갈과 알렉산더가 바라보는 게 보였다.

아아, 2식 개량형이 전력으로 박차는 바람에 다리에 구멍이 났나.

그런 생각이 머리를 스쳤다.

떨어진다. 두 팔을 잃고, 아무것도 할 수 없는 채로 떨어진다. 몸에 있는 것은 무력감.

그리고 솟구치는 것은 공포.

죽는다.

그 단어가 마음을 지배한 순간, 몸에 강한 충격이 덮치고 의식이 끊겼다.

"아아…. 떨어졌군."

루데우스가 떨어진 계곡을 내려다보고 갈 파리온은 한숨을 쉬었다.

알렉산더 또한 계곡을 내려다보고 의아한 눈치로 눈썹을 찌푸렸다.

"갈 씨, 마지막에 힘 뺐습니까? 베이지 않은 걸로 보였습니다만."

"멍청한 소리…. 이거야."

갈이 들어 올린 검은 밑부분에서 뚝 부러져 있었다.

아는 사람은 알겠지만, 그 검은 비헤이릴 왕국 정규병에게 배급되는, 양산형으로 주조한 물건이다.

열악하다고 할 정도는 아니지만, 조금이라도 검을 휘둘러본 사람이라면 일부러 이걸 쓰진 않겠지.

"그 녀석의 갑옷이 상상 이상으로 단단했어…."

물론 갈 파리온은 최고의 검술을 가진 인간이다. 명필은 붓을 가리지 않는다는 말도 있듯이, 맨몸의 인간을 베는 데에 명검을 쓸 필요는 없다. 이거면 충분하다고 생각했는데, 루데우스의 갑옷은 상상 이상으로 단단했다.

특히나 등을 벨 때에는 지금까지 느껴본 적 없을 정도로 단단한 느낌이었을 정도로.

"애검을 들고 오면 좋았겠지만."

갈은 그렇게 말하면서 손에 든 검을 계곡 밑바닥으로 던졌다.

"어쩔 수 없지요. 우리가 애검을 들고 나오면 신원이 들통날 테니."

알렉산더도 그걸 내려다보면서 어깨를 으쓱였다. 그의 허리에 있는 것도 비헤이릴 왕국 정규군의 검이다. 물론 북신이 들고 다닐 만한 물건이 아니다.

"그래서 어떻게 하지? 계곡까지 내려가서 마무리를 지어?"

"…으음. 두 팔을 잃은 뒤에 마술을 못 쓴 것처럼 보인 것이 연기가 아니라면 괜찮으리라 생각합니다만."

"아래에는 지룡들이 있고."

"본인도 한두 마리라면 몰라도, 떼로 덤비면 무리라고 했고 요."

루데우스의 말을 떠올리면서 알렉산더는 그렇게 결론을 내렸다. 물론 거기에는 일부러 내려가서 확인하기 귀찮다는 마음도 있었다. 왜냐면 그들의 목적은 루데우스를 쓰러뜨리는 게 아니다.

"그럼 제일 큰 장애물은 제거했고… 돌아갈까."

"올스테드와의 싸움. 기대되네요. 아, 루데우스는 내가 양보 했으니까, 올스테드는 나에게 양보해 주세요?"

두 사람은 무너진 다리를 건너서 돌아갔다.

아무 일도 없었다는 듯이 잡담하면서 비헤이릴 왕국의 수도로 이어지는 길을 돌아갔다.

"으음? 너는 열강의 순위를 올리고 싶을 뿐이니까, 내가 먼저라도 되잖아."

"아닙니다. 나는 열강의 순위를 올리고 싶은 게 아니라 영웅이 되고 싶은 겁니다. 아버지를 뛰어넘는 영웅, 아버지를 뛰어넘는 북신 칼맨이."

"흥."

그 모습을 쫓는 이는 존재하지 않았다.

제3의 눈을 가진 스펠드족 중에서도 이 자리를 보는 이는 없었다. 역병 소동 이후로 그들은 한동안 사냥을 할 때도 마을에서 멀리 벗어나지 않았다. 물론 가령 그렇다고 해도 이 두 사람이 다리에서 습격을 받는 일은 없었겠지.

"새치기하기 없깁니다. 작전대로 해야 하잖습니까. 그게 조건이니까요."

"쳇…. 답답하네. 비타가 선수 쳤으니까 이미 작전이고 뭐고 없잖아."

그런 말을 남기면서 갈 파리온과 알렉산더 라이백은 숲으로 사라졌다.

계곡에 정적이 찾아왔다.

무너진 다리만이 남았다.

그저 조용히 남았다.

제10화 소실

마법도시 샤리아.

그 교외에 있는 사무소.

거기에는 한 엘프 소녀가 통신석판에 적힌 것을 종이에 베껴 쓰고 있었다.

그녀의 이름은 파리아스티아.

친구들에게서는 파리아 혹은 티아라고 불리지만, 아직 회사의 임원들은 그녀의 이름도 기억하지 못한다. 그런 그녀지만, 사장이 없는 지금은 사무소의 책임자다.

그리고 루데우스가 모르는 점인데, 파리아스티아야말로 접수원 엘프의 본명이다.

"어어, 실피에트 씨에게서… '니나 씨는 임신 중이라서 응원하러 올 수 없다. 지금부터 비헤이릴 왕국으로 간다'…라고, 이건 전하는 편이 좋을까?"

그녀의 일은 각지에서 모인 정보를 종이에 옮겨적고, 루데우스나 올스테드가 돌아왔을 때에 모아서 건네주는 것이다.

하지만 긴급한 정보를 취득했을 때에는 독자적인 판단으로 그걸 다른 통신석판으로 전송하는 게 허용되었다.

물론 정보로서 들어온 것은 '신'이나 '왕' 같은 단어가 많아서, 일반적인 소시민인 그녀가 중요성을 판별하기란 어려웠다.

"좋아, 전하자…."

참고로 그녀를 고른 것은 아이샤다.

까다로운 조건 중에서 아이샤가 엄선한 인재다.

올스테드의 사무라는, 언뜻 봐선 아무나 할 수 있을 만한, 하지만 누설해선 안 되는 정보가 많은 임무를 맡은 인재다.

파리아의 출신지는 라노아 왕국의 수도. 양친은 유랑 모험가였던 엘프족인 아버지와 도시의 큰 상인의 딸이었던 인간 어머니. 세 남매 중 막내다. 여자였기 때문에, 상인이 되기 위한 가르침을 받지 못했다. 고로 상인이 되려고 생각한 적도 없었다. 하지만 어렸을 적부터 상관을 뛰어다니면서 수많은 상인들을 보며 자랐다.

그런 밑바탕이 있기 때문이겠지.

마법대학에 입학하고 들은 정보상 수업에서 좋은 성적을 거둔 것은.

그리고 아이샤는 밝은 눈썰미로 그녀의 그런 점에 눈독을 들였다.

그녀 이상으로 정보 취급에 능한 자는 있지만, 올스테드가 보고 걸러냈다.

올스테드의 경험상, 그녀는 적이 될 가능성이 낮은 인물이었다.

"이건 일단 스펠드 마을로 보내자…. 그리고 누가 좋을까…. 아, 에리스 씨일까. 니나 씨의 임신 소식을 알면 기뻐할지도?"

그렇게 중얼거리면서 사장실 구석의 통신석판 앞으로 갔다.

마력결정을 한손에 들고 통신석판과 격투를 벌여서 스펠드 마을, 그리고 제3도시 헤이레룰로 메시지를 보내는 파리아.

그런 그녀의 등에 스윽 그림자가 깔렸다.

"후우, 이걸로…. 응?"

돌아보는 파리아.

그녀의 시야에 들어온 것은 시야를 모두 덮을 정도의 덩치였다.

"……아…. 저기, 올스테드 님의, 손님…입니까?"

드럼통 같은 덩치에 통나무 같은 팔뚝. 시뻘건 피부에 거대한 뿔. 그리고 냄비 같은 턱과 거기서 나온 두 개의 긴 이빨.

귀족이다.

"너, 올스테드, 여자냐?"

"네?"

"……."

파리아가 주저한 순간, 귀족이 붕 하고 팔을 휘둘렀다.

쿠왕 하는 소리가 나고, 지금 메시지를 보낸 통신석판이 날아갔다.

사장실의 벽과 함께.

"너, 내, 적이냐? 싸우냐?"

"아…. 우…."

주먹을 움켜쥐고 파리아에게 달려드는 귀족.

파리아의 시야를 주먹이 채웠다.

그녀의 머리의 두 배 크기는 될 만한 주먹, 손등과 손가락에 난 털은 거칠고, 손가락 뿌리에 있는 굳은살은 폭력적이었다.

그리고 그 위력은 자신의 뒤, 소멸한 벽을 보면 알 수 있었다. 그 주먹에 맞으면 어떻게 될지 바로 알 수 있었다.

"아, 아니, 아닙니다."

파리아는 주저앉으면서 간신히 그렇게 말했다.

허리 아래가 소멸한 것처럼 힘이 들어가지 않아도, 도망도 칠 수 없었다. 그저 머릿속에 있는 것은 죽기 싫다는 마음뿐.

"그럼, 나가. 나, 안 싸우는 녀석, 안 싸운다."

귀족이 씨익 웃으며 파리아에게 손을 내밀었다.

"히익."

주먹을 풀고 내민 손에 파리아는 몸을 움츠렸다.

저 손에 박살날 거라고 생각한 것은 잠시, 귀족은 의외로 자상한 손길로 파리아를 들어올려서, 자기가 방금 전에 낸 구멍 밖으로 휙 던졌다.

"아아아앗!"

파리아는 엄청난 속도로 사무소 밖으로 날아가서 두 번 정도 튕기고 데굴데굴 굴러서야 멈췄다.

"......!"

온몸을 덮치는 아픔.

도망쳐야 한다, 도망치지 않으면 죽는다, 그렇게 외치는 뇌. 죽기 싫다, 죽고 싫다고 비명을 지르는 몸. 제대로 말도 할 수 없어서 그저 힉, 힉 하는 한심한 소리만 내는 목. 지면에 부딪 치면서 기합이 들어갔는지, 떨리면서도 움직이는 다리로 갓 태 어난 염소처럼 일어섰다.

몇 걸음 걷다가 굴렀다.

그걸 세 번 정도 거듭했을 때, 뒤에서 굉음이 울렸다.

돌아보았다.

"…아아."

파리아의 눈에 들어온 것은 파괴되는 사무소였다.

붉은 귀족이 날뛰고, 목재가, 석재가 흩어지고, 원형도 알 수 없게 무너지는 건물.

어느 틈에 파리아는 도망치는 것을 잊고, 멍하니 그것을 바라보았다. 멍하니, 그저 파괴되어 잔해로 변하는 사무소를 보았다.

아무것도 할 수 없었다.

할 수 있을 리 없었다.

무력감에 사로잡히면서 그저 바라보았다.

저 붉은 귀족이 잔해에서 나오지 않기를 빌었다. 이쪽으로 오지 않기를 빌었다. 소리가 사라지고, 주위가 조용해지기를 빌었다.

굉음을 듣고 무슨 일인가 싶어서 달려온 자가 보호해줄 때까지 계속 빌었다.

그날, 루데우스 그레이랫이 설치한 모든 전이마법진은 빛을 잃었다.

그 무렵, 록시와 에리스는 숲에 있었다.

제3도시 헤이레룰은 항구도시다.

이 세계의 바다는 기본적으로 해인족이나 혹은 해어족, 합쳐서 해족의 것이다. 정해진 해역을 제외하고 지상에 사는 생물은 통행도 금지되어 있다. 일부 항구도시 근처에서는 어업이 허용되지만, 그 영역에서 나가려고 하면 해족이 바로 그 배를 가라앉히겠지.

하지만 여기 헤이레룰은 다소 다르다.

이 제3도시 헤이레룰과 귀귀섬 사이의 바다는 비헤이릴 왕국의 영해다.

비헤이릴 왕국이 건국될 때, 이 주변의 해어족을 일소하면서 이 바다를 손에 넣었다.

그 이후로 여기 제3도시 헤이레룰은 어업이 왕성하여, 다른 곳에서는 손에 넣을 수 없는 바다의 진미를 입수할 수 있다.

…그럴 터였다.

"…최근 물고기만 먹어서 질렸어."

"그렇습니까? 맛있지 않습니까."

그런 제3도시 헤이레룰 교외에는 울타리로 둘러싸인 숲이 있다. 침입을 금지한다기보다는 숲에서 마물이 나오는 것을 막기 위한 울타리다. 그 숲속을 두 사람은 말린 물고기를 먹으며 걷고 있었다.

"맛있지만 짜. 왜 이렇게 소금을 치는 거야?"

"보존을 위해서겠죠."

"보존이라면 루데우스가 하는 것처럼 얼음 마술로 하면 되잖아."

"모두가 다 얼음 마술을 쓸 수 있는 게 아니니까요."

투덜대는 에리스에게 웃어주면서 록시가 대답했다. 에리스는 기본적으로 음식에 불평하는 타입이 아니지만, 분명히 소금에 절인 물고기가 많다.

바다의 진미가 풍부한 도시라고 들은 것치고는 보존식뿐이었다.

하지만 그 원인은 곧 판명되었다.

제3도시 헤이레룰에서 배로 하루거리에 있는 귀귀섬의 존재다. 귀귀섬에 사는 남자들 중에는 아주 우수한 어부가 많다. 본래 그 어부가 인간 어부와 협력하여 귀귀섬 주변의 물고기를 잡는다.

하지만 현재 귀족의 남자들은 물고기를 잡지 않는다.

조만간 전쟁이 일어난다는 듯이 전쟁 준비를 하고 있다.

그 영향으로 항구도시에는 평소 이상으로 물자가 부족했다.

왜 귀족이 전쟁 준비를 하는가, 하는 쪽으로도 확실히 정보를 얻었다.

그들은 토벌대에 참가하는 것이다. 귀족의 우두머리인 귀신의 호령에 따라.

그리고 귀족의 우두머리, 귀신 마르타는 제2도시 이렐에 있다.

지금 그런 정보를 루데우스에게 전달하기 위해 전이마법진을 설치한 동굴로 향하고 있다.

정보 발신이 다소 늦어졌지만, 전에 통신석판을 보았을 때 스펠드족은 회복세로 접어들었고 교섭도 잘 되었다는 낭보가 들어왔다.

그 뒤로 갑자기 악화되는 일은 없겠지.

"귀족은 비헤이릴 왕국을 지킨다. 그 맹약은 아직 살아있다는 거겠지만. 하지만 그렇긴 해도 수도도 제3도시도 아니라 제2도시라는 건 이상하네요."

"기스가 움직이는 거겠지."

"그렇게 판단하는 건 이르지요. 귀신 자신이 현지를 시찰할 뿐일지도 모릅니다. 아직 동료가 될 가능성도 남아있으니까 싸우려고 들면 안 됩니다."

그렇게 말하는 록시도 위화감을 느끼고 있었다.

보통은 이렇게 되지 않을 거라는 동향이 보였다. 적의 책략일까, 아니면 상황이 파악되지 않은 것뿐일까….

적어도 지금은 순조롭다.

루데우스는 스펠드족을 구하고 동료로 만들었다.

이쪽도 기스에 대한 정보는 입수할 수 없었지만, 귀신의 소재지를 파악했다.

어쩌면 수도의 자노바가 북신에 대한 정보를 얻었을지도 모른다.

근거 없이 그렇게 생각할 만큼 순조로웠다.

하지만 그것과 관계없이 안 좋은 예감도 들었다.

이것도 근거 없는, 안 좋은 예감.

생각해보면 그 전이미궁에 갇혔을 때도 이런 예감이 들었던 것 같다. 순조롭게 보지만 뭔가 중요한 것이 부족할 때의 느낌.

그것보다도 록시는 경험상 자기가 순조롭게 뭘 하고 있으면 반드시 실수한다는 걸 알고 있었다.

"저기, 록시. 이번 보고가 끝나면 슬슬 루데우스랑 합류 안 할래?"

"에리스는 계속 그 이야기네요."

"하지만 얼른 루이젤드랑도 만나고 싶은걸. 록시한테도 소개해줄게!"

"아뇨, 일단 만나긴 했거든요?"

안 좋은 예감은 이것 때문인가 싶어서 록시는 쓴웃음을 지었다.

루데우스도 에리스도 스펠드족에 대해 아무런 공포도 느끼지 않는다. 록시도 머리로는 스펠드족이 들은 것처럼 악마의 종족이 아니라는 걸 안다. 하지만 아무래도, 아무래도 몸이 굳어버린다.

어렸을 적에 몇 번이나 들은 이야기 때문이겠지.

하지만 만나야만 하겠지.

루이젤드는 루데우스와 에리스의 은인이며 동료. 인사는 해야 할 상대다.

그렇긴 해도 왠지 마음이 무거워졌다.

만나고 이야기하고 접하면 또 달라지겠지만… 그렇게 되지 않으면… 그렇게 생각하니 안 좋은 예감도 드는 거겠지.

"하지만 그렇군요. 모처럼이니까 귀신 마르타가 다른 장소로 이동하지 않도록, 우리가 제2도시로 이동하고 확보하는 것도 좋겠죠."

일단 제3도시에서 얻을 수 있는 정보는 얻었다.

그럼 조금 정도 위치를 벗어나서 스펠드족을 보러 가도 좋겠지. 록시는 그렇게 생각하면서 전이마법진을 설치한 동굴 앞에서 발을 멈추었다.

사람 한 명이 허리를 굽히면 지나갈 수 있을 정도의 구멍은 나뭇가지 등으로 숨겨두었다.

원래 주인인 곰은 동굴에 접근할 때 공격해 왔기에 에리스에게 베이고 식량이 되었다.

그때 딱 좋다 싶어서 재이용한 것이다.

입구를 숨기는 나뭇가지를 치우고 안에 들어갔다.

깊이는 20미터 정도, 넓이도 그럭저럭. 다만 동물 비린내가 코를 찔렀다.

그리고 제일 안쪽에는 전이마법진과 통신석판이 설치되어 있다.

"…어라?"

하지만 그 전이마법진이 이상했다.

숲속, 마력이 짙은 장소에 만들었기 때문에, 계속 작동하며 푸르게 빛나야 할 전이마법진.

그 빛이 왜인지 꺼져 있었다.

"어떻게 된 거야?"

"잠깐 기다려 주세요."

록시는 차분하게 마법진을 조사했다.

어쩌면 뭔가 실수를 해서 회로에 문제가 생긴 걸까…. 그렇게 생각하면서 조사했지만, 적어도 마법진에는 문제가 없는 걸로 보였다.

애초에 얼마 전까지는 문제없이 작동했다.

입구에 누가 들어온 흔적도 없었고….

"이쪽도 움직이지 않아."

에리스의 목소리에 록시는 고개를 들었다.

에리스는 구석에 설치한 통신석판 앞에 웅크려 앉아 있었다.

통신석판 또한 그 빛을 잃고 있었다.

다급히 달려가서 적당한 문자와 함께 마력을 넣었지만, 반응이 없었다.

"…이게 대체 어떻게 된 걸까요."

록시는 멍하니 서 있었다.

이상하다. 전이마법진은 몰라도 통신석판은 올스테드가 만든 것이다. 복제하는 것을 도왔지만, 설마 불량품일 리도 없고, 그리 간단히 동작을 멈출 리 있을까….

"뻔하잖아."

하지만 에리스는 혼란스럽지 않은 눈치였다.

원인을 아는 걸까. 대답을 들으려는 심정으로 록시는 에리스를 보았다.

에리스는 팔짱을 끼고, 다리를 어깨 넓이로 널리고, 통신석판을 내려다보면서 말했다.

"무슨 일이 일어났어!"

"그야… 뭔가 일어나지 않았으면 이런…."

그렇게 말하려다가 록시는 깨달았다.

뭔가 일어났다.

어디서? 여기는 아니다. 여기에 사람이 온 기척은 없다. 입구는 잘 숨겨놨고, 인간이나 마물이 드나든 기척은 없다.

그럼 여기가 아닌 곳. 전이마법진과 통신석판은 하나로는 동작하지 않는다.

한쪽이 없어지면 다른 한쪽은 자동적으로 동작을 멈춘다.

여기에 있는 것은 문제없다.

그럼 다른 한쪽은?

"마법도시 샤리아에서 무슨 일이 일어났다…?"

록시의 머릿속에 떠오른 것은 라라의 얼굴이었다. 그리고 차례로 떠오른 것은 다른 아이들의 얼굴. 루시, 아르스, 지크. 그리고 아이들을 돌보고 있을 리랴와 제니스.

마법도시 샤리아에 이변에 일어났다면 그녀들이….

"……!"

다급히 일어서서 동굴 밖으로 달려가려고 했다.

여기 전이마법진을 쓸 수 없다고 해도 다른 마법진이라면, 그런 마음으로.

하지만 곧 그 발을 멈추었다. 혹시 자신이 적 쪽의 인간이고 마법도시 샤리아의 사무소를 습격했다면. 다른 마법진을 어떻게 할까? 내버려둘 리는 없겠다.

모두 파괴할 것이다.

"어쩌지…. 어떻게 하면…."

누가 대응하고 있을까. 저번 전언에 따르면, 지금 올스테드는 마법도시 샤리아에 없다.

누군가가 습격해 왔다면, 지키는 자는 있을까….

"록시!"

에리스의 외치는 듯한 목소리에 록시는 정신을 차렸다.

"상황을 설명해!"

"…전이마법진과 통신석판이 정지했습니다. 이쪽에 문제가 없으니까, 마법도시 샤리아에 있는 올스테드의 사무소가 습격을 받았을 가능성이 큽니다. 동시에 우리의 집도 습격을 받았을 가능성이 있습니다. 지금 집에는 아무도…."

"그래."

거기까지 듣고 에리스는 일어섰다.

"루데우스는 이걸 알고 있어?"

"글쎄요. 알 가능성도 있고, 모를 가능성도 있습니다."

그러자 에리스는 일단 움직임을 멈추었다.

포즈는 그대로. 다만 고개를 살짝 숙이고 입을 굳게 다물었다.

하지만 곧 고개를 들었다. 답을 찾은 것처럼.

"집은 실피가 있으니까 괜찮아!"

"어…. 하지만 실피는 검의 성지에…."

"실피는 말했어. 루데우스가 없는 동안 집은 자기가 지킨다고. 그러니까 괜찮아!"

"……."

그런 말도 안 되는 소리가. 아무리 그래도….

그렇게 생각하다가 록시는 문득 생각을 바꾸었다. 전이마법 진을 못 쓰게 된 게 어느 타이밍인지는 모른다. 다만 실피는 사무소의 마법진을 사용하지 않았다.

오래된 전이유적을 이용한 이동이다.

그럼 비헤이릴 왕국에 올 수 없더라도 샤리아에 돌아갈 수는 있겠지.

그녀에게 맡길 수밖에 없다.

"…그렇군요."

그리고 페르기우스의 존재도 있다.

마족인 록시에 대해서는 깐깐하게 대하지만, 그는 루데우스와 친하고 지크에게 이름도 지어주었다.

그가 어떻게 움직일지 모르지만, 집에는 페르기우스의 부하를 부르는 피리가 있다.

리랴도 혹시 무슨 일이 생기면 그걸 쓰겠지.

그것만이 아니다. 이런 일도 있을까 싶어서 루데우스는 레오를 소환했다. 레오가 아무것도 하지 않는다면 소환한 의미가 없다.

안심할 소재는 아직 많다.

용병단들도 아직 남아있고, 자노바 상점의 기술사들도 있다. 마법대학의 교사들도 여차하면 도와준다.

그렇게 생각하니 다소 마음이 놓였다.

할 수밖에 없다. 어찌 되었든 지금의 록시와 에리스에게는 달리 할 수 있는 일이 없으니까.

"그럼 가자!"

"예, 갈까요."

여기에 있어도 아무것도 할 수 없다.

지금 자신들이 할 수 있는 일이 뭐냐면 확인할 것도 없다. 자신들이 가진 정보를 필요한 자에게 전하는 것이다.

물론 마법도시 샤리아에 사는 아이들이 어떻게 되었을지 걱정이기는 하다. 록시만이 아니라 에리스도 할 수 있다면 뛰어서라도 집으로 돌아가고 싶은 충동에 사로잡혔다.

그 충동을 삼키고 두 사람은 이동을 개시했다.

목적지는 루데우스가 있을 장소.

스펠드족의 마을이다.

한편 그 무렵.

자노바는 초조해진 상태였다.

루데우스가 돌아오지 않는다.

토벌대는 착착 그 준비를 갖추고, 출발은 코앞으로 다가왔다.

루데우스는 의기양양하게 스펠드족의 마을에 두 병사를 데려갔다. 스승님이니까 이런 수 저런 수로 두 병사를 농락하고 화평을 맺을 거라고 생각하였다.

그런데 루데우스가 돌아오지 않는다.

교섭은 결렬된 걸까. 통신석판에는 분명히 '설득에 성공했다'고 적혀 있었다.

서명은 올스테드의 것이었지만, 지금 와서 의심할 여지는 없다.

그렇다면 왜.

혹시 도중에 자객의 습격을 받았을까. 그게 아니더라도 도중에 문제가 발생하여 움직일 수 없는 걸까. 설마 마음을 놓고 제2도시를 관광할 리는 없겠지.

하지만 이대로 가다간 앞으로 열흘 이내에 토벌대가 출발하게 되겠지.

기다려야 할까.

아니면 움직여야 할까.

망설인 자노바는 움직이기로 했다. 전이마법진을 써서 스펠드족의 마을로 가서 진상을 확인하는 것이다.

그렇게 결심한 자노바의 행동은 재빨랐다.

진저와 줄리를 데리고 숙소에서 철수. 짐을 들고 전이마법진을 설치한 오두막으로 향했다.

"음…. 이건…."

하지만 전이마법진, 그리고 통신석판은 빛을 잃은 모습이었다.

자노바는 곧바로 깨달았다. 이건 사무소에 이변이 생긴 거라고.

자노바는 몇 초 정도 생각한 뒤에 결론을 내렸다.

"진저!"

"예!"

"스펠드족의 마을로 간다!"

"알겠습니다! …제2도시 이렐은?"

"경유하지 않는다. 적진이 있다면 아마도 거기다."

자노바는 밖으로 나갔다. 그리고 품에 손을 넣어 즉각 그 안에 있는 것을 꺼냈다.

피리다. 용의 무늬가 새겨진 금색 피리.

그는 재빨리 그 피리를 불었다. 후우 하고 숨이 빠져나가는 소리.

하지만 아무 일도 일어나지 않았다.

아무도 오지 않았다.

"큭, 역시 먼가. 진저! 줄리! 근처에 칠대열강의 석비는 있나!"

"기억에 없습니다."

"못 봤습니다!"

전이마법진을 쓸 수 있는 사람은 한 명만이 아니다.

페르기우스에게 연락을 넣어서 조력을 구하려고 했는데….

"어쩔 수 없지! 도중에 보면 말해라! 곧바로 스펠드족의 마을로 향한다!"

"예!"

이렇게 일동은 착착 스펠드족의 마을로 집결하였다.

24권 끝

무직전생

무직전생 ~ 이세계에 갔으면 최선을 다한다 ~ **24**

2021년 11월 10일 초판 발행
2023년 12월 20일 3쇄 발행

저자	리후진 나 마고노테
일러스트	시로타카
옮긴이	한신남

발행인	정동훈
편집인	여영아
편집 팀장	황정아
편집	노혜림

발행처	(주)학산문화사
등록	1995년 7월 1일
등록번호	제3-632호
주소	서울특별시 동작구 상도로 282 학산빌딩
편집부	02-828-8838
영업부	02-828-8986

ISBN 979-11-348-5065-4 04830
ISBN 979-11-256-0603-1 (세트)

값 9,000원